ख़ुदा की वापसी

कहानी-संग्रह

ख़ुदा की वापसी

नासिरा शर्मा

वाणी प्रकाशन ग्रुप
भारतीय ज्ञानपीठ
वाणी प्रकाशन : भारतीय ज्ञानपीठ की पुस्तकों के एकमात्र प्रकाशक एवं वितरक

लोकोदय ग्रन्थमाला : ग्रन्थांक 623

सजिल्द पहला संस्करण : 1998
सजिल्द दूसरा संस्करण : 1999
सजिल्द तीसरा संस्करण : 2025

वाणी प्रकाशन : भारतीय ज्ञानपीठ की पुस्तकों के एकमात्र प्रकाशक एवं वितरक

वाणी प्रकाशन
4695, 21-ए, दरियागंज, नयी दिल्ली-110 002
दूरभाष : 011-23273167, 23275710
ईमेल : sales@vaniprakashan.in
www.vaniprakashan.com

ISBN : 978-93-7112-314-3

मूल्य : ₹ 395

ख़ुदा की वापसी
(कहानी-संग्रह)
नासिरा शर्मा

KHUDA KI VAPASI
(Short-Stories)
by Nasera Sharma

आवरण : मोहम्मद ग़नी
मुद्रक : आर. टेक ऑफसेट प्रिंटर्स, दिल्ली-110 032

बीबी सय्यदा के नाम

निवेदन

कहानी 'खुदा की वापसी' लिखतें हुए मुझे कई तरह के खौफ ने घेर रखा था। जब हर तरफ धर्म का प्रचार किया जा रहा हो, उस समय मेरी यह कहानी कहीं उसी का गान न समझ ली जाए और उसमें छिपी जिन्दगी की पीड़ा पाठकों के मन को छू न सके, इस ख़ौफ के बावजूद मैं खतरा मोल लेने को तैयार थी। क्योंकि मुझे शिद्दत से महसूस हो रहा था कि हमने काफी समय उन अधिकारों को पाने के संघर्ष में गँवा दिया, जिसके लिए हमारा समाज, धर्म और मानसिकता तैयार नहीं थे, मगर हमने उन अधिकारों की तरफ ध्यान नहीं दिया जो हमें मिले हुए हैं और हम उनसे बेखर सिर्फ इसलिए हैं कि पुरुषप्रधान समाज उसे हमें देना नहीं चाहता है। मुझे लगा, बेहतर है कि हम मिले अधिकारों को पहले हासिल करें, फिर जो नहीं हैं उनका सवाल उठाएँ।

दूसरा खतरा मुझे उन कठमुल्ला सियासतदानों से था जो सच की परदाकुशाई से भड़ककर कोई फतवा न दे बैठें। इसलिए मैंने 'खुदा की वापसी' के दोनों मौलवी किरदारों को बिलकुल उसी तरह पेश किया जैसे कि वे हैं। उनसे मैंने पूछ लिया था कि क्या वह मेरी कहानी के 'पात्र' बनना पसन्द करेंगे और किसी भी परेशानी के समय बआवाज बुलन्द औरत के अधिकारों की हिमायत करेंगे ? दोनों बखुशी राजी हुए और मुझे यह लिखते हुए खुशी हो रही है कि वह कहानी न केवल पसन्द की गयी बल्कि हजारों औरतों के अहसास की जबान बनी; क्योंकि उस कहानी में मेरा सबसे अहम सवाल था कि लड़की को उन बातों की तालीम क्यों नहीं दी जाती है जिस पर उसकी जिन्दगी के महत्त्वपूर्ण मुद्दे टिके हुए हैं (जब फरज़ाना की तरह मुसीबत में पड़ती है तो धर्म-ग्रन्थों को पलटती है)। यदि औरत को अपनी लड़ाई खुद लड़नी है तो फिर अपने लिए बनाये शरीयत कानून का पूरा ज्ञान और देश के अन्य धर्म-कानूनों को भी जानना जरूरी है, तभी वह अपनी लड़ाई लड़ सकती है और एक-दूसरे की मदद कर सकती है वरना दूसरों के भरोसे रही तो उसको वही मिलेगा जो दूसरे उसे देना चाहेंगे।

पूरी दुनिया में अनेक औरतें अपनी-अपनी तरह से यह लड़ाई लड़ रही हैं। उनके द्वारा किये गये सर्वे की रिपोर्ट पढ़ने से पता चलता है कि शरीयत के नाम पर कैसे-कैसे

जुल्म ढाकर औरतों को उनके अधिकारों से वंचित किया जाता है। इस्लाम ने यदि औरतों को बराबरी का अधिकार दे रखा है तो फिर वह अपने समाज, परिवार में इस तरह क़ैद क्यों रखी जाती हैं ? एक तरफ कयामत के दिन मुरदों की पहचान माँ के नाम से होगी बाप के वंशवृक्ष से नहीं, फिर उसी औरत को आखिर प्रताड़ित कौन कर रहा है—सियासत, समाज, अज्ञानता ? जवाब साफ है कि वह मर्द है जो औरत के अधिकार का हनन करता है। मगर क्या औरत कम कसूरवार है जो अपने अधिकारों को लेना नहीं जानती है, उसको समझती नहीं है, उसको पढ़ती और दूसरी औरत को बताती नहीं है ?

इन कहानियों को लिखने के पीछे केवल आक्रोश नहीं बल्कि मेरी एक मानसिकता भी है, जो मेरे गहरे सन्ताप को इंगित करती है, जो मेरे अन्दर बचपन से एक खौफ की शक्ल में घर कर गया था, जिसने मुझे धार्मिक अनुष्ठानों से दूर रखा; क्योंकि मेरे लिए धर्म का अर्थ था फसाद, घुटन, जड़ता, आडम्बर और कठमुल्लापन। खौफ जो मेरे अन्दर परत-दर-परत जमता जा रहा था, वह बगावत की शक्ल में हर बन्धन को तोड़ने पर उकसाता रहता था। इसके बावजूद कि मेरे संस्कार उस परिवार के थे जो शिया और सय्यद था, जहाँ कर्बला की त्रासदी उनकी सोच का अहम हिस्सा थी, जहाँ जून की तपती दोपहर में ठण्डा पानी पीते हुए 'मौला तेरी प्यास के सदके' जैसे जुमले आम थे। मोहर्रम से चहल्लुम तक पूरे दो माह हक की लड़ाई में शहीद हुसैन के सोग में काला कपड़ा पहन इमामबाड़े के सामने नौहा, मरसिया, सोज़, हदीस पढ़ना जिन्दगी का हिस्सा था। उसमें सौन्दर्यबोध था, लालित्य था, लय और संगीत था। रंग और दस्तकारी थी, हुनर और सृजन था, तिलिस्म और दर्शन था। गर्जकि इतिहास का यह काल-खण्ड कहीं आपको अभिभूत किये रहता था। दो माह के इस हसीन प्रदर्शन के बाद सब-कुछ बदल जाता था। वह ओज और ऊँचाई कहीं खो जाती थी, फिर वही मामूली समस्याएँ थीं, वही घटियापन। सब हुसैन की कुर्बानी को भूलकर नेकी करना, दूसरों के लिए बलिदान करना भूल जाते थे। यह विरोधाभास ऐसा था जिसने मेरे इस विश्वास को पुख्ता कर दिया कि यदि मुझे इन्सान बने रहना है तो मुझे धर्म से दूर रहना होगा और किसी भी खुदा के आगे सिजदा नहीं करना होगा।

मेरे अपने अनुभव और फैसले से अलग एक पूरा देश है, जिसकी अस्सी प्रतिशत जनता का विश्वास धर्म और पवित्र ग्रन्थों में है। शाहबानो के केस में हम देख चुके थे कि आम आदमी को हमारी हमदर्दी, हमारा संघर्ष, हमारी लड़ाई कहीं प्रभावित नहीं कर पायी जितना मौलवियों के वक्तव्य। और वहीं पर महसूस हुआ था कि हम आम आदमी से बहुत दूर हैं। बौद्धिक स्तर पर हम उनके लिए जितने भी बैचेन हों, मगर वास्तविकता यह है कि हमारे बीच कोई संवाद नहीं है। इस सत्य को जानने के बाद लगा था कि यदि मुझे इस वर्ग के लिए कुछ करना है तो मुझे संघर्ष का तरीका बदलना पड़ेगा। इन्हीं

की जबान, आस्था, सोच और रहन-सहन के अनुसार अपनी कलम उठानी पड़ेगी और उनको उस खौफ से निकालना होगा जिसे धर्म-ग्रन्थों और खुदा का आदेश बनाकर कठमुल्लाओं ने उन पर थोप रखा है। यह एक बहुत बड़ी हकीकत है कि हम या तो धर्म से डरते हैं या फिर उसके द्वारा दूसरों का शोषण करते हैं या उसे सत्ता समझ लेते हैं, जबकि धर्म केवल योजनाबद्ध तरीके से जीवन जीने का एक रास्ता है। आज धर्म को समझना हमारे लिए बेहद जरूरी हो जाता है क्योंकि उसका गलत प्रयोग इन्सानों की जिन्दगी को बेहद दुश्वार बना रहा है। इसलिए मेरे लिए ये कहानियाँ लिखना बहुत जरूरी था, ताकि मैं वह सारे कानून जो इन्सान के फायदे में जाते हैं, उन्हें अपने लेखन का माध्यम बना साहित्य द्वारा एक नये संघर्ष की शुरुआत कर सकूँ और उस 'ऐन्शण्ट विज़्डम' से लाभ उठा सकूँ जो हमारा अतीत है और वर्तमान पर बुरी तरह हावी है।

मुझे विश्वास है कि पाठक इन कहानियों में मानवीय पीड़ा को एक अलग दृष्टि से महसूस करेंगे जो इन्सान की आदिम जरूरत और धर्म के बनाये कानून के बीच सन्तुलन बनाने में उसे पीसती है। वह चक्रव्यूह में फँसा न तो पूरी तरह धर्म का पालन कर पाता है, न ही जिन्दगी को अपनी तरह जीने का हौसला पैदा कर पाता है, क्योंकि एक सच सबसे बड़ा है कि रोज उगनेवाली जिन्दगी हर कानून और विचारधारा से आगे निकल जाती है। तब यह पुरातन बुद्धिमानी अपने-आप बोसीदा होकर तहखाने में इतिहास बन बिसर जाती है। मगर जब तक आपकी याद का हिस्सा है तब तक उसका सही सन्दर्भ जानना जरूरी है।

पैगम्बर-ए-इस्लाम को केवल बेटी का पिता होने के कारण अरब समाज, जो लड़की को जिन्दा गाड़ देता था, उन्हें 'अबतर' का नाम दे बैठा था, जिसका शाब्दिक अर्थ 'दुमकटा' और दूसरा अर्थ 'बेऔलादा' था। इस अपमान पर कुरान में आयत है, जिसमें खुदा फरमाता है कि जो उन्हें इस उपाधि से नवाज़ते हैं वह नहीं जानते हैं कि उस पैगम्बर की असली औलादें वह 'उम्मत' होंगी जो उनकी अनुयायी होंगी। खुदा ने अपने बनाये बन्दों को औरत-मर्द की शक्ल दी है। मगर उन्हें छोटा या बड़ा नहीं बनाया है, जिसकी जिन्दा मिसाल 'मेराज' है। पैगम्बर बर्राक नामक घोड़ी पर सवार हो खुदा से मिलने गये थे, जिसके लम्बे-लम्बे बाल, जेवरों और सिर पर रखे ताजवाला औरत का चेहरा था और बाकी धड़ घोड़े का था, जिस पर दो सफेद पंख लगे हुए थे। यहाँ पर प्रश्न उठ सकता है कि अ़रबी घोड़ा ताकत और फुरती में कई बुलडोजरों के बराबर आँका जाता है। फिर यह जिम्मेदारी 'मादा' ने क्यों निभायी। खुदा की इस बराबरी को मद्देनजर रखते हुए पैगम्बर ने अनेक दुश्वारियों और कड़ी आलोचना से गुजरने के बावजूद अपने समय के विरुद्ध जा, सारे कानून औरत के फायदे में बनाये थे।

पैगम्बर की बेटी 'सय्यदा' की नस्ल से अपने को पहचनवाने वाले सय्यदों का यह कहना कि कानून बनाया उन्हींने ही है। और अपनी इसी पहचान के कारण शिया समाज

में सय्यदों का रुतबा है। उनका सीना और हाथ चूमना वास्तव में उस औरत के प्रति श्रद्धा व्यक्त करना है जिसकी व्यक्तिगत जिन्दगी एक उदाहरण थी, जिसके दामन पर नमाज अदा की जा सकती थी। बचपन के उस खौफ को जहन से निकालने में मेरे अध्ययन ने मेरी सहायता की, जिसने स्थिति को साफ कर यह बताया कि औरत को गुलाम बनाने की एक गहरी साजिश है जिसमें वर्ग-विशेष धर्म का गलत प्रयोग कर रहा है। चूँकि मैं उसी सय्यदों में से हूँ जो अपनी पहचान किसी मर्द से न बनाकर बीबी सय्यदा से जोड़ता है तो मुझे यह कहने का साहस जुटाना होगा कि उन सारे शरीयत कानूनों को, जो औरत को बराबरी का दरजा देते हैं, नकार कर या फिर तोड़-मरोड़कर पेश करनेवाले वास्तव में धर्म के दोस्त हैं या दुश्मन ? इन्सानियत के हामी हैं या बरबरियत के ? यह औरत को स्वतन्त्रता देना चाहते हैं या कैदखाना ? मेरे लिए शताब्दी के अन्त में, जिसे मैं 'औरत की अर्द्धशताब्दी' नाम दे सकती हूँ, खड़े होकर यह सवाल करना बहुत जरूरी लगता है कि चौदह सौ वर्ष पहले 'औरत' को देखने का खुला नजरिया हजार नकाबों से क्यों ढक दिया गया है, जब इन्सान ने एक लम्बा सफर पूरा कर अनेक उपलब्धियों से भरा अंजाम दे रखा है ?

आज के इस दौर में मेरी अपनी भी जिम्मेदारी है—अपने लेखन, समय और उस वर्ग के प्रति जो पीड़ित है, और इसलिए भी कि मैं उसी सिलसिले की एक कड़ी हूँ, और यह मेरा कर्तव्य भी है। इसलिए उन सारे शरीयत कानूनों को, जो इन्सान के, विशेषकर औरत के, फायदे में जाते हैं, लबबैक कहती हूँ और अपनी आवाज में पाठकों की आवाज की गूँज सुनने की आशा रखती हूँ, जो मेरी तरह इन विचारों से सहमति रखते हैं; क्योंकि यहाँ मसला केवल औरत का नहीं है बल्कि उन इन्सानी पीढ़ियों का है, जो उसके आगोश में आँख खोलती और परवरिश पाती हैं।

— नासिरा शर्मा

नयी दिल्ली

14 जनवरी, 1998

अनुक्रम

ख़ुदा की वापसी

फरजाना युनिवर्सिटी से लौटकर जैसे ही घर में दाखिल हुई, हवा में तैरती शादी की तारीख के पक्की होने का सन्देशा उसे दालान की चौकी पर रखे मिठाई के झाबे ने दे दिया। दिल चाहा कि जल्दी से एक लड्डू मुँह में रख ले, फिर दूसरे पल वह झिझक गयी। उस पर नजर पड़ते ही आँगन में बिखरे कबाड़ को छाँटती हुई चन्दा तेजी से उठी और चहककर बोली, "बन्नी आ गयी···"

फरजाना उसके इस हमले से घबरा-सी गयी। घर की सभी औरतें अपना-अपना काम छोड़ बड़े दालान की तरफ आने लगीं। बड़ी फूफी को उसने आदाब किया। उन्होंने उसकी बलाएँ ले गले लगाया, खाला अम्मी ने माथा चूमा, तभी चन्दा ने गाना गाना शुरू कर दिया—बन्नी तेरी आँखें सुरमेदानी···

"चुप कमबख्त, गला है या फटा बाँस", अम्मी ने उसे झिड़का।

"बेगम साहब, नेग-निच्छावर कुछ मिलिहे कि नाही ?" वह अपना गाना छोड़ आँचल फैलाकर सबके सामने घूमने लगी।

"यह मुई हरफन-मौला है। एक वक्त में मिरासिन, नायन, मनिहारिन—सब बन जाती है।" बड़ी फूफी ने पर्स से नोट निकाल उसके आँचल में डाला।

"कोई काम तो लोगन का हमरी वजह से रुकत तो नाही है", कहती हुई चन्दा आगे जाकर फिर आँगन का कबाड़ छाँड़ने लगी थी।

"सारे दिन की थकी-हारी आयी है। कैसा नन्हा-सा मुँह निकल आया है, दुल्हन ! जरा शब्बो से कहो, कुछ शरबत-नाश्ता लाये", बड़ी फूफी ने फरजाना के चेहरे पर हाथ फेरा। फूफी के कहने से फरजाना की भूख उभर आयी। उसने झाबे को ताका। कोई और दिन होता, तो वह झपट्टा मारकर लड्डू उठाती, पैर हिला-हिलाकर खाती, मगर यह तो उसकी···

"कल सुबह पुताईवाले आवे को हैं और ई चौधराइन सुबह से सामान छाँट नाहीं पायी है।" शब्बो बड़बड़ायी और नाश्ते की सेनी लेकर आँगन पार करने लगी।

"तोका एक चीज़ न देबै, समझी कल्लो की माई !" चन्दा चिढ़ गयी।

"हमरे दे वाले बहुत हैं। फिर, हम कोई कबाड़ीवाले थोड़े हैं, जो कूड़ा-करकट

सँभालें।" शब्बो मटकती हुई आगे बढ़ी और चौकी पर सेनी रखी और लौटी।

"हम जैसे जानित नाही हैं का, कि तोका देनेवाले बहुत हैं गुइयाँ", कहकर चन्दा जोर से हँसी। उसके कटाक्ष पर शब्बो के तेवरी पर बल पड़ गये। तड़पकर बोली, "तोहरे दिमाग मा कीड़े हैं, जो गन्दी बात सोचत है। अरे, हमार मतलब रहा···।"

"छोड़ कल्लू की माई, तोहार मतलब हम सब जानित हैं", इतना कह चन्दा हँसती हुई सामान छाँटने लगी। शब्बो ने खिसियाकर उसको ताका, फिर तेजी से रसोई की तरफ कदम बढ़ाये और पटरा जोर से पटका।

"तुम लोगों की जबान कभी बन्द रहेगी ?" अम्मी ने दोनों को डाँटा।

फरजाना कमरे में पहुँचकर उलझने लगी। बेकरारी में इधर-उधर चक्कर लगा वह धम्म से बिस्तर पर बैठ सोचने लगी कि आखिर वह इतनी आसानी से शादी के लिए राजी क्यों हो गयी। उसे एम. ए. करना था। आई. ए. एस. में बैठना था। अम्मी-अब्बू को एक लड़का क्या पसन्द आ गया, उन्होंने आँखें ही फेर लीं। उन्हें अब कुछ भी याद नहीं, न अपना वायदा, न उसका सपना···मेरी शादी है, मगर मुझसे ही नहीं पूछा गया। बस···

शाम को चिराग जलने के बाद घर के मर्द भी नहा-धोकर आँगन में आन बैठे। फूफी जान और खाला अम्मी मिठाई का आधा झाबा घरों में भेजकर अब बैठी सुस्ता रही थीं। आँगन में किनारे की पलँग पर फरजाना भी आकर लेट गयी थी और हाथ में पकड़ी पत्रिका को पढ़ने में व्यस्त दिख रही थी, मगर उसके कान सबकी बातों की तरफ लगे हुए थे।

"मेहर की रकम पक्की हो गयी, इरशाद ?" बड़ी फूफीजान ने भाई से पूछा।

"आपका इन्तजार था। अभी तक सारी शादियाँ घर में हुई थीं। रस्म के मुताबिक चौदह हजार बँधता था।"

"चौदह की गिनती मुबारक ठहरी, चौदह मासूमीन का नम्बर है, मगर यह शादी तो गैरों में हो रही है", फूफी ने फिक्र जाहिर की।

"इस हिसाब से फूफी जान, एक लाख चौबीस हजार पर मेहर बँधना चाहिए, बड़ा मुबारक नम्बर है।" फिरोज ने गहरी आवाज बना फूफी को ताका।

"कैसे ?" फूफी ने बड़ी-बड़ी आँखें घुमायीं।

"अरे, अभी तक जितने इमाम हुए हैं, उनकी गिनती एक लाख चौबीस हजार है।" फिरोज ने बड़ी गम्भीरता से कहा।

"कहता तो ठीक है", फूफीजान सोच में डूब गयीं।

"बिजनेस ठीक चल रहा है उनका, वे लोग मान जाएँगे फूफीजान", फिरोज चहका।

"कब से दूसरों की जेब टटोलने लगे हो ? अरे, जो अपने खानदान में होता चला

आया है, उसकी बात करो'', खाला चिढ़कर बोलीं।

''लाख भी क्या ज्यादा है बाजी ? जमाना अब वह तो रहा नहीं कि बीबी के निकाह की तरह तीन रुपये में मेहर बँध जाए। हजार खतरे हैं, रोज नयी-नयी कहानियाँ सुनने को मिलती हैं। लड़की की कुछ तो मजबूती होनी चाहिए, ले-देकर इकलौती तो बेटी है'', माँ ने धीरे से कहा।

''कल शाम मौलवी इमाम आये थे। कहने लगे कि मेहर जितना ज्यादा बँधवा लो, उससे क्या फायदा ! लड़केवाले शान में आकर राजी हो जाते हैं, क्योंकि उन्हें देना तो एक छदाम नहीं है। दिल को बहलाना है, जितने का बँधवा लो, वरना इस्लाम के मुताबिक तो निकाह के फौरन बाद मेहर की रकम की अदायगी का हुक्म है, मगर यहाँ सुनता कौन है ! सब नये-नये कानून अपनी सहूलियत की वजह से बना रहे हैं। नाम इस्लाम का ले रहे हैं, मगर मैं सोचती हूँ, चाहे पहले या चाहे बाद में, देनेवाले तो देते हैं। मेरा ही देखो, मकान मेहर के एवज में दे गये तुम्हारे बहनोई। अपने किनारे इज्जत से बैठी हूँ। यही हाल फिज्जा का है, अमरूद और आम के दोनों बाग मेहर में मिले हैं। चैन से रोटी खा रही है।'' बड़ी फूफी बोली।

''वह तो पचास, पचहत्तर जितनी रकम हम चाहेंगे, वे उस पर राजी हो जाएँगे। इतना पीछे पड़े हैं, कहते हैं, असगर मास्टर की इतनी इज्जत है, लड़की पढ़ी-लिखी है। हमें ऐसा ही घर चाहिए था, जिससे हमारी शान बढ़े। पैसा तो हाथ का मैल है। इसलिए दहेज में फूटी कौड़ी नहीं चाहिए'', इरशाद ने कहा।

''ऐ है, उनके चाहने से क्या होता है ! क्या हम अपनी लड़की नंगी बुच्ची रुखसत करेंगे···अरे वाह'', बड़ी फूफी तमक उठी।

''मुझे लगता है शम्मो, पचास हजार मुनासिब रहेगा। फिर, आपस में एतमाद की बात भी होती है। बाकी खुदा भरोसे छोड़ते हैं !'' खाला बोली।

''ठीक है···पचास मुनासिब गिनती है···एक लाख पर शायद वे राजी न हों। बेकार में बात खाली जाए या फिर बेकार की बदमजगी हो'', इरशाद ने सोचते हुए कहा।

''बदमजगी कैसी ? पचास हजार की औकात क्या है आज, कल तो खाक होगी'', अम्मी ने कहा।

''फूफीजान, एक लाख चौबीस हजार···पूरे चौहत्तर हजार का घाटा है'', फिरोज ने धीरे से कहा।

''चुप नासपीटे ! हर बात में मजाक'', बड़ी फूफी खफा होने के अन्दाज से मन्द-मन्द मुसकराती हुई बोलीं और भतीजे का सिर गोद में रखकर सहलाने लगीं।

''मर्द-औरत के रिश्ते में मोहब्बत के अलावा अब हजार तरह की गुत्थियाँ उलझ चुकी हैं, वरना ये सब उलझनें हमें परेशान क्यों करें ?'' इरशाद ने कहा।

फरजाना सब-कुछ सुनकर भिन्ना रही थी। सबको रकम की पड़ी है। मेहर कितना बँधेगा, बरी में कितने जोड़े, जेवर, शक्कर और मेवे के कितने घड़े आएँगे, मगर कोई

नहीं पूछता कि क्या वह मुझे आगे पढ़ने देंगे ? युनिवर्सिटी जाने देंगे ? आई. ए. एस. के मुकाबले में-बैठने देंगे ? उसका क्रोध आँसू की शक्ल में बहने लगा। कैसी शान से दोस्तों के सामने कहती थी, मैं अभी शादी नहीं करूँगी, पढ़ूँगी, मगर...

"न रो बेटी, सबको एक दिन बाबुल छोड़ना पड़ता है। रंक हो या शाह, सबको बेटी बिदा करनी पड़ती है।" कहकर खाला रो पड़ीं और उनके साथ सबकी आँखें भर आयीं। फरजाना सबसे जान छुड़ा पैर पटकती कमरे की तरफ भागी और गुस्से में भर कारनिस़ पर रखे पुरस्कार में मिले कप और शील्ड की कतार को जमीन पर फेंका, फ्रेम किया सर्टीफिकेट उतारा। अगर चन्दा हाथ न पकड़ लेती, तो वह भी चकनाचूर हो जाता।

शादी के छह-सात दिन बाकी थे। फरजाना का युनिवर्सिटी जाना बन्द हो गया था। वैसे भी, परीक्षा समाप्त हो चुकी थी। घर में और बाहर सिलते कपड़ों की नाप, जेवर, बरतन देखने और अपनी पसन्द की चीजें खरीदने में उसका कोई उत्साह नहीं था। एक भय उसे खाये जा रहा था कि उस नये घर में उसे नींद कैसे आएगी। सोते-जागते में उसकी आँखों के सामने एक चेहरा कौंध जाता है और वह चौंककर उठ बैठती है। लाख झुंझलाए तो क्या, वह चेहरा हर बार नजरों के सामने नाचता है। खाला के घर बड़े भाई की शादी में उसकी मुलाकात जुबैर से हुई थी। लम्बा सुडौल और साँवले चेहरेवाला लड़का जो बातों में और उठने-बैठने में सबसे अलग दिखता था, सभी की नजर उस पर टिकी हुई थी। उसे भी बुरा नहीं लगा था, मगर इसका मतलब यह थोड़े था कि उसका परिवार हाथ धोकर पीछे पड़ जाए ?

"बिटिया रानी, का सोचत हो ?"

"कुछ नहीं चन्दा।"

"एक बात कहें बिटिया...कल-परसों तोहरे गाँव से नायन, मिरासिन आ जाएँगी। इसलिए अपने पुराने कपड़े हमी को देहियो...एकाध पुराना-धुराना शब्बो को दे देने से हमका बुरा न लगिहे..." चन्दा धीरे-धीरे फरजाना का पैर सहलाते हुए बोली।

"सुन रहे हैं...कलेजा नहीं भरा सारा कबाड़ ले जाए के, जो बिटिया से कपड़ा माँगे आय गयी हो ?" शब्बो झाड़ू देते-देते चमककर खड़ी हो गयी।

"तुम यहीं हो गुइयाँ, तोहरी वकालत तो करत रहे। फिर भी हमसे लड़ै का तैयार रहत हो ?" चन्दा ताज्जुब से नाक पर अँगुली रखकर कमर को झटका देकर बोली।

"तोहार चालाकी हम सब जानत हैं। चिकनी-चुपड़ी बोलकर घर साफ करे का इरादा है।"

"चन्दा...कहाँ मर गयी, इधर आकर जाजम बिछा", खाला की आवाज सुन चन्दा बाहर भागी।

"मुँहचढ़ी है नासपीटी", शब्बो इतना कह जोश में भरी झाड़ू तेजी से देने लगी।

शाम से पहले घर में रिश्तेदार जमा होने लगे थे। आज फरजाना का माझा था। फूफी ने चौक पूर दी थी। उबटन खेला जाने लगा। सुहाग गीत और उछल-कूद के बीच फूफीजान औरतों से बातें बना रही थीं और बूढ़ी औरतें हाथ पर उबटन मलती इधर-उधर की उड़ा रही थीं।

"ऐ बहन, सभी उस लौंडे पर नजर गाड़े थे। अच्छन मियाँ की बीवी ने सुना, तो जलकर कोयला हो गयी। यही हाल बतूल बीवी का हुआ।"

"कल तो तुम्हारे घर बरात उतरेगी। जलनेवालों को जलने दो।"

"सुना, घर-बार से लड़का बड़ा मजबूत है ?"

"हाँ, बिजनेस है··कारचोबी के कपड़ों की दुकान है और एक छोटी-सी फैक्टरी है प्लास्टिक की शीशी बनाने की··दो बहनें थीं, अपने-अपने घर की हो गयीं। बस, यही तीन भाई हैं, जिनमें सबसे बड़े जुबैर मियाँ हैं।"

"अल्लाह रखे, नाम बड़ा प्यारा है··खुदा इशरत को मुबारक करे, सब-कुछ अच्छी तरह निबटे।"

बाकी बातें मिरासिन की ढोलक की थाप से दब-कर रह गयीं। नायन ने फरजाना को गोद में उठाकर कमरे में बिठा दिया। पीले कपड़े में लिपटी फरजाना अपने को बहुत बदला महसूस कर रही थी। झुँझलाहट और गुस्सा अब उदासी में बदल रहा था। उसे घर छूटने का अहसास हो रहा था। एक चुप्पी-सी उसे लग गयी थी। रिश्ते की बहनें और भाभियाँ उसे छेड़ रही थीं, मजाक कर रही थीं। उसके दिल में भी गुदगुदी-सी होने लगी थी।

शादी की चहल-पहल सुबह से घर में नजर आने लगी थी। उबटन, मालिश, मेहँदी और फिर शाम-ढले नथ और मिस्सी की सजावट और लाल दुपट्टे के संग पचास हजार के मेहर पर निकाह हुआ। अब उसका नाम बदल गया। घर और रिश्ते बदल गये। नयी जिन्दगी की शुरुआत में अब चन्द घण्टे बाकी थे। रूमानी छेड़-छाड़, शरारतभरे जुमले और सजा हुआ चेहरा और सरसराते कपड़ों और उठती महक ने उसे नीम बेहोश-सा कर दिया था। दिमाग में ढेरों दृश्य गडमड हो रहे थे। बचपन, जवानी, घर, स्कूल, युनिवर्सिटी, फिल्म में देखे सुहागरात के सीन और किताबों में पढ़े पहले अनुभव का बयान रूमानियत का सपना बुनने लगे थे। ऊपर से सबका लिपटकर रोना, जाने कब वह जुबैर के पास कार में बिठा दी गयी थी। इस दिलासे के साथ कि उसे भाई चौथी लेने आएगा।

"बहू क्या है, चाँद टुकड़ा··जरूर गेहूँ की भीख दी होगी।"

"दहेज भी खूब पाया है··सुना है, डिग्रीवाली है।"

ससुराल में मुँह-दिखाई के बाद उसे आधी रात के लगभग, कमरे में पहुँचा दिया गया था। पूरे दिन बैठे-बैठे गुजरा था, सुबह चार बजे बिदाई हुई थी। अब फरजाना की आँखें नींद से बोझिल हो रही थीं। छोटी लड़कियाँ, जो ननदों की बेटियाँ थीं, वे कभी गोद में बैठतीं, कभी उसका मुँह ताकती थीं। आखिर खाना लग गया, तो कमरा खाली हुआ।

उसने एक लम्बी साँस ली। तभी दरवाजा बन्द कराई नेग की माँग और हँसी-मजाक, चूड़ियों की खनखनाहट और शरारती जुमलों के साथ जुबैर अन्दर दाखिल हुआ। फरजाना का दिल बड़ी जोर से धकड़ा। उसने घबराकर अपने हाथ-पैर समेटे और सर झुका लिया। उसे लगा, अब जुबैर उसका घूँघट उलटेगा और···

''आप पढ़ी-लिखी, समझदार हैं। इसीलिए आप से मैं कुछ कहना चाहता हूँ···आप सुन रही हैं न ?''

''जी'', फरजाना इस अचानक हमले से चौंक पड़ी। आँखें खोल उसने झुकी नजरों से बेहद धीमी आवाज से कहा और हाथ-पैर की पोजीशन बदली।

''बिजनेस करता हूँ। इसलिए किताबी दुनिया के अलावा जिन्दगी की हकीक़त को रोज देखता हूँ···आप समझ रही हैं न मेरी बात ? आप 'हाँ' या 'न' कहें, तो बात आगे करूँ।''

''जी'', फिर वही महीन आवाज और गठरी हिली। ''मैंने मजहब की सभी कानूनी किताबों को पढ़ा है, मौलवियों से बात की है। इसलिए मैं चाहता हूँ, बात साफ हो सके और आपके दिल में भी कोई खलिश बाकी न बचे···कायदे से मेहर के पचास हजार रुपये मुझे इस समय अदा करने चाहिए, तब आपका घूँघट उलटने का हकदार बनता हूँ, आपका बदन छूने···इसलिए।''

''जी'', फरजाना ने बौखलाकर कहा। उसकी समझ में कुछ नहीं आ रहा था। भाभी ने चलते हुए दूसरी बातें बतायी थीं, समझायी थीं। यहाँ तो रूमानी बातों की जगह बड़े नपे-तुले शब्दों से दूल्हा बात कर रहा है। यह कैसी सुहागरात है ?

''देखिए, अगर आप मेहर के रुपये चाहती हैं तो मुझे कोई एतराज नहीं है, हम बिजनेस क्लासवाले हैं। चेक अभी काटकर आपके हवाले कर सकता हूँ, मगर बात कुछ और है। वह औरत शौहर के लिए बहुत मुबारक होती है जो पहली रात अपने शौहर का मेहर माफ कर दे। वह बड़ी पाकदामन समझी जाती है।''

''जी'', फरजाना घबरा-सी गयी। यह तो किसी ने नहीं बताया। अब वह क्या जवाब दे। उसने घबराकर नजरें उठायीं और घूँघट से जुबैर को ताका।

''यकीन कीजिए, मैं तब तक आपको छुऊँगा नहीं, जब तक आप फैसला नहीं कर लेती हैं···मैं उन जाहिल मर्दों में से नहीं हूँ। आप मेरी हो चुकी हैं। इसलिए मुझे यकीन है, सब्र है, मैं इन्तजार कर सकता हूँ, मगर जो कदम उठाऊँगा, कानून और मजहब की नजर से, हद को कभी पार नहीं करूँगा···आप सोचेंगी, मौलवी टाइप का हूँ। दकियानूसी

ख्याल का हूँ। ऐसा कुछ नहीं है, मगर नयी जिन्दगी शुरू करने से पहले हर रस्म को मुनासिब तरीके से पूरी करना चाहता हूँ।''

फरजाना को जैसे चक्कर आ गया। पिता का आँसुओं में डूबा चेहरा आँखों के सामने घूम गया। मोहब्बत और मेहर के बीच उसे आज की रात किसी एक चीज को चुनना था। परीक्षा की घड़ी बड़ी कठिन थी।

''आपने कुछ कहा नहीं ?'' जुबैर ने कहा।

'मेहर माफ करती हूँ, तो···पहले ही दिन सब हार बैठती हूँ। कोई दावा, कोई जोर, कुछ भी···मेहर माफ नहीं करती हूँ, तो मोहब्बत से हाथ धोती हूँ, जिन्दगी भर इल्जाम ढोती हूँ कि मुझे रुपयों से प्यार था।' दिल ही दिल में फरजाना ने सोचा।

''आप जाने क्यों डर रही हैं···मैं चलता हूँ। आप बेफिक्र होकर सोइए, जब जवाब देना चाहें, मुझे बुला लीजिएगा।'' कहता जुबैर आगे बढ़ा।

''ठहरिए'', फरजाना के मुँह से जाने कैसे निकल गया। उसका चेहरा अपमान से तमतमा उठा था।

''जी'', जुबैर जाते-जाते मुड़ा।

''आपसे बढ़कर मेहर की रकम थोड़ी होगी।'' निढाल हो फरजाना ने कहा और उसकी आँखों में आँसू जमा हो गये।

''आपसे ऐसी ही उम्मीद थी।आपने मेहर माफ किया ?''

''जी'', हारी-सी आवाज फरजाना के गले से निकली और उसने पूरी ताकत से आये आँसू पी लिये। उसे ईमानदारी बिना किसी अनुभव के साबित करनी थी। बिना किसी प्रतियोगिता के दूसरे पक्ष को विजयी घोषित करना था।

''अब आपको छूने और देखने का हकदार हुआ'', कहकर जुबैर ने फरजाना का घूँघट उलटा और एक बहुत खूबसूरत-सी चेन उसकी गरदन में डाली।

चौथी में आयी फरजाना सबको बहुत थकी और उदास लगी। बाप के गले मिलकर वह फूट-फूट कर रोयी। माँ को शक पड़ गया, लड़की खुश नहीं है। खाला, फूफी, भाभी, नायन, शब्बो, चन्दा सबने कुरेद-कुरेद कर पूछा, मगर कुछ हाथ न लगा। दामाद के चहकने से महसूस हुआ कि सब ठीक है, मगर फरजाना का यह मुरझाया चेहरा, सोचती आँखें···?

कई दिन गुजर गये। फरजाना ससुराल जाकर फिर मायके आ गयी थी। एक दिन मौका पाकर भाई से बोली, वह बहुत परेशान है, उससे कुछ कहना चाहती है।

''क्यों, क्या बात है ?'' फिरोज बोला।

''भइया, अब्बू को पता चला, तो जाने क्या होगा। पहले वायदा करो, किसी से कहोगे नहीं।''

''कुछ बोलोगी···आखिर बात क्या है ?'' फिरोज तनाव में आ गया।

''जुबैर ने…'' फरजाना का चेहरा लाल पड़ गया।

''क्या लड़ाई हुई ? उसने कुछ उलटा-सीधा कह दिया क्या ?'' फिरोज ने बहन की नाक प्यार से पकड़कर हिलायी।

''नहीं भइया…वह मेहर की रकम…उसने मुझसे माफ करवा ली है।'' कहकर फरजाना ने गहरी साँस ली।

''क्या कह रही हो ? मैं समझा नहीं…पूरी बात बताओ, ताकि मैं तुम्हारी उलझन सुलझा सकूँ और…'' फिरोज चकित-सा खड़ा रह गया, इस वाक्य से मिले सदमे को पूरी तरह आत्मसात् नहीं कर पाया।

''जुबैर का कहना था कि मेहर माफ करने से औरत शौहर के लिए मुबारक साबित होती है।'' फरजाना ने टूटी-बिखरी आवाज में कहा।

''इस चापलूसी पर शान में आकर तुमने…यह हमारे घर की सारी औरतें मनहूस हैं, जो…तुम्हारा बचपना…तुम लड़कियाँ कुछ नहीं समझतीं'', फिरोज आग-बबूला हो उठा।

''नहीं भइया, इसमें मेरी गलती नहीं है…उसने शर्त लगायी थी कि वह मेरा घूँघट तब तक नहीं खोलेगा, जब तक नकद मेहर की रकम अदा न करेगा या फिर मैं उसे माफ कर दूँ…''

''ओह मेरे खुदा ! यह तो पहली बार सुन रहा हूँ। हमारे समाज में ये सब भी हो रहा है, मुझे यकीन नहीं आ रहा है। मम्मी से बात हुई ?'' फिरोज की मुट्ठी दुःख और क्रोध से बँध गयी।

''डर कर किसी से कुछ नहीं कहा अभी तक…अब्बू का ख्याल आता है। वह पहले भी मेहर को लेकर परेशान थे। अम्मी का पता नहीं, क्या हाल होगा ?'' एकाएक फरजाना की आँखें भर आयीं। चेहरे की उदासी गहरी हो गयी।

''खैर, तुम परेशान न हो। मैं मौलवी अली इमाम से मिलता हूँ। तुम्हें भी साथ ले जाऊँगा, मुझे कुछ चालाकी की बू आ रही है इसमें…मैं उसका खून पी जाऊँगा, चालबाज कहीं का'', फिरोज ने दाँत किचकिचा कर कहा।

''मैं पहले ही कहती थी, मुझे आगे पढ़ना है, मगर…'' रुआँसी होकर फरजाना बोली। थोड़ी देर फिरोज बहन को घूरता रहा। फिर संयत हो कहने लगा, ''देखो फरजाना, अक्ल से काम लो, तुम्हारे पास निकाहनामा है न, सारी शर्तें लिखित हैं। फिर डरना कैसा ? तुमने जबानी माफ किया है, लिखकर तो कुछ नहीं दिया है न ?'' फिरोज ने इस तरह कहा, जैसे खुद को समझा रहा हो।

''नहीं'', फरजाना ने गालों पर लुढ़क आये आँसू पोछते हुए कहा।

''जब जरूरत पड़ेगी, तो लड़ाई लड़ ली जाएगी। खुदा न करे ऐसा हो, मगर इत्मीनान रखो, कानून सबूत चाहता है। वहाँ कागज देखा जाता है। जबानी बात कोई नहीं मानेगा। इसलिए आराम से रहो, खुश रहो, जबानी बातें, अच्छी-बुरी हम एक-दूसरे

से करते रहते हैं। उस बात को भूल जाओ", फिरोज ने बहन को समझाया और खुद भी राहत की साँस ली कि मुसीबत फिलहाल टल गयी है।

भाई से बात करके फरजाना के चेहरे पर छायी उदासी छँट गयी थी। आँखों का ठहराव भी चमक में बदल चुका था। फिरोज ये बातें जानकर बहुत परेशान हुआ। उसने जिन्दगी में ऐसा कभी नहीं सुना था। खानदान में देर-सबेर मेहर की रकम उसने अदा होते देखी थी, मगर पढ़े-लिखे खुशहाल लड़के ऐसा करेंगे और सोचेंगे, उसे यकीन नहीं आ रहा था। बस, एक ही सन्तोष की बात थी कि बहन से उसने हस्ताक्षर नहीं कराये, जबानी तौर पर कहकर...उधर फरजाना वक्ती तौर पर खुश हो गयी थी, मगर दिल में नन्ही-सी फाँस गड़ी हुई थी कि आखिर मेरा अधिकार मुझसे इस तरह क्यों छीन लिया गया ? कल मेरा क्या होगा ? खन्दक और खाई के बीच खड़ा करके मुझसे मेरी सुरक्षा किसलिए छीन ली गयी ?

ससुराल में सारा दिन बिना काम के गुजारना फरजाना के लिए मुश्किल था। युनिवर्सिटी, सहेलियाँ, टीचर्स और घर बहुत याद आता था। एक दिन आदत के अनुसार उसने ससुर की बिखरी मेज समेट दी। कागज, बिल फाइलों में नत्थी कर दिये। पिता की किताबों को सजाना उसका बचपन का शौक था। शाम को लौटकर ससुर ने जो साफ-सुथरी मेज देखी तो समझे, सारे कागज-पत्र सफाई के नजर हो चुके हैं। उनका क्रोध देख बेगम हल्के से मुसकरायी। उनका पानदान भी तो आज सजकर अलग लग रहा था। सास-ससुर के मन में इस छोटी-सी बात ने फरजाना के प्रति ऐसा प्यार भरा कि स्वयं फरजाना न जान पायी। वह तो खुरपी लेकर गमलों को गोड़ती सूखी पत्तियाँ साफ कर रही थी।

शादी हुए दो माह गुजर गये थे, आज हँड़िया डोई छुलवाने की रस्म थी। दोनों ननदों ने चुपचाप सुबह ही कुछ मीठा, नमकीन बनाकर रख दिया था, ताकि फरजाना की बदनामी न हो कि पढ़ी-लिखी भाभी के शौक में एक फूहड़ काहिल लड़की घर आ गयी है। इसलिए सास भी मेहमानों के बीच बैठी गर्व से गरदन उठाये थी कि अन्दर-अन्दर सब-कुछ सँभाला जा चुका है। इन सारी बातों से बेपरवाह फरजाना बड़े आराम से 'प्याज की खीर' बनाने में मग्न थी। कई बार देवर उसे छेड़ चुके थे—"भाभी, खीर में शक्कर की जगह कहीं नमक न डाल देना", उसका सलीका देखकर काम करनेवाली मामा सौ जान से बहूरानी पर निछावर हो गयी। धीरे से बोली, "पढ़ाई के साथ ई सब कब सीख लियो दुलहिन ?"

"स्कूल में होम-साइंस पढ़नी पड़ती है न बुआ। घर में तो अम्मी को पकाते देखती थी", पसीना पोंछती फरजाना बोली। उसे डर लग रहा था कि सब कुछ खैरियत से गुजर जाए। फूफीजान ने शादी से पहले कई बार उससे प्याज की खीर पकवायी थी,

ताकि ससुराल में यह रस्म इज्जत से निबट जाए। एक नयी चीज थी। सबने जीभर कर फरजाना की तारीफ की। बहुतों को तो इसी पर हैरत थी कि प्याज जैसी बदबूदार चीज से खुशबूदार मीठी खीर भी बन सकती है। यह कमाल तो पढ़ी-लिखी लड़कियाँ ही कर सकती हैं।

अगले सप्ताह जुबैर की खाला के घर शादी थी। पूरे परिवार को जौनपुर जाना था। ट्रेन में जैसे पूरा डिब्बा इन्हीं लोगों के रिजर्वेशन से भर गया था। ननदें, ननदोई, बच्चे, सास-ससुर, देवर का हँसी-मजाक, खाने-पीने में वक्त इस तरह कटा कि पता ही न चला, जौनपुर कब आ गया। फरजाना का दिल फूल की तरह खिल उठा था।

खाला के घर नयी दुल्हन तो आकर्षण का केन्द्र थी, मगर फरजाना भी कौन-सी पुरानी दुल्हन थी। सो उसे मुँह-दिखाई उन औरतों से मिल रही थी, जो शादी में नहीं पहुँच पायी थीं। रात को जमीन पर मोटे गद्दों के फर्श पर सब लड़कियाँ-औरतें पास-पास लेटी गप्पें मार रही थीं। हँसी-मजाक, कहानी-किस्से चल रहे थे। एकाएक अफसाना ने कहा, "भाभी, आपको तमाशा दिखाती हूँ", कहती हुई वह उठकर अलग बैठी एक औरत के पास जाकर बैठ गयी और उनको बटुवे से तम्बाकू खाते पलभर देखती रही। फिर बोली, "नानी अम्मा, आपका निकाह कब हुआ था ?"

"मेरा निकाह···निगोड़ी क्या पूछती हो, पूरे पचास साल···नहीं, नहीं, पूरे पैंसठ साल गुजर गये हैं···क्या ख़ाक याद करूँ, कुछ तो बचा नहीं, न रूप, न उम्र, न जवानी", आह भरकर बोली और बटुवे की डोरी खींच चूना चाटा।

"कुछ बताइए न", औरतें-लड़कियों ने इसरार किया। सबके चेहरे पर शरारत का भाव उभर आया था।

"यह हमारी पुरानी दाई हैं अन्ना बुआ···इनके हाथों घर के सारे बूढ़े पले थे", धीरे से फरजाना के कान में किसी ने कहा।

"बताइए न, नाना ने आपको कैसे देखा ?"

"आप बहुत हसीन लग रही होंगी ?"

"और नहीं क्या बीवी, वह जमाना ऐसा था कि जहाँ पैर मारती, वहीं की जमीन धँस जाती थी। बड़े चर्चे थे। तुम्हारे नाना लट्टू हो गये। बोले, शादी करेंगे, तो मुझसे ही। बस, चट मँगनी, पट ब्याह मगर भइया, मुझे तो उन्होंने डरा ही दिया था। शादी की रात अच्छी-अच्छी बातें करते-करते एकदम से बोले, 'मेहर माफ न किया, तो कुएँ में कूद जाऊँगा।' मैं भी चंचल थी। इतराकर बोली, 'जाइए नहीं माफ करती', मुझे क्या पता था कि घर के आँगन में कुआँ है। मेरी बात सुन वह लपके और जगत पर जा बैठे। बोले, 'माफ करती हो या नहीं ?' मजाक यहाँ तक पहुँच जाएगा, मैं सोच नहीं सकती थी। दहाड़ें मारकर रोती भागी और उन्हें मनाकर ले आयी। वह हँस रहे थे, मैं रो रही थी। अल्लाह बख्शे, बड़े हँसोड़ तबीयत के थे। जब कभी उन्हें कुछ मनवाना होता, बस, उसी

कुएँ की जगत की तरफ भागते···बहुत महीनों के बाद एक दिन मैंने देखा कि वह कुआँ तो कूड़े से लगभग पट चुका है। तब जाकर मेरी जान में जान आयी।"

"फिर···?" किसी ने पूछा।

"फिर क्या, मेहर तो मैंने माफ कर दिया था···चलो भागो मुझे लेटना है।" अन्ना, बुआ के पास से लड़कियाँ हँसती हुई उठ गयीं मगर फरजाना उदास हो गयी।

ससुराल में सब-कुछ था, उसे किसी बात की तकलीफ नहीं थी। उसने ससुर से आगे पढ़ने की इजाजत भी ले ली थी। सास की खिदमत कर उनका दिल भी जीत लिया था मगर···अभी तक वह मर्दानगी के आगे अपनी जनाना जीत का परचम नहीं लहरा पायी थी। उसका दिल चाहता था, किसी तरह वह मेहरवाली बात की असलियत समझ सके कि वास्तव में सच क्या है ? बहुत सोचने पर उसे एक रास्ता दिखा। मजहबी किताबों को उसने पढ़ना शुरू किया, तो घर में सास-ससुर की खुशी का अन्त न रहा, मगर वे नहीं जानते थे कि इन दीनी किताबों के पीछे कौन-सी छानबीन चल रही है।

ईद पर जब वह मायके गयी, तो भाई ने फूफी के देवर के मित्र मौलवी अली इमाम को उसके कहने पर बुलवाया और खाना खाने के बाद जब चाय की मजलिस आधी रात को सूखे मेवों के साथ जमी तो फिरोज ने बात छेड़ दी। सुनकर पॉलिटिकल साइंस में एम. ए. और हुज्जत में नज्जफ से डिग्री लिये मौलवी एकाएक क्रोध से उबलकर बोले, "लाहौल···क्या जिहालत है···यह तो सरासर मर्द समाज में मर्द की एक चाल है, ताकि वह औरत का हर हथियार छीन ले, कहीं प्यार से, कहीं कानून से, कहीं जुल्म से···पता नहीं, पैसे की लालच में और औरतों की आज़ादी से खौफजदा मर्दों ने जाहिल मौलवियों को अपना रहबर क्यों मान लिया है···इन्हीं सारी बातों को लेकर मेरा झगड़ा इनसे होता है। मैं हदीस शरीयत और कुरान खोलकर दिखाता हूँ, तो पता चलता है, कमबख्तों को कुछ आता नहीं है। न पढ़ते हैं, न सीखते हैं।"

"और जो यह पढ़े-लिखे लड़के ऐसा करते हैं ?" फिरोज ने बात खोलनी चाही।

"मतलबपरस्त हैं, खुदगर्ज हैं, नासमझ, पढ़े-लिखे जाहिल हैं। औरत से हर शक्ल में सुख हासिल करना चाहते हैं, मगर बदले में देनेवाला दिल नहीं रखते। पढ़ी-लिखी लड़कियों से डरते हैं। मैं तो कहता हूँ, कानून और औरतों की मदद इन दोगले मौलवियों और कानूनदां के जरिये नहीं होगी। औरत को खुद हदीस और कानून समझकर अपनी लड़ाई लड़नी पड़ेगी···मेरे ऐसे खयालात हैं। इसलिए सरकार हो या आम आदमी, मुझसे कतराता है···किसी सलाह-मशवरे के वक्त जाहिलों की फौज हर समाचार-पत्र में तस्वीर के संग छपी नजर आती है। नॉन इशू को इशू बनाकर लोग लुत्फ लेते हैं।"

मौलवी इमाम का तस्वीहवाला हाथ गुस्से में काँप रहा था। फिरोज ने बात वहीं खत्म करना मुनासिब समझा। सो चाय की नयी ताजा प्याली उनकी तरफ बढ़ा बहन को इशारा किया कि वह कोई सवाल न पूछे। कुछ देर खामोशी छायी रही।

“चचाजान, मेहर और शादी का क्या रिश्ता है, जो मेहर को लेकर इतनी बातें बनती हैं ? कहा जाता है, मेहर औरत की कीमत है जो मर्द अदा करता है ?” कुछ देर बाद फरजाना ने पूछा।

“गलत, बिलकुल गलत⋯मेहर का मतलब है–प्यार-मोहब्बत, न कि⋯लाहौल⋯ये सारी बेकार की बातें हैं। सचाई से इनका दूर का भी वास्ता नहीं है।” अली इमाम ने खँखारा, फिर कहा, “शादी कानूनी तौर से यानी इस्लामी तौर पर वैध मानी जाए, इसके लिए चार चीजों का होना जरूरी है–पहला, लड़की की मरजी पूछी जाए, वह शादी के लिए राजी है ?; दूसरे, दो गवाह हों, जो मर्द हों। यदि मर्द नहीं हैं, तो फिर एक मर्द के बराबर दो औरतों की गवाही मानी जाएगी। निकाह सबके समाने होना जरूरी है, मेहर का होना तो अत्यन्त जरूरी है, क्योंकि उस वायदे का ‘टोकन मनी’ या शगुन है, जो उसने पूरी जिन्दगी औरत की देखभाल के लिए किया है। यदि इनमें से कोई एक बात पूरी नहीं, तो निकाह या शादी अवैध करार दी जा सकती है। यहाँ तक कि यदि किसी ने हैसियत से ज्यादा मेहर रखा और अदा करने की बिसात उसमें नहीं, तो वह भी अवैध है, क्योंकि शादी की बुनियाद झूठ पर होगी। इसीलिए कम-से-कम ‘मेहर हो’, कायदे से खजूर की गुठली के बराबर सोना या सोने की कीमत भर⋯जो फौरन अदा करने में मददगार साबित हो। यही वह ‘गारण्टी’ है कि मर्द औरत की दौलत पर तकिया नहीं करेगा, बल्कि खुद कमा कर खिलाएगा, उसके आराम का ख्याल रखेगा। हमारे यहाँ शादी एक ‘अनुबन्ध’ का नाम है। एक भी क्लाज छूटा तो अनुबन्ध टूटा या शादी अवैध मानी जा सकती है। लड़की अपने अधिकार का प्रयोग कर सकती है। यदि शादी उसकी मरजी बिना हुई है, तो वह इनकार कर सकती है। तभी निकाह छुपाकर नहीं, सबके सामने करने की हिदायत दी गयी⋯कुछ किताबें भिजवा दूँगा⋯पढ़ना और समझना⋯वैसे, तुम ये सब क्यों पूछ रही हो, कोई पेरशानी या फिर⋯?”

फरजाना के चेहरे पर एक रंग आ रहा था, दूसरा जा रहा था। अपमान से उसके कानों की लवें सुर्ख हो गयी थीं। एक बगावत सर उठाने लगी कि ऐसे झूठे, जाहिल शौहर के घर लौट कर क्या जाना। यहीं मायके में रहकर माँ-बाप को भी सीख देनी चाहिए कि मुझे आगे पढ़ाने की बजाय मेरी शादी क्यों कर दी। यदि शादी इतनी महत्त्वपूर्ण थी, तो फिर शादी, तलाक, मर्द-औरत के सम्बन्ध पर धर्म और कानून का ज्ञान क्यों नहीं दिया, क्यों अन्धे कुएँ में धकेल दिया ?

“इसका मतलब यह हुआ कि ‘मेहर’ उस ईमानदारी की ‘सिक्योरिटी’ है जिसको आगे की शादीशुदा जिन्दगी में शौहर को अपने बर्ताव और व्यवहार से साबित करना है। या यूँ कहा जाए कि मेहर औरत की कीमत न होकर मर्द की जमानत है।” फिरोज ने गहरी सोच में डूबते हुए कहा।

“बिलकुल सही समझे हो। काश, यह बात सबको समझ में आती। अकसर लोग ‘मेहर’ को औरत के गुजर-बसर या स्त्री-धन समझने की गलती करते हैं। सच पूछो तो

एक खुशहाल और बराबरी से जी जानेवाली जिन्दगी का वायदा है जो मर्द 'मेहर' की शक्ल में पेशगी अदा करता है। हाँ, जब रिश्ते टूटते हैं, तलाक की नौबत पहुँचती है, तो वहाँ 'मेहर' का कोई रोल नहीं होता, बल्कि 'गुजारा भत्ता' का मसला खड़ा होता है। वह बिलकुल अलग मसला है।''

''मेहर जब नकद सिक्कों में उसी वक्त अदा होनी चाहिए, तो फिर अक्सर लोग बुढ़ापे में या मरते वक्त मकान, दुकान, बाग वगैरह मेहर में क्यों देते हैं ?''

''इसलिए कि उनकी मौत के बाद बीवी दर-ब-दर की ठोकर न खाए। इसीलिए वे नकद की जगह उसी कीमत की अचल जायदाद के रूप में भुगतान करते हैं। यह उन शरीफ मर्दों का इजहार-ए-मोहब्बत है, जिनके दिलों में बीवियों के लिए नर्मगोशा होता है, अपनी जिम्मेदारी का एहसास होता है।''

''यह काम तो फिर पहले भी किया जा सकता है ?'' फिरोज ने पूछा।

''हाँ, मगर तब वह कमाना शुरू कर रहे होते हैं। विरासत की जमीन उनके नाम तब तक नहीं होती। फिर, उसके भी कई हकदार होते हैं। बैंक में कुछ जमा पैसा होता नहीं। अगर मेहर उनकी हैसियत के मुताबिक बँधे, तो वह फौरन अदा कर सकते हैं। कितने निकाह मैंने इसी मुल्क में पढ़वाये हैं ऐसे दौलतमन्द घरानों के, जिनका यकीन हदीस पर था, रुपये की लेन-देन पर नहीं। इसीलिए उन्होंने सिर्फ डेढ़ रुपये या तीन रुपये या फिर सोने की एक गिन्नी पर मेहर बँधवाया, जो फौरन दूल्हे ने दुल्हन को अदा कर दिया। दूसरी तरफ मामूली घरों के लड़कों का मेहर लाख-डेढ़ लाख बँधा। दहेज मना है इस्लाम में, तो भी दुनिया को दिखाने के लिए दहेज दिया गया। बुनियादी बातों को भुलाकर दुनियावी बातों पर ध्यान दिया गया। अक्सर नतीजा देखने में आया कि लड़की मायके गयी तो बुलायी नहीं गयी और लड़के ने दूसरी शादी कर ली। पहली और दूसरी बीवी के दहेज से उसका घर भर गया। इस तरह की शैतानत का काम अब होने लगा, क्योंकि लोगों ने सीधा रास्ता चलना बन्द कर आसान और गैरकानूनी रास्ता अपनाना शुरू कर दिया है। उन बातों का इस्लाम से क्या लेना-देना, मगर अपने बचाव में इलजाम उस पर थोप दिया जाता है'', कहते हुए अली इमाम ने लम्बी साँस ली और चलने की तैयारी करने लगे।

''आप सोचते हैं कि हदीस में लिखी हर बात पर चलने से सुकून और इन्साफ मिल जाता है ?'' फिरोज ने गम्भीर स्वर में पूछा।

''बात सिर्फ हदीस की नहीं, बल्कि ईमानदारी से एक रास्ता चुनने की है। जिन्दगी का कोई नजरिया तो होना चाहिए। जब आप उस पर चलते हैं, तो भटकन कम होगी और सुकून और इन्साफ भी तयशुदा कानून के मुताबिक आपको मिलेगा, वरना जंगल का कानून आपको मानना पड़ेगा और इन्सानी दुखों का कोई अन्त नहीं होगा।'' अली इमाम ने जूते के फीते बाँध काली अबा-कबा को ठीक किया और सर पर काला इमामा रखा।

"एक तो अरबी जबान आती नहीं और सारी मजहबी किताबें उसी जबान में हैं", फिरोज ने कहा।

"ऐसा नहीं है। अँग्रेजी, उर्दू में खूब तर्जुमा हुआ है। बात दिलचस्पी की है, खुद को जानने-समझने की है। जब तक जड़ को नहीं समझोगे, फैलाव पर तुम्हारी नजर नहीं पहुँचेगी और गलत मालूमात पर भरोसा कर अपने को कमजोर समझोगे", अली इमाम ने फिरोज के कन्धे पर हाथ रखते हुए कहा।

"आपसे बातें कर लुत्फ आ जाता है", फिरोज ने हँसकर कहा।

"लुत्फ आता है, वह तो ठीक है, मगर मियाँ साहबजादे, अपनी शादी में इन बातों का ध्यान रखना", कहकर ठहाका लगा बैठे मौलाना।

"जी, सही इम्तहान की घड़ी वही है", फिरोज भी हँस पड़ा।

"जो कुछ करना, तैश में आकर मत करना…गुस्सा किसी भी जंग में हारने का सबसे नादान ऐलान होता है। सही मंजिल को पाने के लिए औरत के पास वे सारे हथियार हैं जो मर्द के पास नहीं हैं", अली इमाम ने फरजाना के सलाम का जवाब देते हुए कहा और उसके सर पर प्यार से हाथ रखा।

"जी", चौंक पड़ी फरजाना। समझ गयी कि मौलवी इमाम साहब सब-कुछ ताड़ गये हैं।

"किरदार का हथियार दौलत, ताकत, शोहरत के हथियारों से कहीं ज्यादा तेज और चमकदार होता है, क्योंकि वह इन्सानी वजूद को कायम रखता है", इतना कहते हुए अली इमाम कमरे से बाहर निकल गये और फरजाना को एक नयी जमीन पर सोचने के लिए मजबूर कर गये।

अन्दर चाहे ज्वालामुखी फट रहे हों, ऊपर से फरजाना दूसरों के सामने अपने को सहज बनाये रखने की पूरी कोशिश करती थी, मगर उसका सन्ताप किसी तरह कम नहीं होता था कि उसकी शादी आधी कानूनी और आधी गैरकानूनी है। जब कभी जुबैर के हाथ उसके करीब आते, उसे महसूस होता कि उसके साथ बलात्कार हो रहा है। वह कभी-कभी अन्दर से इतनी हिंसक हो उठती कि लगता, कहीं कुछ कर न बैठे। अपनी चालाकी से उसने औरत को पहले निहत्थी बनाया, फिर उससे प्रेम किया, मगर मैं इस फाँस की तपकन को खत्म करके रहूँगी, उसी चालाकी और कूटनीति से, जैसे जुबैर ने मुझे पहली रात छला था। यह खामोश लड़ाई तब तक चलेगी, जब तक मेरी जीत नहीं होगी।

पूरे वक्त खाली समय में कमरे में अकेली पड़ी छत ताकती, अनेक मनसूबे बनाती, तनाव में मुट्ठियाँ जकड़ती और तेज साँसों के संग वह जाने कितनी दूर निकल जाती थी। अब वह दो जिन्दगी जी रही थी—एक ख्यालों में जुबैर की दुश्मन बन और एक हकीकत में उसकी पत्नी बनकर उसकी हर बात मानती हुई। उसका पूरा ध्यान इस

बात पर केन्द्रित हो गया था कि साँप मर जाए और लाठी भी न टूटे, वरना जुबैर का क्या ? वह रूठकर मायके बैठी, तो दूसरे महीने वह एक और ले आएगा और इस्लाम के नाम पर हर तरह की सहूलियतें हासिल करेगा और वह नाक पर मक्खी न बैठने की जिद में नाक कटवा लेगी, जो उसे मंजूर नहीं। बात तो तब बनेगी जब सहूलियतों के इस बाँध का पानी उलटी दिशा की तरफ मोड़ सके, जुबैर को सबक सिखा सके, उस जाहिल मौलवी की दाढ़ी कुतर सके, मगर कैसे ? आखिर कैसे ?

गरमी के दिन थे। फरजाना ससुराल लौट आयी थी। जुबैर सारे दिन धूप से तपा जब घर लौटता तो फरजाना के हाथों मिला ठण्डा शरबत अजीब राहत का एहसास देता था। रात जब वह पास लेटी फरजाना की तरफ हाथ बढ़ाता, तो वह करवट बदलकर बड़े नरम स्वर में कहती, ''प्लीज जुबैर, आज बहुत गरमी है।''

उसके इस जुमले को सुन जुबैर को कूलर की ठण्डी हवा लू के थपेड़े जैसी और रात धूप से भरा सफर लगने लगती। उधर फरजाना को जुबैर का हर प्रेम-स्पर्श फन्दा और वह खुद एक बहेलिया लगता। उसके अन्दर चिंघाड़ता तूफान शान्त नहीं हुआ था। वह जुबैर के मलिन पड़ते चेहरे को ताकती और जबान पर आयी कड़वाहट को निगल लेती कि आज बस, इतना, वरना मरीज को सारी खुराक एक साथ देना कोई समझदारी नहीं है।

एक दिन दोपहर में फरजाना यह देखकर शर्मिन्दा हो गयी कि फैक्टरी के आदमी के साथ दो अन्य लोग उसके कमरे में ए. सी. लगाने आये हैं। घर में खुशी की लहर दौड़ गयी। दोनों देवर उसके कमरे में जमा होकर ए.सी. को लगता देखने लगे। उसे भी कहीं अच्छा लगा कि जुबैर को उसके आराम का कितना ध्यान है। उसने स्वादिष्ट पकवान बनाये। कमरे के पर्दे, कुशन, बेड-कवर बदले और पूरे घर को उत्सव के रंग में डुबो दिया। शाम को जुबैर ये सब देखकर मगन हो उठा और पूरे परिवार को कार में बिठाकर लम्बी ड्राइव पर ले गया।

रात को नीली रोशनी से भरा कमरा एक बर्फीली सरसराती ठण्ड में डूबा, रजनीगन्धा की महक से गमक रहा था। जुबैर के चेहरे पर एक अलग तरह का आकर्षण फरजाना को अपनी तरफ खींच रहा था। यह सारा भीना-भीना माहौल उसी के द्वारा पैदा किया हुआ है। फिर वह झिझक क्यों रही है ? कितना अजीब है सब-कुछ ? एक तरफ सम्बन्ध मोहब्बत की पुख्ता जमीन पर खड़ा हो रहा है, तो दूसरी ओर आत्म-सम्मान, तर्क की छेनी-हथौड़ी से संवेदना पर प्रहार कर उसे व्यथा के समन्दर में धकेल रहा है। दिल कह रहा है कि आज की खूबसूरती जी लो, प्यार को दोनों हाथों की अंजुली में भरकर पी लो, न जुबैर को निराश करो, न खुद को दुःखी, मगर चेतना उसे रोक रही है—भावना में मत बहो, ऐसी हजार हसीन रातें आएँगी, जरा इन्तजार करो। आज के सुख के लिए कल का समझौता बहुत महँगा पड़ेगा, जहाँ दर्द के गलियारों

में भटकन होगी। एबादत का सूरज बीच में ही डूब जाएगा। सारी रातें सियाह पड़ जाएँगी।

"मैं किसकी सुनूँ ?" फरजाना ने तंग आकर अपने बालों में उँगली फँसायी। वह टूट रही थी। वह कमजोर पड़ रही थी।

"क्या हुआ ?" ब्रश करके नाइट गाउन पहने, कमरे में दाखिल होते जुबैर ने फरजाना को ताज्जुब से देखा।

"कुछ नहीं", आँखों में भर आये बादलों को फरजाना ने उड़ा कर फीकी मुसकान से जवाब दिया।

"सर में दर्द है ?" जुबैर ने उसका मुरझाया चेहरा देखा और उसके इकरार पर पास लेटकर उसका माथा हल्के-हल्के सहलाने लगा।

एक खूबसूरत रात दबे पैर गुजरने लगी। जुबैर जाने कब उसका माथा सहलाते-सहलाते सो गया। उसने जुबैर का हाथ धीरे से हटाकर होठों पर, फिर उसे आहिस्ता से सीने पर रख कर दबाया।

'आखिर ये सब इस तरह कब तक चलेगा ? मेरे प्रतिरोध की यह अभिव्यक्ति कहीं गलत अर्थ में कोई गुल न खिला बैठे। अब मुझे बोलने की हिम्मत जमा करनी पड़ेगी, वरना खामोश शहादत व्यर्थ जाएगी'—फरजाना सोच रही थी। उसकी आँखों में नींद नहीं थी। कभी वह प्यार से पति के चेहरे और बदन को ताकती थी, तो कभी अपनी डबडबायी आँखों को तकिया में छुपा लेती थी।

जुबैर फरजाना के रोज-रोज के बहाने से सोचने पर मजबूर हो गया था। वह फरजाना के प्रति अपने अनुराग और आकर्षण के पर्दे को हटाकर कुछ देखना चाहता भी, तो उसे कुछ नजर नहीं आता था। रोज-ब-रोज वह रूहानी तौर से फरजाना के जितना समीप आ रहा था, जिस्म से उतना ही दूर हो रहा था। उसे जाने क्यों लगने लगा था कि फरजाना उसके सम्मोहन से मुक्त होती जा रही है। यह हार उसकी है या…

"यह तुम हरदम किताबों में डूबी क्या तलाश करती हो ?" जुबैर ने बिस्तर पर से किताबों का ढेर सरकाते हुए पूछा।

"आपको", हँसकर फरजाना ने मियाँ को ताका।

"मुझे ?" जुबैर बिस्तर पर लेटते-लेटते चौंका। उसके और फरजाना के दरमियान किताबें पड़ी थीं।

"हाँ, आपने पहली मुलाकात में बताया था कि आपने बहुत पढ़ रखा है, मजहब के बारे में बहुत कुछ जानते हैं, तबसे मुझे भी शौक हो गया कि आपकी दिलचस्पी जारी रखूँ, मगर अभी तक, इतना पढ़ने के बाद मुझे किसी हदीस, किसी सुन्ना में मेहर को पहली रात औरत से माफ कराने की बात नहीं मिली है…" किताबें समेटते हुए फरजाना

ने भोलेपन से कहा।

"वह⋯वह तो बस", जुबैर हकलाकर रह गया। उसे इस तरह की बात, वह भी इतने अरसे बाद सुनने की उम्मीद नहीं थी।

"मेरी तो अच्छी गुजर रही है। यदि मेरी बेटी को कल किसी तरह की परेशानी हुई⋯मसलन मेहर माफ करने के बाद शौहर के संग उसकी निभ न सकी और हक के नाम पर मेहर भी न रहा⋯इस बीच आपका बिजनेस भी किसी वजह से⋯या फिर हमारे इतने बच्चे हो गये कि हम उन्हें बिठाकर खिला न सकें⋯हजार तरह की फिक्र मुझे घेरे रहती है। इसलिए मैं कुछ बातों की तह में जाना चाहती हूँ, ताकि कल मेरी होनेवाली बेटियों को तकलीफ न हो", उदास चेहरा बनाकर फरजाना ने चिन्तित स्वर में कहा।

"वह तो ठीक है, मगर अभी हमरे बच्चे हैं कहाँ ? तुम तो वही बात कर रही हो कि न सूत, न कपास, जुलाहों में लट्ठम-लट्ठा"–खिसियानी हँसी हँसता जुबैर बोला।

"बलात्कार से उपजे बच्चे को मैं जन्म नहीं दूँगी, चाहे बाँझ ही क्यों न कहलाऊँ⋯" फरजाना ने दाँत पर दाँत जमाकर कहा।

"कुछ कहा तुमने ?" जुबैर चौंका।

"नहीं तो", फरजाना मुसकराकर पलटी।

"अच्छा ! मेरे कान बजे होंगे।" जुबैर चकराया-सा बोला।

"मैं चाहती हूँ, आप उस मौलवी से मुझे मिलवाएँ, जिसने आपको ऐसा कानून बताया है, ताकि मैं किताब में न मिलनेवाले कानून को समझ सकूँ, जो रिवाज पकड़ रहे हैं।" बड़ी अदा से फरजाना ने कहा और गहरी नजरों से जुबैर को ताकती हुई हँस पड़ी।

"मैं किसी मौलवी को नहीं जानता हूँ। मुझे इन बातों पर जरा भी यकीन नहीं है।" उलझकर बोला जुबैर।

"फिर उस रात आपने मुझसे झूठ बोला था ?" फरजाना की नर्म उँगलियाँ मियाँ के बालों में उलझ गयीं।

"आधा, पूरा नहीं", जुबैर हल्के से मुसकराया। वह जाल में फँस गया था, उसे पता नहीं था।

"क्यों ?" फरजाना चौंकी और बड़े अन्दाज से आँखें झपकायीं।

"क्योंकि मेरे दोस्तों ने मुझे सलाह दी थी कि मेहर की मुसीबत से पहले ही दिन निपट लेना, वरना⋯" खिलखिला पड़ा जुबैर अपनी जीत पर।

"वरना क्या ?" एकाएक फरजाना के चेहरे के भाव बदल गये।

"छोड़ो भी, उस पचास हजार में क्या रखा है ? एक लाख का तो तुम इस समय सेट पहने हो, मेरी जान।" जुबैर ने उसकी तरफ हाथ बढ़ाया कि उसे बाँहों में भर ले।

"नहीं जुबैर⋯मुझे जवाब दो पहले, वरना क्या ?" छिटककर फरजाना दूर हट पलँग के कोने पर जा बैठी।

"अरे, बस यूँ ही, पहली रात ही अपनी बात मनवाकर जिन्दगी शुरू करने का मतलब था, हमेशा नकेल मेरे हाथ होगी, वरना फिर तुम मुझ पर धौंस जमाओगी", जुबैर ने पैर सीधा कर पलँग पर चित लेटते हुए आराम से कहा।

"मगर क्या तुम यह नहीं सोच पाये कि जब सच का पता चलेगा, तो क्या होगा ? तुम मेरी नजर में कहाँ टिकोगे ?" फरजाना का लहजा बदल चुका था।

"औरत को इन बातों की खबर नहीं होती। वह शौहर और मौलवी की हर बात को सच मानती है।" जुबैर हँस पड़ा।

"औरत को इन बातों की खबर नहीं होती है", फरजाना का लहजा तल्ख हो उठा। जुबैर ने बीवी को पहली बार इस तेवर में देखा था। इसलिए वह पूरी तरह बात की तह तक नहीं पहुँच सका तो भी मामला भाँपकर उसने लहजा दबंग बनाकर कहा—"हाँ, वह तुम्हारी तरह सच को तलाश नहीं करती, बल्कि शौहर की कही बात को सच मानती है, इसलिए सुखी रहती है। तुम खुद अपनी जन्नत में आग लगाने पर उतारू हो। मुझे जलील कर झूठा साबित कर क्या तुम मेरा प्यार पा सकोगी ?"

"अब यह तुम्हारी दूसरी शर्त है ?" फरजाना कटाक्षभरी मुसकान बिखेरकर बोली।

"नहीं, शायद हाँ या मैं कुछ नहीं जानता···" जुबैर उलझकर बोला।

"देखो जुबैर, मैं रोज तुम्हारे साथ मरती हूँ। मुझे डर है कि कहीं मैं पागल न हो जाऊँ। मुझे पहली रात की वह शर्त, तुम्हारी वे बातें, सदा कोंचती रहती हैं। लाख भूलने की कोशिश करूँ, तो भी भूल नहीं पाती। शायद इसलिए कि वह धार्मिक दृष्टि से गलत था, झूठ था—हमारे प्यार की बुनियाद एक झूठ पर, एक फरेब पर शुरू हुई थी। इसकी कसक मुझे तड़पाती है। मेरा दर्द समझने की कोशिश करो···वह दर्द लाख या करोड़ के जेवर पहनने से खत्म नहीं होगा···" फरजाना की आँखें डबडबा आयीं।

"तुम पागल हो रही हो। ऐसा कुछ भी नहीं है। मैं तुमसे बेपनाह मोहब्बत करता हूँ। भूल जाओ।" एकाएक जुबैर के चेहरे पर छाया गुस्सा गुबार की तरह बैठने लगा।

"मगर मैं मोहब्बत करना चाहूँ भी, तो नहीं कर पाती हूँ। हरदम उस रात की बातें मुझे हथौड़े की तरह पीटती हैं, मुझे बताती हैं कि तुमने मेरी मजबूरी, मेरी मासूमियत से फायदा उठाया है। ख़ुदा के बाद शौहर के आगे सिजदा वाजिब है, मगर बताओ, क्या मैं सच्चे दिल से तुम्हारे आगे माथा टेक सकती हूँ ? उस खुदा के आगे तुम माथा टेक सकते हो, जो तुमसे झूठ बोले ?"

"बस करो फरजाना···मैंने ये सब जानकर, इतना कुछ समझकर यह नहीं किया था। एक मर्दाना नशा था, ताकत का, घमण्ड का, अपने को बरतर समझने का। उसी नशे में मुझसे यह गलती हो गयी। तुम जो चाहो, सजा दे सकती हो, मगर मुझे छोड़ कर मत जाना।" जुबैर ने फरजाना को अटैची खोलते देखकर कहा।

"फिर एक नया फरेब, एक नया जाल मोहब्बत के नाम पर बुन रहे हो ? पछता रहे हो, तो प्रायश्चित्त भी करना जानते होगे। मैं तो अपने को सजा दे रही हूँ अपनी

हिमाकत की···यह कोख हमेशा सूनी रखूँगी, उस मर्द का बच्चा हरगिज कोख में नहीं पलने दूँगी, जो मोहब्बत के नाम पर सत्ता का परचम लहराये, जो औरत के अधिकार को अपनी चालाकी से छीन ले और उसे निहत्था बनाकर अपनी जीती जमीन का एलान करे···वह जमीन अंकुर नहीं फोड़ेगी, कभी नहीं।'' फरजाना के चेहरे पर एक तमतमाती-सी जिद अकड़कर बैठ गयी।

''मैं शर्मिन्दा हूँ'', जुबैर के चेहरे पर उठी संगीनें धराशायी हो गयीं।

''यदि तुम्हें रस्में तोड़नी थीं, बगावत करनी थी, तो एक नयी जिन्दगी की बुनियाद डालते, जिसके नियम नये होते। धर्म के बनाये कानून को नकारना था, तो नास्तिक बन क्रान्ति करते, मगर वे खतरे तुम मोल नहीं ले सकते थे। नियम और कानून से बँधी जिन्दगी को कुबूल करके उसमें से उन नियमों को छाँटना, जो तुम्हारे लाभ में जाते हैं और उनको रद्द कर देना, जो दूसरों के फायदे में जाते हैं, क्या यह गुनाह नहीं है ?''

''तुम सब-कुछ बर्बाद करने पर तुली हो···अपना गुस्सा ठण्डा करो···इन बातों से क्या फायदा ? हम खुश हैं, खुश थे, खुश रहेंगे।''

''मैं खुश नहीं थी, एक बनावटी जिन्दगी जी रही थी, हौसला जमा कर रही थी, सच्चाई की तलाश कर रही थी और आज मैं फैसला करना चाहती हूँ कि मुझे तुम्हारे साथ रहना है या अकेले जीना है।'' फरजाना ने अटैची में सामान रखते हुए कहा।

''पागल हो गयी हो क्या ?'' जुबैर तैश में आ गया।

''अब होश में आयी हूँ, नींद से जागी हूँ। मुझे अब समझौतेभरी यह जिन्दगी पसन्द नहीं, जहाँ खुदा और रसूल का दिया हक भी मुझसे छीनकर जीने पर मजबूर किया जाए ! कल का क्या भरोसा ! इस दलदली जमीन पर कौन-से घर की बुनियाद पड़ेगी ?'' जजबात की शिद्दत से फरजाना की आवाज बुलन्द हो उठी।

''धीरे बोलो, दालान में कोई है···बेकार में···'', जुबैर ने घबराकर उसके मुँह पर हाथ रखा। कुछ पल खामोशी रही।

''चाहती तो मैं भी यही हूँ कि हमारे बीच जो हुआ, उसका पता दूसरों को न चले, क्योंकि दूसरों की कोई गलती नहीं है।'' थोड़ी देर बाद फरजाना ने कहा।

''मैं तुम्हें बहुत प्यार करता हूँ, तुम्हारी इज्जत करता हूँ'', जुबैर ने प्यार से सराबोर हो उसका हाथ पकड़ना चाहा।

''मुझे हाथ मत लगाना···मैंने इतना तनाव सहा है कि अब मैं टूटकर बिखर जाऊँगी। अभी तक चुप थी, सहने की ताकत थी। आज जबान खुल गयी है, तो मेरे सब्र का पैमाना लबरेज हो चुका है। मुझे कुछ दिन आराम चाहिए, फैसले से पहले का सन्नाटा। मुझे मेरे घर छोड़ आओ। जब तक मैं तुम्हें बुलाऊँ न, तुम मुझे लेने मत आना'', अटैची बन्द करते हुए फरजाना ने अन्तिम फैसला सुनाया।

फरजाना चली गयी। ससुराल का घर सूना हो गया। फरजाना की रणनीति कुछ हद

तक सफल हुई। अपनी सेवा से जो उसने सबका दिल जीत लिया था, वे अब उसके लिए तड़पते। अपनी खिदमत से जो उसने सबकी आदतें बिगाड़ दी थीं, उससे हर पल उसका नाम जबान पर रहता और घर की यह हालत, माँ-बाप का इसरार तथा छोटे भाइयों के प्रश्नों से जुबैर घबरा चुका था। अभी तक केवल एक रट थी—कई महीने गुजर गये, मगर बहू की गोद हरी नहीं हुई। उसका भेद भी फरजाना ने फाश कर दिया। अब पूछा जा रहा है कि वह ससुराल क्यों नहीं जा रहा है ? क्यों नहीं फरजाना को बिदा करवा कर ला रहा है ? इस बात की गाँठ फरजाना ही खोल सकती है। कभी-कभी वह माथा पीटता कि कानून, शिक्षा, मेडिकल सहूलियतें इन्सान की जिन्दगी को आसान नहीं, बल्कि पेचीदा बना रही हैं।

इस बीच कई बार छोटे बेटों के संग सास-ससुर बहू को देख आये थे। कुरेदकर मामला जानना भी चाहा, तो कुछ हाथ न लगा, सिवाय इस बात के कि फरजाना की माँ की तबीयत ठीक नहीं है, डॉक्टर ने पूरा आराम करने की सलाह दी है। इस तरह की उलझन में एक महीना गुजर गया। जुबैर को फरजाना की तरफ से कोई सन्देशा नहीं मिला।

जुबैर को कभी फरजाना पर गुस्सा आता, कभी प्यार, मगर अपनी गलती समझ में नहीं आती थी। उसे महसूस होता कि तिजोरी जिसमें जेवर भरे हों, बैंक जिसमें रुपये हों, घर की सारी चाबियाँ माँ ने फरजाना को सौंप रखी हों, उसे पचास हजार रुपये क्यों इतनी महत्त्वपूर्ण रकम लगती है ? उससे चौगुने की वह तन्हा मालिक है। आखिर किस बात की कमी है ? फिर भी जाते-जाते सारे जेवर यहीं छोड़ गयी है ? उधर यार-दोस्त उसे समझाते, "छोड़ यार, औरतों के चोंचले हैं, इनके गाल पर एकाध जड़ा नहीं कि अक्ल ठिकाने आ जाएगी। हमारी बीवियों ने तो सिर्फ मेहर ही माफ नहीं किया, बल्कि रोज हमारी गलती को भी माफ करती हैं। मैं तो यह जानता हूँ कि ढोलक कसी न गयी, औरत दबाकर रखी न गयी, तो बड़ी बेतुकी आवाजें निकालती हैं। मेरी साली की अभी शादी नहीं हुई है। कहो तो बात चलाऊँ ?"

सब-कुछ सुन-देखकर जुबैर का साथ दोस्तों से छूटता गया। उनके घर में बिखराव, फूहड़पन और रिश्तों की बेकसी थी। यदि फरजाना ने सब-कुछ सही तरीके से सँभाला न होता, तो उसको यह फर्क महसूस न होता कि फरजाना दूसरों की पत्नियों से बेहतर पत्नी है। वह एक बेहतर बहू और बेहतर इन्सान है। मगर ? मैंने तो उसे दिल के साथ अपने को उसके कदमों पर डाल रखा था। हर बात मानना, हर ख्वाहिश को पूरा करना···फिर एक जरा-सी बात को लेकर बतंगड़ बना लेना···शायद उसका दिमाग खराब हो गया हो। अगर उसका बर्ताव ऐसा रहा, तो कल मेरी चाहत में कमी आएगी। मेरी बेरुखी देख उसकी अक्ल ठिकाने आ जाएगी। मैं भी बिजनेस का बहाना करके कुछ दिन पहाड़ों की सैर को निकल जाता हूँ। कम-से-कम अब्बा-अम्माँ के सवालों से तो छुटकारा मिलेगा। उसे भी खबर लग जाएगी कि मैं उसको मनाने और खुशामद करने

की बजाय सैर को निकल गया हूँ।

उधर फरजाना हर दिन जुबैर का इन्तजार करती हुई सोचती कि जुबैर क्या इतना नासमझ है कि सब कह देने के बाद भी वह मेरे दिल व दिमाग में धँसी उस नन्ही-सी फाँस को निकालकर मुझे निहाल नहीं कर सकता है ? कहाँ गया उसका प्यार ? क्या वह मुझे भूल गया ? या मर्दानी शान का नशा फिर चढ़ गया ? औरत-मरद एक-दूसरे को इज्जत न दें, प्यार में एक-दूसरे के सुख का ध्यान न दें, तो फिर जीने का मकसद और मजा ही खत्म हो जाता है···यह बात शायद मैं नहीं समझा पायी उसे, और उसे तो समझना ही नहीं था। पूरी मर्द कौम न सही, आधी तो खुद के नशे में डूबी रहती है।

दूसरा महीना भी जब खत्म होने लगा, तो फरजाना को यकीन हो चला कि उसे अब सारी जिन्दगी मायके में गुजारनी होगी और यदि वह सब-कुछ समझकर जुबैर को बुलाती है, तो वह आकर क्या करेगा ? वह उसके साथ जाकर क्या करेगी ? वही रात-दिन का सन्ताप सहेगी ? जमानत जब्तशुदा इन्सान की तरह सर झुकाये एक झूठी मोहब्बत जीती रहेगी ?

इधर घर में माँ-बाप को भी शक होने लगा। माँ उठते-बैठते समझाती कि खुदा के बाद अगर किसी के सामने माथा टेकने की इजाजत दी गयी है, तो वह शौहर है जो तुम्हारा 'मजाजी खुदा' है। उस दुनियावी खुदा से क्या रूठना ? इस तरह की बातें कर उन्होंने भी बहाने-बहाने से बेटी को ससुराल जाने की हिदायत दी, तो उसने बड़ी चालाकी से तबीयत की खराबी और आराम का बहाना बना उनका ध्यान दूसरी तरह से अपनी ओर आकर्षित कर लिया, मगर फिरोज से बचकर वह कहाँ जाती ? उसने एक दोपहर बहन को बातों से घेर लिया।

"बात क्या है ?" फिरोज ने सीधे उसे घूरा।

"कुछ नहीं भैया।" थके स्वर में फरजाना बोली।

"जुबैर का ट्रेनिंग पीरियड चल रहा है क्या ?" फिरोज की आँखें शरारत से चमकीं।

"शायद।" खिलखिला पड़ी फरजाना।

"हँसकर बात मत टालो, जवाब दो बहन। अम्मी-अब्बू परेशान हैं, उधर तुम्हारे सास-ससुर बेचैन हैं।"

"भैया, वह बात मुझे जीने नहीं दे रही है, अन्दर-अन्दर मुझे तबाह कर खोखला बना रही है। हरदम भविष्य नंगी तलवार जैसा सर पर लटकता रहता है। जो मिला है, वह भी जैसे···"

"जुबैर को पता है तुम्हारी बेचैनी ?"

"हाँ, एक दिन खुलकर बात हुई। वह शर्मिन्दा भी है और सबसे भयभीत भी,

मगर…"

"मगर क्या ?"

"उसे मुझ तक पहुँचने का रास्ता नहीं पता…"

"फिर ? उसे कौन बताएगा ?"

"उसे खुद तलाश करने दो, भैया। चलते समय मैं मना कर आयी थी कि जब तक मैं न बुलाऊँ, तुम मत आना।"

"वह मान गया अहमक ?" हँस पड़ा फिरोज।

"उस अहमक को मैं इस सिलसिले से अक्ल उधार देकर समझौतेवाली जिन्दगी कबूल नहीं करूँगी। दिन गुजरने के साथ उसे बात समझ में आ जानी चाहिए।" हल्के परिहास के स्वर में वह बोली।

"तुम जैसी अगर दो-चार औरतें और पैदा हो जाएँ, तो मर्दों के दाँत खट्टे कर मौलवियों के चंगुल से छुड़ा अपने शौहरों को नॉर्मल इन्सान बनने में मदद करें। मगर फरजाना, होगा इसका उल्टा ही, सारा नजला तुम पर गिरेगा। इल्जाम तुम पर आएगा, वह दूसरी ब्याह लाएगा। इसलिए जरा धीमे चलो, हालात देखकर चोट करो। मेरा कहा मानो, तो मैं बीच में पड़कर हालात में सुधार ला सकता हूँ।"

"हरगिज नहीं भैया ! मुझे मदद नहीं चाहिए, जुबैर को खुद सँभलना है और मैं इतनी आगे चली आयी हूँ कि वापसी मुश्किल है।"

"फिर मैं तुम्हारे लिए क्या करूँ ?"

"थोड़े दिन सब्र और इस घर में रहने की इजाजत।"

फरजाना का अन्तिम वाक्य सुन फिरोज की आँखें भर आयीं। बहन के सर पर हाथ रख वह कमरे से बाहर निकल आया। उसके दिल में कई तरह के सवाल उभर रहे थे, जैसे औरत हर रिश्ते में एक भूमिका निभाती नजर आती है, वह है मोहब्बत की, चाहे रिश्ते के रंग, नाम अलग हों, मगर मर्द अपने रिश्तों में कितनी तरह की भूमिका निभाता है, जालसाजी, चालाकी, गुरूर की। ताकत के नशे में वह किसी को कुछ नहीं समझता है, न बहन को, न माँ को, न पत्नी को। मगर जब बेटी का बाप बनता है तो एकाएक उसका व्यक्तित्व कैसा विनीत, बेचारा और गमगीन हो उठता है। उसे सारी दुनिया जालिम दिखती है। जब तक जिन्दगी के रिश्तों को लड़की के दुःख के जरिये समझता है, तब तक जिन्दगी की शाम घिर आती है और वह हासिल अनुभव किसी को नहीं दे पाता है। चाहे अपने कर्मों पर अन्दर-अन्दर पछताता हो, मगर ऊपर से सारा दोष व्यवस्था और समाज के सर मढ़ता है। वाह रे मर्द जात !

जुबैर घूम-फिरकर जब घर लौटा, तो सारी थकन उदासी में बदल गयी। फरजाना का कोई खत, कोई पैगाम उसका इन्तजार नहीं कर रहा था। वह टूट-सा गया। माँ-बाप अलग रूठे-रूठे थे। भाइयों को भी मनमौजी सवार थी। देर से आना, काम में लापरवाही,

कारखाने की बदहाली देख उसे लगा, उसका जहाज डूब रहा है। सब-कुछ खत्म हो रहा है। कई दिनों तक वह तबाह हाल अपने से लड़ता रहा। फिर टूटकर, बिखरकर जब चूर-चूर हो गया, तो उसके दिल में ख्याल उभरा, फरजाना ने मुझे बुलाने की बात की थी, मुझे आने को मना तो नहीं किया था, मगर मैं क्यों सब-कुछ मान गया ? वहाँ जाऊँगा, जरूर जाऊँगा। उसका कहना नहीं मानूँगा। आखिर मेरा भी कुछ अधिकार है। मुझे उसकी जरूरत है। मैं उसके बगैर अब नहीं रह सकता हूँ।"

फरजाना का उदास चेहरा, इन्तजार करती आँखें भाई को कचोटती रहती थीं। दिन जैसे-जैसे गुजर रहे थे, फरजाना अपने पैरों के नीचे से जमीन खिसकती महसूस कर रही थी। नयी-नयी पत्रिकाएँ और उपन्यास लेकर फिरोज आता, तो वह उनके पन्ने उलट-पलट कर मेज पर रख देती। बस, उसकी सारी रुचि उसी केन्द्र पर टिक गयी थी, जो उसकी सारी ऊर्जा चूस रही थी। तंग आकर फिरोज ने मौलवी अली इमाम—फूफी के देवर और दिल्ली से आये उनके मित्र मौलाना वहीदउद्दीन साहब को बुलाया। फूफी और खाला भी आ गयी थीं। इधर-उधर की बातों के बाद जाने कैसे मौलवी अली इमाम ने पूछ लिया, "बेटी, तब से सुसराल नहीं गयी ?"

"जी···जी, गयी थी।" अकबका गयी फरजाना, जैसे चोरी पकड़ी गयी हो। उसकी इस घबराहट और उतरे चेहरे को मौलाना वहीदउद्दीन साहब ने बहुत गौर से देखा।

"यह तुम्हारे हँसने-खाने के दिन हैं। फिर जिन चीजों में तुम्हारी दिलचस्पी है, उसके बाद तो तुम्हारा चेहरा खिला रहना चाहिए। इल्म बड़ी दौलत है, दिल व दिमाग के अँधेरे को खत्म करती है। ये हमारे दोस्त हैं और इनकी कई किताबें इस्लामी दौर की औरतों पर हैं···इनसे बात करो।" मौलवी अली इमाम बोले।

"मेरा दोस्त है, क्या कहूँ···हाँ, थोड़े-बहुत लिखने-पढ़ने का शौक है। यह बताओ, तुमने 'हाजरा' का नाम कभी सुना है ?"

"जी···" इतना कहकर फरजाना चुप हो गयी।

"खैर, कोई बात नहीं···हाँ, एक अँग्रेजी कहावत है 'सारी बड़ी चीजों के पीछे औरत का हाथ है। इसके बाद अब सुनो···हाजरा और सारा हजरत इब्राहीम की दो बीवियाँ थीं। हाजरा अपने गोद के बच्चे के साथ मिस्र छोड़कर सहरा में जाकर रहने लगीं। उन्हें इब्राहीम वहाँ तन्हाँ छोड़कर वापस आ गये। ख्याल था—शहर इन्सानी खूबियों को मारता है। इसलिए सहरा में रहकर भूख-प्यास बर्दाश्त करना, हर ख्वाहिश को कुरबान करना आ जाता है। इसलिए बच्चे की परवरिश वहीं की जाएगी। वह नन्हा बच्चा इस्माइल पल कर बड़ा होने लगा और फिर उसी सहरा में इस्माइल के जरिये आबादी बढ़ी, जो बाद में 'साहेबा गिरोह' कहलाया। उसी से हमारे पैगम्बर रसूल हुए। हाजरा और रसूल में पूरे ढाई हजार साल का फर्क है। अब तुम 'औरत' की अजमत का एहसास करो कि उसने रेगिस्तान की तकलीफों को सह कर न सिर्फ बच्चे को जवान किया, बल्कि एक

पूरी आबादी अपने बेटे के नस्ल और अपने उसूलों पर कायम की…''

''जी।'' फरजाना ने गरदन हिलायी। बाकी औरतें, जिनमें स्वयं उनके परिवार की महिलाएँ भी शामिल थीं, दूर बैठकर उन्हें पूरी तन्मयता से सुन रही थीं।

''उस सहरा में सफा मरवा दो चट्टानें थीं, जिनके बीच बच्चे के लिए पानी की तलाश में हाजरा सात बार इधर से उधर परेशान भटकी थीं। उनकी उस कुरबानी को याद करके, जिसकी बदौलत बेहतर इन्सान वजूद में आए, आज हज करने वालों पर वाजिब है कि वह उन चट्टानों के बीच की दूरी सात बार चक्कर लगा कर तय करें। इस घटना को बताने से मेरी मुराद सिर्फ इतनी है कि जिस औरत की तकलीद खुदा का रसूल कराता हो और आज तक पैरवी होती आ रही हो, उसकी नस्ल को आज नाउम्मीद होने की जरूरत नहीं है। मुझे तुम्हारी परेशानी से दिलचस्पी नहीं है, मगर तुम अपनी ताकत को, अपनी अहमियत को पहचानो, इसमें जरूर दिलचस्पी है।'' वहीदउद्दीन साहब ने कहा।

फरजाना ने चौंककर वहीद साहब का चेहरा ताका, तो वह हल्के से मुसकराये और बोले, ''मुझे लोग लिबरल कहते हैं। मैं लिबरल कतई नहीं हूँ। हदीस में जो लिखा है, वही सच मेरा है। किस्से, कहानी, अफसाना गढ़ना और सच को झूठ बनाकर फायदा उठाना, गैरजरूरी मिसालें देना मेरा काम नहीं है। मैं खालिस धार्मिक विचारोंवाला बेहद कट्टर मौलाना हूँ, जो 'हदीस' को मानता है।''

''क्या बेहतरीन बातें हैं दिल व जिगर को मजबूत करनेवाली'', फरजाना की माँ बोली।

''हम औरतों को कुछ पता हो, तब न'', फूफी ने कहा।

''जब आप पढ़ेंगी अपने बारे में, तभी तो जानेंगी, वरना…'' वहीद साहब बोले।

''हर मौलवी वहीदउद्दीन थोड़े होता है'', बीच में बात काटकर अली इमाम ने कहकहा लगाया, जिसमें सब शामिल थे।

फिरोज को उस रात के बाद लगा कि फरजाना में अलग तरह का विश्वास जागा है। एक बार फिर उसमें जोश आया है। किसी ने सच ही कहा है—जहर ही जहर को काटता है। मैं उसे दूसरी चीजों में बहलाना चाहता था। यह नहीं समझ पाया कि जिस हथियार से वार हुआ है वही उसकी दवा बनेगा, तभी जख्म भरेगा।

फिरोज कई धरातलों पर बहन के लिए परेशान था। उसका खाना-पीना, हँसना-बोलना छूट गया था। उसे साफ समझ में आ रहा था कि जुबैर के यहाँ पैसा भले आ गया हो, मगर इल्म से जो तहजीब आती है, अक्ल और समझ बढ़ती है, उसकी कमी है और फरजाना के पास अक्ल, समझ कुछ ज्यादा ही है। एक खास तरह से उसने परवरिश पायी है। कहीं इस फर्क के चलते इन दोनों की जिन्दगी जहन्नुम न बन जाए। इससे तो कहीं अच्छा था कि फरजाना एम. ए. करती और कॉम्पटीशन की तैयारी

करती। अब तो यह साँप के मुँह की छछूँदर बनकर रह गयी है। शायद सारी जिन्दगी उसे तन्हा गुज़ारनी पड़े। सब-कुछ कैसा उलझ गया है। जुबैर क्या सुलझा पाएगा ? फरजाना का यह एतमाद उसे कब तक जिन्दा रखेगा ?

फरजाना सुबह छत पर किताब खोलकर बैठती। पेन्सिल से निशान लगाती। हजरत मूसा ने प्यास की शिद्दत में जिस तरह पानी माँगकर अपनी प्यास बुझायी थी, उस अनुशासन की तारीफ बेटी ने घर लौटकर अपने बाप को बतायी थी। उस मुसाफिर को देख अपनी लड़कियों में से एक का विवाह हजरत मूसा से करने का इरादा बाप ने बनाया, मगर मूसा के पास मेहर के पैसे नहीं थे। सो बात तय हुई कि वह बदले में दो वर्ष ससुराल की बकरियाँ चराएँगे··· पढ़ते-पढ़ते फरजाना रुक जाती और नजर उठाकर सड़क को ताकती, जैसे जुबैर किसी फरिश्ते की तरह पंख लगाकर उड़ता हुआ उसके सम्मुख आ खड़ा होगा।

"जानती तो हो तुम, मेहर दो तरह के होते हैं—एक फौरी और दूसरा बाद में···मैं बाद में अदा करनेवाला था, मगर तुम जल्दबाज निकली। यह लो अपनी अमानत···"

फरजाना की आँखें भर आतीं, दिन का सपना तारा बन आँखों से टपकता और वह नीले आसमान पर शाहीन से बाजी लगाती रंग-बिरंगी पतंगें देखने लगती।

जुबैर के कदम जब फरजाना के घर की तरफ उठते थे, तो उसको फरजाना की कही बातें याद आने लगती थीं। उसका जोश किसी थके घोड़े की तरह थमने-सा लगता था। वहाँ गया और फरजाना ने फिर खरी-खोटी सुनाई, तो···? उनके आपस की तकरार दूसरों के कानों तक पहुँची तो उसकी इज्जत खाक में मिल जाएगी। क्या सोचेंगे सब उसके बारे में ? पहले ही उसकी मँगनी के समय बहुत-से रिश्तेदारों ने ऊँच-नीच समझाते हुए कटाक्ष किया था कि ला तो रहे हो पढ़ी-लिखी बहू, मगर निभा पाओगे ? हमारे यहाँ तो आज तक कोई लड़की युनिवर्सिटी गयी नहीं···वह तो युनिवर्सिटी क्या, रेडियो-टी.वी. में तमाम प्रोग्राम देती फिरती है। फर-फर अँग्रेजी बोलती है। नाखून अलग तेज और नुकीले हैं। सर पर दुपट्टा डाले या न डाले···

जुबैर समस्या को सुलझाने की जगह उससे फरार ढूँढ़ने लगा। उसे फरजाना से अनजाना-सा भय महसूस होने लगा। इस बात से भी वहशत होती कि फरजाना न लौटी तो उसके रिश्तेदार उसका मजाक उड़ाएँगे कि छछूँदर के सर में चमेली का तेल···आखिर रास नहीं आया। क्या करे वह ? कहीं भाग जाए दूर, बहुत दूर, जहाँ कोई पदचाप उसे परेशान न करे, कोई न सवाल करे, न जवाब माँगे···बचपन से सुना कि पैसे की तंगी है, हर जरूरत के लिए दूसरों का मुँह ताकना। तब उसने पैसा कमाने की ठानी थी। बीच में पढ़ाई छोड़कर दुनिया का हर सामान घर में जमा किया था। उससे मिला क्या ? अब किताबें चुनौती बन सामने खड़ी हैं।

उधर सारी रात जागने के बाद सुबह का तारा जब डूबता, तो फरजाना की आशा का सूरज निकलता कि आज जुबैर जरूर आएगा। आईना देखते हुए वह आँखों में सुरमा लगा पलक झपकाती, तो उसकी निगाहें कह उठतीं, "मुझे तुम्हारा इन्तजार क्यों रहता है जुबैर ? क्यों दिल मचलता है कि तुम मेरे मना करने के बावजूद सारी बन्दिशों को तोड़ एक नये तर्क के साथ सामने आन खड़े हो···लौटने के हजार बहाने हैं। बात सँभालने की हजार दलीलें हैं। मेरी ख्वाहिश, मेरे एहसास के महल में तुम दाखिल तो हो···

दोपहर ढलने के साथ जब वह अपने को कमरे में कैद कर लेती, तो सोचती, 'स्वाभिमान का ताज उतारकर अधिकार की तलवार म्यान में खोंसकर वह आत्म-समर्पण क्यों नहीं कर देती। कानून की बनायी शताब्दियों पुरानी जंजीरों को तोड़कर वह जो है, उसी को स्वीकार क्यों नहीं कर लेती ? अकेली मुँडेर पर बैठी कब तक जोड़े का इन्तजार करेगी ? क्या मिलेगा उसे ये सब करके ? अभी तो उन दोनों के बीच इस खींचातानी का किसी को पता नहीं। जो लौट गयी, तो सब ठीक हो जाएगा। बहुत कुछ पीना पड़ता है कुछ बनाये रखने के लिए···अपनी जन्नत को छोड़कर दोजख की आग को गले लगाना कहाँ की अक्लमन्दी है ? सब औरतें जी रही हैं। वह दुनिया से निराली तो नहीं, जो भ्रम पाल बैठी है कि उसका रिश्ता रेत की जमीन पर है, जिसकी न कोई जड़ है, न बुनियाद। उस जमीन पर लौटकर क्या करेगी ?

जुबैर हालात से फरार चाहता था। उसे अवसर मिल गया। उसने पाँच साल के अनुबन्ध पर हस्ताक्षर कर दिये। घर पर बताने की जरूरत नहीं समझी। सिर्फ इतना कहा कि वह हफ्ते भर के लिए सऊदी अरब जा रहा है। जगह ठीक लगी, काम बना, तो वह वहाँ रुकने की सोच सकता है। जहाज में बैठकर, जहाँ उसे लगा कि वह कई खन्दकें पार करने में कामयाब हो गया, वहीं पर एक घबराहट भी उसे घेरे हुए थी कि इस तरह जाना क्या ठीक है ? फरजाना को जब पता चलेगा, तो वह क्या सोचेगी ? शायद कुछ भी नहीं। इस बीच मैं लगातार यात्रा में रहा, तो भी उसे क्या फर्क पड़ा ? मगर इस बार मैं पूरे पाँच साल के लिए जा रहा हूँ···फरजाना का चेहरा सामने घूम गया। अभी भी समय है। वह उतर सकता है। फरजाना से भय, हो सकता है, उसका भ्रम हो। एक झटका लगा। उसने खिड़की से बाहर देखा। हवाई पट्टी पर जहाज ने दौड़ लगा पंख पसार कर नीले आकाश पर उड़ान भरी। बादलों के करीब पहुँचकर उसे राहत का एहसास हुआ, जो था—वह पीछे छूट गया। कल जो होगा, देखा जाएगा। उसने जलती आँखें बन्द कर लीं।

फरजाना रोज रात में सपना देखती कि जुबैर लौट आया है।

"तुम्हें बुरा लगा कि मैंने तुम्हारे साथ ऐसा बर्ताव किया ?"

"नहीं, मैं इस बर्ताव के काबिल था। तुम मुझे होश में लाने में मददगार साबित हुई", जुबैर धीरे से कहता।

"तुम्हारी मर्दाना शान ?" फरजाना अविश्वास से आँखें झपकाती।

"अभी भी मौजूद है, मगर दुनिया से लड़ने के लिए; अपनी बीवी, अपने खानदान पर जुल्म तोड़ने के लिए नहीं। इतने दिनों अकेला रहकर मैंने बहुत कुछ देख लिया है। अब समझ चुका हूँ कि ताकत का गलत इस्तेमाल, गलत जगह पर खुद को कमजोर बनाता है।"

"जुबैर ! मुझे यकीन नहीं आता कि तुम्हारे दिमाग पर छाया जाला साफ हो गया। क्या सचमुच तुम बदल गये हो ?"

"हाँ फरजाना, यकीन करो, मैं सचमुच बदल गया हूँ। तुम खुद सोचो ! खुदा रहीम है, तो फिर दुनियावी खुदा कैसे जालिम हो सकता है ? देर में ही सही, समझ तो गया कि इन्सान को सिर्फ अपने ही नहीं, बल्कि दूसरों के हक और खुशी का भी ध्यान रखना चाहिए···इसलिए वापस आया हूँ।"

"फिर तो तुम्हारी वापसी पर इस बन्दी पर सिजदा वाजिब हुआ।"

"मैं तुम्हारे पास खुदा बनकर नहीं, इन्सान बनकर लौटा हूँ और इन्सान ही बना रहना चाहता हूँ।" जुबैर हँसा।

"ओह जुबैर ! तुम बदले, तो लगा—आधी दुनिया बदल गयी।" फरजाना सपने में खिलखिला पड़ी।

अपनी ही आवाज से चौंक उठी फरजाना। अँधेरे में डूबे कमरे को आँखें फाड़-फाड़ कर देखने लगी। कई पल यही समझने में लगे कि वह कहाँ है। दिल पर जाने कितने थके परिन्दे हाँफते आन बैठे, जैसे सवाल कर रहे हों कि जो बसेरा छोड़ आयी, उसकी आस क्या ? वहाँ तुझे समझनेवाला कौन बैठा था ?

□

चार बहनें शीशमहल की

कार्तिक पूर्णिमा के नहान के चलते दुकान पर आज कुछ ज्यादा ही भीड़ थी। भर-भर हाथ चूड़ियाँ पहनने बूढ़ी-जवान, गरीब-अमीर औरतें, लड़कियाँ नाली नाबदान पार करती उमड़ी चली आ रही थीं। सफेद चाँदनी पर हरी, लाल, पीली, नीली, आसमानी, ऊदी, गुलाबी चूड़ियों के डिब्बे खुले पड़े थे। लच्छों के ढेर जमा थे तो भी उतावली नजरें कुछ और ढूँढ़ने को बेचैन थीं।

सुहाग स्टोर की चूड़ियाँ पूरे शहर में मशहूर हैं। दूर-दूर से औरतें यहाँ आती हैं। इस वक्त भी हँसी, बातें, मोलभाव और चूड़ियों की खनक से छोटी-सी दुकान भरी हुई है मगर मालिक करीम के चेहरे पर परेशानी की एक हल्की परत जमी है। यही हाल उसके बेटे शरीफ का है। इतनी बिक्री से खुश होने की जगह उसको भी उदासी घेरे है। बात जरा-सी है। बहू पेट से है और उसकी हालत नाजुक है। बाप-बेटे की जान उसी में अटकी है। सुबह से दोपहर हो गयी है मगर खाना तो दूर, चाय की एक बूँद हल्क से नीचे नहीं उतरी है।

''भैया जी, कुमकुमे लगाने को कहा था'', खीजा जनाना स्वर उभरा।

''लगाता हूँ'' झेंपकर शरीफ ने कुमकुमे का लच्छा निकाला और सुनहरी लहरिया के बीच में दो-दो डालने लगा।

''क्या बात है इस बार चूड़ियाँ वही पुरानीवाली दिखा रहे हो करीम मियाँ ?'' सफेद साड़ी पहने औरत ने बैठते हुए कहा।

''अरे जनाब, कल ही फिरोजाबाद से नया माल लेकर लौटा हूँ···यह बाँके, कामदानी मुरमुरी और अब देखें···अपना बना के देखो, चन्दा की चाँदनी, खुशियों की बारात···'' शरीफ ने उठकर खानों से डिब्बे निकाले और एक-एक डिजाइन खोलकर सामने रखने लगा।

''कहाँ छुपाकर रखी थीं ?'' बूढ़ी औरत ने बेकरार सूनी कलाइयों के संग चूड़ियाँ उठा-उठाकर देखनी शुरू कर दी।

''आप तो जानती हैं···ऐसा माल मैं सबके लिए नहीं खोलता। इसके लिए कदरदान चाहिए। ऐसी लाजवाब डिजाइन आपको पूरे मार्केट में नहीं मिलेगी···बारीक चूड़ियाँ

सच्चा काम और सूफियाना दिलकश रंग···बहार के फूल हैं।''

''गजब है···यह सारे बाँध दें'' उस बूढ़ी औरत ने डिब्बे सरकाये।

''बेटियों के घर भेज रही होंगी ?'' शरीफ ने मुसकराकर डिब्बों को बाँधते हुए कहा।

''कल सुबह मैं खुद जा रही हूँ। यही तो एक सौगात है अपने शहर की, वरना विलायत में क्या नहीं मिलता···यह रुपये सँभालें।'' सौ-सौ के दस नोट पर्स से गिनते हुए बोली। ड्राइवर ने डिब्बे उठाये और शरीफ ने नमस्ते में दोनों हाथ जोड़ दिये।

''लाल रंग में कोई चूड़ी दिखाओ।'' आईस्क्रीम खाती एक औरत ने खुरदुरे स्वर में कहा।

''शो-केस में सब लगी हैं।'' शरीफ फ्रेंच इत्र की सुगन्ध से अभी पूरी तरह निकल नहीं पाया था कि इस आवाज से चौंक पड़ा।

''ये कितने की है ?''

''चौबीस रुपये दर्जन···नया डिजाइन 'डिस्को' अभी-अभी आया है।''

''काँच की चूड़ियों में भी लूट मची है···? कुछ कम करो···छूट तो देनी पड़ेगी।'' आइस्क्रीम की खाली डण्डी फेंकती हुई वह बोली।

''सुहाग की चीज का मोलभाव नहीं करते, इसीलिए दुकान पर लिख दिया है 'एकदाम'।'' करीम ने नागवारी से कहा।

''अब्बा ! पंसारी काकी दो सौ का उधार कर गयी है।'' करीम ने धीरे से कहा और पास रखी कापी पर नोट कर लिया।

''दाम तो ठीक-ठाक है मगर···'' कहती हुई वह औरत पीछे मुड़ी और सड़क पर फेरीवाले से चाट खाती सहेलियों को हाथ के इशारे से बुलाया।

''किस रंग की निकालूँ···लाल के अलावा इस डिजाइन में बैंगनी, गुलाबी, नारंगी भी हैं···यह डिजाइन रात के अँधेरे में देखते बनती है।'' करीम ने दो उँगलियों के बीच चूड़ी फँसाकर दिखाया।

''हम कुँवारे हैं, सुहाग की कोई समस्या नहीं, बीस रुपये दर्जन दो तो पहनें।''

''चलो, हाथ दो···कितनी···छह पहनाऊँ ?'' करीम ने हाथ बढ़ा नाप का अन्दाजा लिया। सड़क पार कर आधा दर्जन औरतें हँसती, इठलाती खाली होती बेंचों पर आ बैठ गयीं।

''मैं तो लाल पहन रही हूँ।''

''इस डिजाइन की मैं नारंगी पहनूँगी।'' दूसरी चहकी।

अभी करीम ने चूड़ी पहनाना शुरू किया था कि सामने सड़क से मोटर साइकिल गुजरी, जिसमें अकरम बन्दूक पकड़े राजू उर्फ काले बम्ब के साथ बैठा था। उसके चेहरे का रंग बदला और बदन के रोंगटे खड़े हो गये। उसने कनखियों से शरीफ को देखा जो लच्छा खोल चूड़ियाँ निकाल रहा था।

"भैया जी, आज आपको क्या हो गया है, हरी करैली के साथ लाल शहाना लगा रहे हो ?" जवान औरत खिलखिला पड़ी।

"कस्टमर की तरफ ध्यान दो, शरीफ।" करीम ने बेटे से कहा।

शरीफ जब हरी-हरी चूड़ियाँ उस औरत के गोरे-गोरे हाथों में पहना रहा था तो उसका जहन फिर भटक गया। आँखों के सामने लाल शहाना चूड़ियों से भरे रेशमा के साँवले-सन्दली हाथ उभरे। दुल्हन बनी रेशमा बेटी की छठी के दिन गोद में बच्ची लिये शरमायी-सी बैठी थी। चारों तरफ से मुबारक सलामत की झड़ी लग गयी थी। नाते-रिश्तेदारों और पुराने ग्राहकों ने उसका घर गुलजार बना दिया था। चूड़ीवालों के घर सुहागिऩ पैदा हुई है इस खुशी में शान्ति हिजड़े ने नाच-नाच कर सुबह कर दी थी, तमाशा देखनेवालों से जी-भरकर नेग बटोरे थे। देगे चढ़ीं और ग्राहकों के बीच उस रात की चर्चा महीनों चली थी। शरीफ के चेहरे पर यादों की मुसकान फैल गयी। उसने अधमुँदी आँखों से हरी चूड़ी के दाम गिने।

"बेटवा, प्लास्टिक की दिखाते···यह निगोड़ी रोज गिरती है और रोज नयी पहनने की हठ करती है।" बूढ़ी विधवा लाठी टेकती आन बैठी।

"ये देखो माई।" शरीफ ने शो-केस में लगी प्लास्टिक की चूड़ियाँ और कड़े निकाले।

"सुनो भैया, अनार के रंग की दो दर्जन ढाई इंची देना।" एक मर्द की आवाज गूँजी।

"दादी यह छन-छन नहीं बोलती···हमें अच्छी नहीं लगती।" लड़की ठुनकी।

"इधर दिखाओ न, कब से बैठे हैं···"

"वही आसमानी वाली चाहिए।"

"गंगा नहाने चलोगी न ? फिर सुबह पुकार लेंगे। अभी मुझे देर लगेगी···भैया जरा जल्दी करो।"

यह सारा शोर शरीफ के कान तक नहीं पहुँच रहा था। वहाँ तो एक बात गूँज रही थी कि बात को पुरानी होते कितनी देर लगती है। दस महीने बाद रेशमा फिर गर्भवती थी। इस बार सबको यकीन था कि लड़का होगा क्योंकि 'हम दो हमारे दो' का पोस्टर बड़े विश्वास से यह बात कहता है। करीमन ने पोते के लिए कुरता पायजामा, टोपी वास्केट सिल ली थी। उस पर सलमा सितारे का काम भी कर लिया था। जोश में महतरानी, नाइन और दाई से बड़े-बड़े वायदे कर लिये थे। यह सब देख-सुन रेशमा को भी यकीन हो चला था कि इस बार उसे लड़का होगा।

आधी रात को जब रेशमा के दर्द उठा तो जैसे सारा मोहल्ला जाग उठा। करीमन ने सन्दूक खोल पोते का सिला कामदार जोड़ा, नेग के रुपये और जच्चा-बच्चा के ऊपर से निछावर वाली रेजगारी का ढेर निकाल चौकी पर सजा दिया। उधर कमरे में नाइन और दाई सुर में सुर मिलाकर गा रही थीं—"चाँदी के कँगना पहनवायदेव ललना।"

आँगन में करीमन की जेठानी मुहल्ला और पड़ोस की चार-पाँच औरतें जुट आयी थीं और धीमी आवाज में सोहर गाते हुए पींडी बना रही थीं। करीमन मारे बेचैनी के कभी अन्दर कमरे में कभी दालान में आ-जा रही थी। कभी बहू के सर पर हाथ फेरती, कभी ममताभरी थपकियाँ तो कभी दाई से पूछती—इतनी देर क्यों लग रही है ? सब ठीक तो है ? डॉक्टर बुलाने की तो जरूरत नहीं है ?''

शुक्र तारे के डूबते ही बच्चे की रोने की आवाज के साथ बधाई की झड़ी लग गयी। मगर यह देखकर हँसती, इतराती करीमन को साँप सूँघ गया कि दाई के हाथों में लड़के की जगह नंग-धड़ंग लड़की थी। करीमन का चेहरा देख सोहर गाती औरतें ठिठक गयीं। नवजाद का रोना बन्द होते ही करीमन की रुकी रुलाई फूट पड़ी।

''लक्ष्मी हुई है कम्मो···भगवान ने चाहा तो अगली बार लड़का हो जाएगा, दिल छोटा मत कर'' सुन्दर गैसवाले की पत्नी रानी ने कहा।

''अपने को सँभाल गुइयाँ···बहू सुनेगी तो क्या सोचेगी।'' बनारसी पानवाले की विधवा बहन सुमिता ने करीमन को गले लगाया।

''जब पहली लड़की हुई तो लड़कियों का कितना गुनगान किया था कि वह बरकत होती है···पैगम्बर के घर भी लड़की हुई थी। फिर आज दिल छोटा क्यों कर रही है री ?'' मिश्रा पण्डिताइन पींडी के चिकने हाथ धोते हुए बोली।

''तूने पण्डिताइन, नामकरण वाले दिन जुड़वाँ बेटों का नाम लव-कुश रखते हुए बेटों का क्या कम गुन गाया था कि आज मुझे समझा रही है।'' करीमन ने आँसू पोंछे।

''लड़का हमारे लिए जरूरी है क्योंकि पिता का अन्तिम संस्कार वही करता है। मगर तेरे यहाँ तो ऐसा कोई बन्धन नहीं···चल मुँह मीठा कर और सबका करवा।'' मिश्रा पण्डिताइन ने थाली उठायी।

''इसमें तेरे-मेरे की बात नहीं। बस, पोते के अरमान की बात है।'' करीमन ने हठ भरी आवाज से एक ठण्डी साँस भरी।

अन्दर सोहर में पड़ी रेशमा यह सब सुनकर सकते में आ गयी। उसको नयी पैदा लड़की से एकाएक अजीब नफरत-सी होने लगी। उसे लगा कि एक खुशहाल माहौल को इस लड़की ने आकर खराब कर दिया है। महल्का ने जब मुबारकबाद देते हुए नवजाद का माथा चूमा तो रेशमा को बड़ा अटपटा-सा लगा। उसने ताज्जुब से बड़ी सास का चेहरा ताका।

''दिल लगा है तो एक बार घर की खैरियत लेकर आ जाओ।'' करीम ने बेटे से कहा।

''शायद वहाँ कुछ जरूरत भी हो।'' शरीफ इतना कहकर उठने ही वाला था कि सामने से हिजड़ों की टोली ताली बजाती, साड़ी उठाती, मटकती दुकान पर आकर बैठ गयी। शरीफ उठकर फिर बैठ गया।

''करीम भाई, परसों हमारे घर शादी है आप लोग जरूर आइएगा।'' कार्ड देती हुई

एक बुर्कापोश औरत आगे बढ़ गयी।

"इस बार तुम्हारे घर पर मैं सारी रात नाचूँगी, वायदा रहा। अभी तो झटपट चन्दा की चाँदनी पहना दो। मुई काँच की चूड़ियाँ टिकती कहाँ हैं आशिकों के दिल की तरह चिटख जाती हैं।" शकीला हिजड़ा अपनी अँगूठियाँ उतारते हुए बोला।

"काले रंग की चूड़ी है ?" स्कूली लड़की ने शरीफ से पूछा।

"बैठिए··दिखाता हूँ।"

"सब कितनी सुन्दर सुन्दर हैं··यह··नहीं यह··कौन-सी पहनूँ ? अच्छा यह पहनाइए।" लड़की ने हाथ बढ़ाया।

"चाचा, भाभी के लड़की हुई है।" करीम के बड़े भाई अब्दुल का दस-बारह साल का लड़का नदीम सामने खड़ा था।

"लड़की !" शरीफ के अन्दर कुछ टूटा। हाथ बहका। घर में एक बार फिर तनाव। उसने घबराकर बाप को देखा।

"ओह, सँभाल कर।" लड़की के हाथ में टूटी चूड़ी का काँच चुभ गया। खून की नन्ही बूँद छलकी।

"बहू तो ठीक है न ?" करीम ने नदीम से पूछा।

सड़क की चहल-पहल कम होने लगी थी। दुकानें भी एक के बाद दूसरी बन्द होने लगी थीं। करीम ने दुकान बन्द करते हुए फिर अकरम को मोटर साइकिल पर गुजरते देखा। शरीफ की नजर भी सड़क पर थी उसने धीरे से कहा :

"अब्बा, यह लोग किस फेरे में पड़े हैं ?"

"डर तो मुझे भी लगता है जब हथियार इनके हाथों में देखता हूँ। भला चूड़िहारों का इससे क्या वास्ता ?" करीम ने धीरे से कहा।

बाप-बेटे दोनों ने सड़क पार की और करीम ने कादिर हलवाई से पाँच किलो मोतीचूर के लड्डू बँधवाये और दोनों गली में मुड़ गये। बाप-बेटे को पता था घर में सियापा पड़ा होगा। घर का दरवाजा खोल जब दोनों आँगन में आये तो देखा कि करीम का बड़ा भाई अब्दुल दालान में बिछे पलँग पर लेटा है और करीमन का मुँह सूजा है। दोनों आगे बढ़े और करीम ने मिठाई का झाबा करीमन को थमाया।

"क्यों बे शरीफ ! तेरी बीवी कैसी छोकरी है रे, जो हर बार मादा जनती है। आखिर करीम को सुहाग स्टोर का वारिस कब देगी ?" अब्दुल ने तल्खी से पूछा।

"मुँह मीठा करो भाई। यह वक्त ऐसी बातों का नहीं है।" फिर करीमन की तरफ मुड़कर बोला, "घर में खुशी हुई है, तुम दादी बनी हो। टोकरा लेकर काहे खड़ी हो, मिठाई दो सबको।" करीम ने इतना कह हाथ-मुँह धोया।

"हमारी तो शर्त है करीमन से कि जब बहू बेटा देगी तो मैं मुँह मीठा करूँगा।" कहकर अब्दुल ने टोकरी परे हटा दी।

बात आयी-गयी हो सकती थी मगर वह अटक गयी, इस तरह जैसे तलवार बदन को चीरती धड़ के आर-पार हो जाए। बहू का दिल भी बड़े ससुर के फेंके तीर से दो फाँक हो गया। कहाँ तो लड़कियों के साथ हँस रही थी कि एकदम से फफककर रो पड़ी।

''न बहू···इस तरह नहीं रोते। सोहर में हो, आँख पर बुरा असर पड़ेगा।''

''मेरे बस में होता तो···''

''इन मर्दों को शिकार खेलने की लत है। बचपन में गुलेल से बटेर, गौरैया मारते हैं, जवान होकर तानों के पत्थर मार-मार औरत का दिल-बदन घायल करते हैं। इनकी बात का बुरा मानना क्या ? इनकी जबान पर खुदा के अलावा कोई लगाम नहीं लगा सक़ता है।'' महल्का ने बहू को गले लगाकर कहा और कमरे से बाहर निकली।

दायें-बायें बैठी बड़ी, मँझली गद्दे पर लेटी बहन के छोटे-छोटे हाथ पैर देखकर कहाँ तो खुश हो रही थीं, माँ को रोता देख मुँह बिसोरने लगीं। उनका यह हाल देख रेशमा ने आँसू पोंछ लिये और फीकी मुसकान से बोली—''इसका नाम क्या रखोगी ?''

''छोटी।'' दोनों एक साथ ताली बजाकर बोलीं।

दादी के पुकारने पर दोनों भागती आयीं, मगर अब्दुल को देख वहीं दीवार से चिपक खड़ी हो गयीं। अपनी तरफ दोनों को घूरता देख अब्दुल अपने को रोक नहीं पाया और प्यार से पास बुलाया। दोनों ने इनकार में सर हिलाया।

''बुरी बात···बड़े दादा हैं।'' शरीफ ने उन्हें ठेला।

''बड़े दादा गन्दे···'' कहती दोनों शरीफ के पैरों से लिपट गयीं।

''मैं अन्दर से कुछ कहने आयी थी, कह न सकी। इन मासूम बच्चियों ने सब-कुछ कह दिया।'' महल्का ने मिठाई का झाबा उठाया।

''क्या कहने आयी थी ?'' अब्दुल बोला।

''आपने ठीक बात नहीं की···बहू बाँझ नहीं है। उसने तीन-तीन औलादें इस घर को दी हैं।'' लड्डू उठाकर उसने मियाँ के हाथ में रखा।

''मगर मेरी तरह तीन-तीन लड़के नहीं।'' अब्दुल ने घमण्ड से पत्नी को ताका।

''दो बन्दूकधारी···एक बीमार ! काश ! एक बेटी भी खुदा दे देता तो···'' महल्का का गला रुँध गया।

''क्यों नाशुकरापना करती हो···लड़के की बात कुछ और है···अच्छा करीम, चलते हैं। अब्दुल बेटों की चर्चा नहीं करना चाहता था। करीम भी क्या कहता कि रोज बाजार से गुजरते अकील और अकरम को देख उसका दिल कितना घबराता है।

''क्यों री पण्डिताइन ! कान में तेल डालकर बैठी हो क्या ? यहाँ घर में खुशी है और तुम सन्नाटा खींचे हो ?'' महल्का ने आँगन की दीवार के पास जा पड़ोस में हाँक लगायी।

''अब तुमने शुभ समाचार दिया तो हम पहुँचते हैं।'' उधर से पण्डिताइन की आवाज आयी।

आँगन में सुमित्रा, रानी, पण्डिताइन, उसकी बहू और महल्का ढोलक लेकर बैठ गयीं। करीमन को भी उठना पड़ा। गाने में आवाज मिलाती हुई करीमन मन-ही-मन सोच रही थी कि मेरे मन से पोते की आस मरते दम तक नहीं जाएगी, दुनिया चाहे जो कहे।

करीमन पोते की चाह में टुटके, चिल्ले और दुआ तावीज में खासे पैसे फूँकने लगी थी। ऐसा नहीं था कि उसे पोतियों पर प्यार नहीं आता था मगर जब उन्हें आँगन दालान में हुमकता, खेलता देखती तो लगता काश ! यह लड़के होते। उसकी हालत महल्का से छुपी नहीं थी। उसने एक दिन बातों ही बातों में कह दिया :

"इस आँगन में सदा लड़के घुटनों चले हैं। मगर अब यह रंगीन फ्राक पहने उछलती कूदती लड़कियाँ कैसी अच्छी लगती हैं करीमन !" महल्का कलेजे से लगा उन्हें चटचट प्यार करती।

"भाभी तुम बिगाड़ दोगी लड़कियों को लाड़-दुलार करके।" करीमन एक दिन झुँझलाकर बोल पड़ी।

"अपने लड़कों की तरह ? डरो नहीं यह नहीं बिगड़ेंगी।" महल्का ऊपर से मुसकरा कर बोली, मगर उसके दिल में गहरी चोट लगी थी। उस दिन उसने कसम खायी कि इन लड़कियों से वह दूर ही रहेगी वरना इस घर में रोज लड़ाई होगी।

करीमन के अन्दर की झुँझलाहट मरदों के दुकान पर जाने के बाद निकलती। बात बे-बात पोतियों को झिड़कती दादी के तानों का मतलब तो बड़ी, मँझली नहीं समझ पाती थीं मगर इतना जान लेती थीं कि दादी अम्मी को बुरा भला कह रही हैं। वे दोनों कम नहीं थीं। दादी के डाँटने पर वह हाय-तौबा मचातीं कि रेशमा कानों पर हाथ रख लेती। पैर पटक-पटककर जमीन पर लोटतीं, चीख-चीखकर रोतीं, अन्त में करीमन को नाक रगड़नी पड़ती। या तो बाजार से मँगाकर उनकी पसन्द की कोई चीज देती या फिर बक्सा खोल काँटा, किलिप या कोई रंगीन कपड़ा, तब जाकर जान छूटती।

"लड़कियाँ हैं या आफत की परकाला।" अकेले में करीमन सर पर दो हत्थड़ मारती और कान पकड़कर कसमें खाती कि अब इन बलाओं की तरफ आँख उठाकर नहीं देखेगी।

जैसे-जैसे लड़कियाँ बढ़ रही थीं। उनमें दादी के खिलाफ एक मोर्चा बन रहा था। जब कभी करीमन प्यार-दुलार के मूड में आ उन्हें बुलाती, उस वक्त वे तीनों जीभ निकाल उन्हें चिढ़ातीं या फिर ठेंगा दिखा भाग जातीं। उनकी अपनी दुनिया थी, अपने खेल थे। अकेले में एक-दूसरे के गले में बाँहें डाल गातीं : काली माई दियासलाई भागो बच्चो दादी आयी। फिर एक-दूसरे को गुदगुदाकर कहतीं, "बड़े दादा बड़े दादा तेरी टोपी में आटा।" फिर हँसी से लोट जातीं और भागकर महल्का के पास जातीं और कहतीं :

"बड़ी दद्दा, बहुत भूख लगी है। हलवा बना दो··· दादी ने खाना नहीं दिया है।"

"दद्दा तुम सब पर वारी जाए, अभी बनाती हूँ···" कहती महल्का बेसन भूनने लगती और फिर तीनों नदीम के कन्धे पर सवार उसे घोड़ा बनातीं या फिर उसके बालों

को जमाकर पोनीटेल बना किलिप लगा कहतीं—"चाचा हमारी तरह हो गये।"

उनकी इन शरारतों से रेशमा कुढ़ती थी। कभी-कभी परेशान हो उन्हें दुकान पर भेज देती थी। मगर वहाँ कब तक चूड़ियों से खेलतीं। ग्राहकों की गोद में घूमतीं, बाजार का चक्कर लगातीं। एक दिन जब दादी-पोतियों में खींचातानी चल रही थी तो रेशमा बोल पड़ी, "इनका नाम स्कूल में लिखवा दें तभी सुधरेंगी।"

"अम्मी, दादी का लिखवा दो।" बड़ी ने झट कहा।

"सुन लिया जवाब ! वहाँ जाकर यह टीचरों के कान कुतरेंगी।" दादी रेशमा की मुसकराहट देख चिढ़ जाती।

करीमन की बहन के लड़के की शादी में लखनऊ से सबका बुलावा था मगर दीवाली के करीब होने के कारण मरदों में से कोई जा नहीं सकता था। रेशमा और लड़कियों का सफर मुश्किल था। तय पाया करीमन अकेली चली जाए। सामान बँध गया तो तीनों लड़कियाँ दादी के साथ जाने की जिद करने लगीं। बड़ी मुश्किल से उन्हें रेशमा ने समझाया।

लखनऊ में बहन के घर पूरा कुनबा चूड़िहारों का जमा था। सबके दुःख-सुख खुले। उसी में करीमन के घर पोता न होने की बात चली और करीमन को अपनी हेठी लगी। कई औरतें मतलबपरस्त थीं। फिर सुहाग स्टोर की कमाई का उन्हें पता था सो करीमन का कान भरना शुरू हो गया। एक ने तो साफ कह दिया :

"नयी कोख कभी-कभी किस्मत बदल डालती है।"

"शरीफ कोई कुवाँरा नहीं, तीन लड़कियों का बाप है।" करीमन जवाब देती।

"तो फिर क्या हुआ ! औलाद तो जवानी की निशानी है···यहाँ तो कब्र के मुरदों के लिए लड़कियों की कमी नहीं, शरीफ की भली चलायी !"

"क्यों किसी का घर बरबाद कर रही हो ! अपनी लड़कियों के लिए लड़के यूँ ढूँढ़े जाते हैं कहीं ?"

"अपने यहाँ चार शादियों की इजाजत है, मरदों को···लड़का होगा तो घर आबाद होगा। इसमें घर की बरबादी कैसी ?"

रात करीमन जब लेटी तो औरतों की बातें दिमाग में चक्कर काट रही थीं। आँख लगी तो ख्वाब में देखा कि घर के दरवाजे पर शहनाई बज रही है और शरीफ दूल्हा बना घोड़े पर सवार है और पीछे पालकी में दुल्हन है। तीनों लड़कियाँ दरवाजे पर खड़ी उसे घूर रही हैं। तभी पालकी का परदा हटा—दुल्हन गोलमटोल-सा बच्चा लेकर उतरकर कहती है 'पोता मुबारक हो'। वह झपटकर आगे बढ़ती है, तभी उसे किसी चीज से ठोकर लगती है, वह गिर जाती है। देखती है वह रेशमा की लाश है। तीनों लड़कियाँ चीखकर रोती हैं—हाय दादी ने मेरी माँ को मार डाला।

"न न, मैंने कुछ नहीं किया।" कहती हुई करीमन नींद से जाग उठी और

बिलख-बिलखकर रोने लगी। जब जरा दिल सँभला तो उसने शुक्र अदा किया कि यह ख्वाब था।

सुबह होते-होते करीमन को जाड़ा लगकर बुखर चढ़ गया। बुखार की तेजी में सपना टुकड़ों में दिखता और लड़कियों की हाय-तौबा से वह चौंककर आँखें खोल देती। तीसरे दिन जब बुखार उतरा, जी सँभला तो करीमन को सिर्फ यही एक बात बाद रह गयी कि उसे मौला ने ख्वाब में पोते की बशारत दी है। अब उसे शरीफ की दूसरी शादी कर देनी चाहिए। सच है, नयी लड़की नयी किस्मत के दरवाजे शरीफ के लिए खोलेगी।

लखनऊ से 'पोते' का सपना लेकर जब करीमन चली तो रेलगाड़ी की खिड़की से भागते पेड़, खेत, खलिहान, नदी देख सोच रही थी कि वह अपनी ख्वाहिश उस घर में कैसे पूरी करेगी। एक के बाद एक बड़ी अड़चने हैं। पहला शरीफ, फिर करीम और फिर महल्का··लेकिन जब मजहब में इस बात की मनाही नहीं है तो मुझे कोई नहीं रोक सकता है। जो शरीयत है, हक है, जरूरत है उससे कौन मुकर सकता है ?

घर में सबको करीमन बदली लगी। पोतियों पर सदके जाती, बहू पर निछावर और मियाँ, बेटे से मीठा बोलती। सबके मन में आया कि बेकार करीमन को बुरा समझते थे, आखिर वह भी इन्सान है। वह भी कुछ न कुछ तो अरमान रखेगी। करीमन जब पोतियों को गोद में बिठा दूध जलेबी खिलाती तो मन-ही-मन कहती, 'एक दिन इसी तह पोते को गोद में लेकर बैठूँगी। तुम्हारी माँ तो देने से रही, मुझे ही चारा ढूँढ़ना पड़ेगा।'

बशीर चूड़ीवाले के घर 'खतना' था। करीम ने कहा था कि वह थोड़ी देर के लिए आ जाएगा। मगर जब तीन बज गये तो करीमन तीनों लड़कियों का हाथ पकड़ घर से निकली। गली में बड़ी सजावट थी। घर पहुँच करीमन ने मुबारकबाद दी।

"तुम्हारे घर भी यह दिन जल्द आए।" बशीर की दादी ने कहा।

"हमारी किस्मत में 'खतना' कहाँ ! हमारे यहाँ तो गाजे-बाजे के साथ बारात आएगी और फतेह का बिगुल बजाती डोली उठा ले जाएगी।" करीमन ने मन-ही-मन चँदवा तान देख कहा। अन्दर की कुढ़न चेहरे पर झलक आयी थी।

"करीमन तुम्हारा जी तो अच्छा है ?" पुत्तन की खाला ने नाक पर उँगली रख बड़ी अदा से पूछा।

"जी निगोड़े को क्या होना है ?" हँसी करीमन।

"तो फिर जाओ, सँभालो पानदान।" कहती पुत्तन की खाला ने पानदान आगे सरकाया।

तीनों लड़कियाँ गरारा, दुपट्टा पहने बड़े सलीके से दादी के पास बैठी टुकुर-टुकुर दोनों की बातें सुन रही थीं। उनके सर पर पुत्तन की खाला ने प्यार से हाथ फेरा।

"इब्बन कितने साल की है ?" करीमन ने पत्ते पर चूने की चमची घुमायी।

"वही शब्बन की हमउम्र है।"

"शादी कहीं ठहरी ?"

"ना कहीं, आखिर किससे ठहरे ? लड़कों का हाल बुरा है। अपने बाप के पेशे से उन्हें नफरत है, अपनी पसन्द की नौकरी उन्हें कभी मिलती नहीं, ऊपर से फिल्में देख बम्ब, बन्दूक रखने का शौक ! बहन, कमानेवाले लड़के तो आँखों में सुरमा लगने को भी नहीं मिलते आजकल।"

"ए, हटो, तुम्हारी आदत नहीं गयी बात बढ़ा-चढ़ा कर कहने की।" करीमन हँस पड़ी।

"शरीफ जैसे बेटे की माँ हो न, तभी हँस रही हो वरना माँएँ आजकल बेटों को कोसने लगी हैं, कोई लड़की नहीं देता शादी के लिए। अब तुम्हारी बात अलग है तुम एक माँगो तो चार मिलेंगी।"

"तो फिर ढूँढ़ो···" फुसफुसाकर कहा करीमन ने।

"क्या कह रही हो ?" तौबा करती पुत्तन की खाला ने गाल पीट लड़कियों को देखा। मन-ही-मन बोली–'मैंने तो बात की बात कही थी। यह भला क्या सुन रही हूँ।'

"जाओ बाहर खेलो।" करीमन ने बड़ी की पीठ पर प्यार से हाथ फेरा।

"अच्छा दादी।" लड़कियाँ खुश-खुश भागीं।

"दाई से पेट क्या छुपाना। मुझे पोता चाहिए।"

"तीन लड़कियों पर बेटा होता है, जरा इन्तजार करो, इतनी उजलत ठीक नहीं।"

"बहू की सेहत गिर चुकी है, मुझे अब रुपये में चवन्नी भर तो दूर, टका भर उम्मीद नहीं है।"

"बताती हूँ फिर···" कहती पुत्तन की खाला दूसरी तरफ चली गयी जहाँ औरतों का घेरा था।

रात खाने के बाद करीमन ने बेटे को पास बुलाया और सर पर हाथ फेरकर बोली, "देखो, तुम हमारे अकेले घर के चिराग हो। अब हम जो कहें उसका बुरा न मानना, जरा ध्यान से मेरी बात पर गौर करना। रेशमा की सेहत ठीक नहीं है, उसे आराम की जरूरत है।"

"यह तो है अम्माँ।"

"मेरी मानो तो दूसरी शादी कर लो बेटा, लड़कियाँ भी पल जाएँगी और तुम्हारी गृहस्थी भी सँभल जाएगी।"

"दूसरी शादी···! यह कैसे हो सकता है अम्माँ ?"

"हो सकता है···खुदा रसूल के हुकम से होगा। मरदों को चार शादियों की इजाजत है फिर ऐसा क्या है जो नहीं हो सकता ?" करीमन ने आवाज दबायी।

"बस अम्माँ बस !" झुँझलाया परेशान शरीफ पास से उठकर चला गया।

जो बात प्यार से शुरू हुई थी अन्त तक आते-आते बन्दूक की गोली बन शरीफ

के दिल पर माँ ने दाग दी थी।

करीमन को बेटे का इस तरह उठ जाना अखरा, मगर दूसरे पल ही उसके चेहरे पर एक गहरी मुसकराहट उभरी जैसे कह रही हो कि औरत में बड़ी कशिश होती है खासकर नयी नवेली के लिए। शुरू में बड़े-बड़े मजनू भी इनकार करते हैं, मगर कुछ दिनों बाद दूसरी के पैर धो-धो पीते हैं। करीमन भी जिन्दा रही तो यह भी करके दिखा देगी।

तीनों बहनें एक बिस्तर पर एक-दूसरे से लिपटी सो रही थीं। रेशमा का जी आज कुछ अच्छा था। नहायी थी। अपने को हल्का महसूस कर रही थी। चेहरे पर ताजगी थी। शरीफ जब कमरे में आया तो वह लम्बे-लम्बे बालों में तेल लगा रही थी। शरीफ को देख उसकी आँखें भर आयीं।

"तुम्हें मेरे प्यार पर भरोसा नहीं है क्या ? अम्माँ जो दिल में आए कहें मगर मैं एक बेटे के खातिर तीन बेटियों के लिए सौतेली माँ लाकर यह घर जहन्नुम नहीं बना सकता हूँ।"

"समझने की कोशिश कीजिए। आप शादी न करें मगर अम्माँ की यह ख्वाहिश मुझे हर पल कमजोर बनाती है। मैं इज्जत से जीना चाहती हूँ, रोज-रोज के यह ताने मुझे जहन्नुम की तरह जलाते हैं।"

"अजीब मुसीबत में मेरी जान है। शादी करता हूँ तो चैन खोता हूँ, चौथे बच्चे का खतरा मोल लेता हूँ तो तुम्हें खोता हूँ।"

"मेरी मौत तो हर हालत में लाजमी है। दूसरी शादी तुमने की तो सह नहीं पाऊँगी। दम तोड़ दूँगी। चौथे बच्चे का खतरा मोल लेती हूँ और खुदा को जो मुझपर रहम आया और लड़का हुआ तो मर कर भी जी लूँगी अपने बेटे की शक्ल में··रोज-रोज मरने से अच्छा है तुम्हें वारिस देकर मरूँ।"

"यह तुम्हारी सोच गलत है रेशमा।" शरीफ की आँखें भर आयीं।

"लड़कियों को उनका भाई मिल जाएगा। उनकी मिट्टी जो रोज इस घर में पलीद होती है वह नहीं होगी। मुझे भी इज्जत के साथ मौत मिलेगी।"

"तुम चाहती क्या हो रेशमा ? हम माँ-बाप हैं। दूसरे की मरजी से औलाद पैदा करें ? नहीं चाहिए मुझे लड़का।"

शरीफ सर पर हाथ रखे लेटा सोच रहा था कि यह कुदरत का कैसा खेल है कि आदम क़ी औलाद को आदम की शक्ल में पाने की एक औरत की तमन्ना को पूरी करने के लिए दूसरी औरत मजबूर है ?

घर में पक रही इस खिचड़ी से बेनयाज करीम फिरोजाबाद में बाजार-बाजार, गली-गली भटककर बढ़िया से बढ़िया डिजाइन की चूड़ियाँ देख रहा था। वह औरत की पसन्द-नापसन्द जानता था। इसीलिए उसकी दुकान पर मेला लगा रहता था। यह

मेहनत दूसरे दुकानदार नहीं करते थे। उनके लिए सूफियाना और चटख रंगों में सच्चे और झूठे काम से कोई फर्क नहीं था। चूड़ी तो आखिर काँच है, आज पहनी कल टूटी, उसमें काम नहीं दाम देखना चाहिए और यहीं वे करीम से मात खा जाते थे।

करीम जब माल लेकर घर लौटा तो पता चला नदीम की तबीयत ज्यादा खराब है। शरीफ उसे डॉक्टर को दिखाने ले गया है। आज मिलाद-उन-नवी है। बाजार में चौराहे और सड़कों पर विभिन्न व्यापारियों द्वारा शानदार दरवाजों और रंगीन बल्बों का झाड़ सजायी जा रही थी। दुकान खुलते-खुलते औरतों की भीड़ जमा होने लगी। लचका गोटे के कपड़ों के साथ मेहँदी, मिठाई के पैकेट लिये औरतें बुरके से हाथ निकाल अपनी पसन्द की चूड़ियाँ देख रही थीं। जो जल्दी में थीं वह बार-बार शरीफ को पूछ रही थीं, करीम को भी शरीफ का बेचैनी से इन्तजार था।

शरीफ जब डॉक्टर के यहाँ से नदीम को लेकर लौटा तो दोनों बड़े भाई अकील और अकरम पराठे और अण्डे का नाश्ता कर रहे थे। सलाम-दुआ के बाद शरीफ को कुछ देर वहाँ ठहरना पड़ा। कभी-कभी तो दोनों घर लौटते थे।

"क्यों बे शरीफ, दुकान कैसी चल रही है ?" अकील ने हाथ धोते हुए पूछा।

"आपकी या मेरी ?" शरीफ ने अनजान बन पूछा।

"हमें तो औरतों को चूड़ी पहनाने का कोई शौक नहीं है इसलिए घर भी नहीं बसाया है। तुम कहो, तुम्हारा कारोबार कैसा चल रहा है ?" अकरम हँसा।

"ठीक ठाक चल रहा है···भाई, हमें तो आपकी फिक्र लगी रहती है, वह लोग ठीक-ठाक नहीं हैं, उन लोगों के साथ उठना-बैठना छोड़ दे।"

"उसका मजा कुछ और है। तू घोंचू यह बात नहीं समझ सकता है। तू तो बस बच्चे पैदा कर, गृहस्थी जमा, माँ-बाप की सेवा कर, हमसे यह मामूली जिन्दगी नहीं जी जाती। जो नशा हथियार पकड़ने, दूसरे पर रोब गाँठने और एक ही झटके में हजारों कमाने का है वह चन्द रुपल्ली की चूड़ियाँ बेचने में नहीं है।" अकील ने सीने पर हाथ मारा।

"अंजाम इसका अच्छा नहीं होगा भाई···मैं बहुत दिनों से आपसे कहना चाह रहा था। खैर, आप बड़े हैं जैसा मुनासिब समझें।" इतना कहकर शरीफ घर से बाहर निकल आया।

यह खबर किसी से छुपी नहीं रह सकी कि रेशमा के पैर फिर से भारी हैं। करीमन उसका ख्याल करने लगी। आस फिर बँध गयी थी। घर में रौनक-सी आ गयी थी। शरीफ भी दिल ही दिल में बेटे की दुआ माँगता, ताकि सिलसिला कहीं जाकर खत्म हो मगर खुदा को कुछ और मंजूर था। चौथा बच्चा भी 'लड़की' हुई। इस बार रेशमा और शरीफ को अफसोस तो हुआ मगर दोनों को जैसे चैन आ गया कि अब वह अपनी किस्मत किसी दूसरे के कहने पर बदल नहीं सकते हैं। यही चारों लड़कियाँ उनके जिगर का टुकड़ा हैं।

करीमन अपनी हारी बाजी को जीत में बदलने की कोशिश में फिर से लग गयी। उसकी बातें सुनकर रेशमा को अब बुरा नहीं लगता बल्कि अपनी लड़कियों के लिए मोहब्बत और बढ़ती। उधर शरीफ ने भी घर के इस महाभारत का अन्त सोच लिया था। उसने रेशमा को हिम्मत बँधाते हुए कहा था :

"हौसला रखो...मैं फिरोजशाही मस्जिद के मौलवी साहब से मिला था। बिना किसी माकूल वजह के दूसरी शादी की इजाजत नहीं है। फिर बिना बीवी की रजामन्दी लिये शौहर को दूसरे निकाह का हक भी नहीं है। जब मैं खिलाफ हूँ दूसरी शादी के तो दुनिया की कोई ताकत हमें अलग नहीं कर सकती। अम्माँ चाहे जो करें...ताना तिशना, गण्डा, तावीज, चिल्ला, फतवा...मैं बहाने ढूँढ़नेवाला मर्द नहीं हूँ। जो है उसका शुक्र अदा करता हूँ...तुम अपनी सेहत देखो, लड़कियों की परवरिश पर ध्यान दो। मैं कारोबार देखता हूँ, हरदम चिन्ता, तनाव से अब्बा का हाथ कई साल से ठीक से बटा नहीं पा रहा हूँ !"

दुकान से लड़कियाँ टूटी चूड़ी लाकर मोमबत्ती से उसे पिघला जंजीरों का हार बनातीं। उन्हें दरवाजे खिड़की पर टाँगतीं और चौथी बेटी गुड़िया दीवारों पर चूड़ियों की तरह-तरह की डिजाइन रंगीन चाक से खींचती जिसे देखकर करीमन चिल्लाती", स्कूल में यही सिखाया जाता है कि सारे घर में चंगीटे खींचकर कर्जा बढ़वाओ ? तुम लड़कियाँ हमारे बेटे को जीने दोगी या नहीं ?"

"अम्माँ ! अब नहीं सुनना है तुम्हारा कोसना और ताना...अगर पोते का बुखार तुम्हारे दिमाग से नहीं उतरा तो मैं घर छोड़कर चला जाऊँगा और जोगी बन दर-दर भटकूँगा।"

सर पीटते करीमन के हाथ थम गये। बेटे का तेज लहजा सुन उसे अपने चारों तरफ अँधेरा खिंचा दिखा। वह बेटे की कीमत पर पोता नहीं पाना चाहती थी। उसने गालों पर थप्पड़ मार फौरन कहा, "ऐसी बात अब न निकालना मुँह से, मेरी एक ही औलाद है बेटा। तू फले-फूले यही मेरी दुआ है। तू चला गया तो यह घर, यह दुनिया मेरे किस काम की ?"

घण्टे, दिन, महीने, साल बड़ी तेजी से गुजर रहे थे। चारों बहनें पढ़ने में तेज और शक्ल-सूरत की प्यारी निकली थीं। उनके साथ करीमन का रिश्ता पहले जैसा कड़वाहट वाला नहीं रह गया था तो भी उसके दिल पर एक सुस्त निराशा पैर जमा कर बैठ गयी थी, उसकी वजह भी थी। उसे पता चला कि चौथी लड़की के बाद शरीफ ने ऑपरेशन करवा लिया है। वह जिगर थामकर बैठ गयी। इस बीच पुत्तन की खाला ने कई लड़कियों का नाम बताया, पैगाम भिजवाया मगर करीमन चुप रही। आखिर कहती भी क्या ?

रात को खाने के बाद जब चारों पोतियाँ करीम की चारपाई पर चढ़ उसके हाथ-पैर दबातीं, मजे-मजे की बातें कर रही होतीं तो अकेला बैठा अब्दुल जलकर पूछता,

"लड़कियों की कहीं से बात आयी ?" फिर बीमार बेटे नदीम को देखकर आह भरता, "लड़कियों का मामला बड़ा नाज़ुक होता है। यह तो तेरा कलेजा है जो चार-चार पछत्ता की जिम्मेदारी उठाये है।"

"जरा बड़े दादा को वह गाना सुनाओ जो मँझली ने बनाया है।" हँसता हुआ करीम उसकी बात अनसुनी कर कहता और लड़कियाँ शुरू हो जातीं। एक-दूसरे के गले में बाँहें डाल झूमतीं और गातीं–

शीशों से बना यह घर अपना
चाँद-सी अम्मी, सूरज-से अब्बा
दिन जैसे दादा, रात जैसी दादी
यह है हम चारों बहनों की कहानी
टिम टिम···टिम टिम···टिम टिम···

शबरात आनेवाली थी। सूजी, घी, चने की दाल, मेवे खरीदकर करीमन सामान से लदी-फँदी घर में घुसी। वह लड़कियों के लिए अनार, फुलझड़ी, मेहताब और राकेट लेना नहीं भूली थी। रेशमा पुड़ियों को खोलती सामान देखती डिब्बों में भर रही थी। तभी करीमन ने झोले से गड्डो का पैकेट निकाल छोटी को थमाते हुए कहा कि वह नदीम को दे आए।

छोटी अपने हिस्से की आतिशबाजी दालान के दर पर रख उछलती-कूदती महल्का के घर की तरफ गयी और कमरे में जाकर उसने पुकारा, "बड़ी दद्दा···नदीम चचा···देखो मैं क्या लायी हूँ।" कमरे में कोई नहीं था। वह भागती हुई दूसरे कमरे की तरफ बढ़ी तो पीछे उसे किसी ने दबोच लिया। बारह तेरह साल की नाजुक-सी लड़की मर्दाने हाथ की जकड़न में तड़फड़ाने लगी। सीने में दर्द की तेज लहर से बेकरार हो उसने अपने दाँत हाथों पर गाड़ दिये। गिरफ्त ढीली हुई। वह तड़पकर पीछे मुड़ी तो धक से रह गयी। आँसुओं से भरी आँखें फटी की फटी रह गयीं। रुँधे गले से सिर्फ इतना निकला, "नदीम चचा, आप ?"

आँगन में करीमन बकरी के सिर पर गरम करके कड़वा तेल मल रही थी। कल रात बकरी आँगन में छूट गयी थी और ओस के कारण सुबह से छींक रही थी। एकाएक छोटी भागती आयी और बकरी की रस्सी में उलझकर गिर गयी, खूँटा सर पर लगा और वह बेहोश हो गयी। माँ, दादी, बहनें घबराकर छोटी के करीब पहुँचीं और उसे उठाकर चारपाई पर लिटाया। माथा खून उगल रहा था। कड़वे तेल में कपड़ा भिगो करीमन ने सर पर रखा।

नदीम जब तक मँझली को रोकता, वह चंगुल से निकल चुकी थी। इस डर से कि अब सबको पता चल जाएगा वह घबराया और मुड़ा तो जम-सा गया। सामने माँ को खड़ा पाया।

"वह···वह···" नदीम भय से हकलाया।

"काश ! धरती फट जाती और मैं समा जाती उसमें···कम से कम यह दिन तो न देखती। लड़कियाँ अपने घर में भी महफूज नहीं हैं, न बाप-दादा से न चचा-भतीजे से···अरे कमबख्त, तूने उसे गोदी खिलाया है।" महल्का ने गम में डूब अपमानित स्वर में कहा और अपना कान पकड़ गालों पर तौबा के थप्पड़ जोर-जोर मारे।

कई दिनों तक दोनों बहनें इस घटना से उबर न सकीं। कभी लगता माँ दादी को बताए मगर शरम से जबान न खुलती। छोटी के दिल में मरदों से ऐसा डर बैठ गया था कि बाप-दादा के सामने पड़ने से घबराने लगी थी। हफ्ता गुजर गया था, छोटी स्कूल नहीं गयी थी। बड़ी साये की तरह उसके साथ लगी रहती। माथे की चोट पर पपड़ी जमने लगी थी।

गल्ले की कोठरी में जहाँ लड़कियों के खेल का सामान—टूटी चूड़ियाँ, शमा, टेलिफोन, बस्तन, गुड़िया रखी थीं वहीं एक दिन आधी रात को चारों बहनें दबे पैर कमरे से निकल जमा हुईं, यह इनकी मीटिंग की जगह थी। बड़ी कई दिनों से छोटी बहनों से कुछ कहना चाहती थी मगर अम्मी की तबीयत खराब होने से कमरा अकेला मिलता न था। दालान में दादी बैठी होतीं। छोटी और गुड़िया की आँखें नींद से बोझिल हो रही थीं। बड़ी ने बत्ती जलायी। देसी घी के डिब्बे, चावल, गेहूँ के बोरे पर चारों बैठ गयीं।

"देखो अब हम बड़े हो रहे हैं। हमको अपनी हिफाजत खुद करनी है। एक-दूसरे को कभी भी अकेला नहीं छोड़ना है, खासतौर से जब घर में दादी और अम्माँ न हों और बड़ी दद्दा के घर कभी कोई नहीं जाएगा, न चाचा से बात करेगा। समझी न ?"

"क्यों अप्पी ?" गुड़िया ने पूछा।

"अभी सिर्फ इतना, बाकी फिर बताऊँगी।" कहकर बड़ी ने बत्ती बुझायी और चारों दबे पाँव निकलीं।

"चोर···चोर" खुटर-पटर से करीमन की जो आँख खुली तो कोठरी की बत्ती को जलते-बुझते देख चीख पड़ी। करीम और शरीफ बाहर के कमरे से लाठी उठाये भागे-भागे "कहाँ है···कहाँ है" कहते आये तो देखा दालान की रोशनी में चारों एक दूसरे का हाथ पकड़े ठिठकी खड़ी थीं।

"लुकिया शैतानिन, तुम लोग इतनी रात गये यहाँ क्या कर रही थीं ?" करीमन ने कमर पर हाथ रख आँखें तरेरीं।

"मीटिंग।" होठ भींच बड़ी ने कहा और छोटी ने बाप-दादा को छुगलिया दिखायी और कमरे से एक-एक करके गायब हो गयीं। बाप-बेटे ने करीमन को देख गरदन हिलायी। करीमन दालान की बत्ती बुझाते हुए बड़बड़ायी, इन बिल्लियों के मारे रात को सोना भी दुश्वार है मेरा।"

बड़ी को बोर्ड की परीक्षा देनी थी। बाकी बहनें भी नौवीं, आठवीं, सातवीं में पहुँच गयी थीं। उम्र से ज्यादा उनकी अक्ल थी। किताब से ज्यादा उनको दुनिया की समझ

थी। हालात ने बचपन से उन्हें असुरक्षा की जो भावना दी थी उसने उन चारों में एक विचित्र किस्म का विश्वास जगाया था। करीमन और रेशमा के न रहने पर लड़कियाँ घर में न रुकतीं और बचपन के दिनों की तरह दुकान पहुँच जातीं और बाबा, दादा का फैला सामान सलीके से समेट खानों में रखतीं। नये-नये मैच मिला कस्टमरों को खुश करतीं। फिर दादा की मँगायी चाट का पत्तल पकड़ खूब मन से चाट खातीं। गरम-गरम रसगुल्ले निगलतीं और फिर एक-दूसरे का हाथ पकड़ सड़क पार कर गली में मुड़ जातीं।

इधर कई दिनों से चूड़ी बाजार में तनाव था। कई दुकानें पी.सी.ओ. और फोटो कॉपी की नयी खुली थीं, जिनके मालिक मुनासिब लोग नहीं थे। इससे बेचैनी भरी सनसनी पुराने दुकानदारों में फैल गयी थी, क्योंकि उनकी दुकानें औरतों की जरूरतों के सामानों से भरी होतीं और वही खरीदारी करने निकलती थीं। यह तो सबको पता था कि स्थानीय नेताओं ने नगर महापालिका के सभासद के पदों के चुनाव में छटे हुए गुण्डों और बदमाशों को उम्मीदवार बनाकर सिर्फ इसलिए खड़ा किया है कि वह मनचाही जमीन, दुकान, घर, कागजों की हेराफेरी के बाद हथिया सकें। इन दुकानों पर दिन भर दनदनाती मोटर साइकिलें आकर रुकतीं और अजीब व गरीब चाल-ढालवाले लोग उतरते और घण्टों बैठे सड़क बाजार, औरतों को घूरते रहते थे जिसके कारण औरतों ने निकलना कम कर दिया और उनकी बिक्री में कमी आने लगी थी।

एम. एल. ए. का चुनाव जीतने के बाद जुगनू शाह ने सबसे पहले अब्बासी रण्डी की खँडहर होती लम्बी-चौड़ी कोठी पर दाँत जमाये, जिस पर बहुत दिनों से राजू पंजा गाड़े बैठा था। कागज की हेरा-फेरी, धमकी, गुण्डागर्दी के बाद कल रात दोनों पार्टियों का एकाएक नखास कोने पर आमना सामना हो गया। जमकर गोलियाँ चलीं। लाशें गिरीं और दुकानों में आग लगा दी गयी। पुलिस ने मौका-ए-वारदात पर पहुँचकर कुछ लोगों को हिरासत में लिया, लाशों को शिनाख्त के लिए भेज स्टेशन रोड पर कर्फ्यू लगा दिया।

बलवा हुए अभी चन्द घण्टे ही गुजरे थे कि बाजार में लगी आग पी. सी. ओ. के साथ अन्य सामानों से भरी बन्द दुकानों को एक-एक करके निगलने लगी। जब तक दमकल पहुँचता तब तक अन्य दुकानों के साथ करीम की दुकान 'सुहाग स्टोर' का लकड़ी का ढाँचा जलकर राख हो चुका था। पिघली रंगीन चूड़ियों का शीशा किसी डेल्टा की तरह शाखों में बँट गले मिल रहा था। सुहागिनों की हाथों की चूड़ियाँ उजड़ चुकी थीं। पूरा बाजार दूर से काली सड़क में तब्दील हो चुका था। कर्फ्यू खुलने के बाद जब करीम दुकान देखने गया तो उसके पैर उखड़ गये थे, पूरे पचास साल आँखों के सामने जल पड़े थे। उसके बाप रहीम बिसाती ने यह दुकान चूड़ी के झाबे की शक्ल में शुरू की थी। सारे-सारे दिन करीम और अब्दुल दौड़कर घरों में चूड़ियों की डिजाइन दिखाते, नाप लेते, धूप, जाड़ा, बरसात नंगे पैर फिरते रहते थे। आज उसी बाप की मेहनत, उसकी खुद की लगन और बेटे शरीफ की लड़कियों का भविष्य झुलस चुका था। अब

एक बार फिर सब-कुछ जीरो से शुरू करना था।

सुबह जब सारा घर एक टाँग पर नाच रहा था लड़कियाँ बस्ता ले स्कूल को भाग रही थीं, उस समय करीम हाथ-पैर नहीं हिला पा रहा था। डॉक्टर ने देखकर बताया पूरे बदन को लकवा मार गया है। शरीफ तो दिल थामकर बैठ गया। घर में गड़ा रुपया इलाज में पानी की तरह बहने लगा। अब्दुल्ला की दुकान तो बच गयी थी मगर अकील और अकरम अन्य बदमाशों के साथ पकड़ लिये गये थे और अब हवालात में बन्द थे। उन पर कत्ल, आगजनी और फसाद कराने के इल्जाम थे।

शाम उमस भरी थी। दोनों भाई आँगन में लेटे थे। चारों लड़कियाँ तख्त पर बैठी होमवर्क कर रही थीं। करीमन मियाँ के पैरों में तेल मल रही थी। अब्दुल्ला ने भाई की हालत देखी और दिलासा भरे स्वर में कहा—"करीम, तू फिक्र मत कर, तेरी दुकान की साख है, नाम है···उस साख के सहारे हम दोबारा बाजार में आ जाएँगे। इस बार साथ-साथ कारोबार शुरू करेंगे ताकि हमारा दुःख बट जाए। लड़कियों की डोलियाँ इज्जत से उठ जाएँगी और शरीफ को भाइयों का सहारा भी मिल जाएगा।"

बड़े दादा की बात सुन चारों लड़कियों के कान खड़े हो गये। उन्होंने अपने पुराने दुश्मन को घूरकर देखा, "अच्छा तो हमारी साख पर कब्जा करने का इरादा बना रहे हैं ?" चारों ने एक-दूसरे को देखा और गरदन हिलायी जैसे कह रही हों कि अब हम किसी किस्म की दस्तदराजी नहीं सहेंगे। देखते हैं कौन किसका सहारा बन किसकी डोली उठाता है।

रात को जब शरीफ सीने पर हाथ रख लेटा-लेटा छत को ताक रहा था, उस समय चारों बहनें बाप के पास जाकर बैठीं और बिना किसी भूमिका के शुरू हो गयीं कि दुकान को इस बार कैसे सजाना चाहिए। बैंक से कर्जा लिया जा सकता है। फिर चारों पूछने लगीं, "अब्बू, क्या हम दुकान को सजाने में आपकी मदद कर सकती हैं, क्या हम चूड़ियों की नयी डिजाइन दे सकती हैं ?" गुड़िया दौड़कर अपनी ड्राइंग कॉपी ले आयी जो गुड और वेरीगुड से भरी थी। उसके बीच के पन्ने पर एक चूड़ी की बड़ी-सी दुकान का फोटो था। उसे देख शरीफ हँस पड़ा।

"मैंने चूड़ियों का नाम रखा है—झंकार, धड़कन, ईद का चाँद, प्यार का मौसम, गंगा की लहरें, तारों का शहर, खनकती शहनाई, दीवाली की रात···", गुड़िया ने नाम के साथ मिलती-जुलती डिजाइनें भी दिखायीं।

"और अब्बू, ट्रेड मार्क होगा 'चार बहनें'।" बड़ी ने बाप के कन्धे पर सिर टिकाया।

शरीफ लड़कियों के गाल थपथपाता, सर पर हाथ फेरता सोच रहा था : मैं क्यों उदास हूँ अब्बा तो सिर्फ तीन थे और मेरे पास चार लड़कियाँ हैं, हम पूरे पाँच लोग। पंजतन पाक की बरकत से होगा बेड़ा पार लेकर बिस्मिल्लाह का नाम, कहता हुआ

शरीफ उठा और खुश-खुश बाप के पास आकर बैठ गया। उनके सुन्न पड़े हाथ-पैर को सहलाता रहा। बेटे की घुटी-घुटी आह का अहसास करीम को था। वह कहना चाहता था कि उसे लड़कियों की बड़ी ख्वाहिश थी मगर खुदा ने उसे एक ही बेटा दिया। अब चार पोतियाँ पाकर वह निहाल है। उसके दिल में अब्दुल्ला की तरह जहर नहीं भरा है मगर आज चाहने के बावजूद वह यह सब नहीं कह सकता था। बेबसी से बेटे का चेहरा ताक रहा था जिस पर हल्की मुसकान फैली थी।

"इसी दिन के लिए पोते की चाह थी।" करीमन के अन्दर बैठा नाग शौहर की बीमारी और बेटे की परेशानी से बौखलाकर बाहर निकल आया था।

"वह क्या करता दादी ?" बड़ी ने खाना निकालते हुए कहा।

"करता क्या, दौड़-धूप करता, दुकान को फिर से शुरू करने में मदद देता।" करीमन चिढ़ गयी।

"यह काम तो कोई भी कर सकता है। बढ़ई, मजदूर और नौकर···इसमें 'पोता; कहाँ से आ गया ?" मँझली ने दस्तरखान बिछाया।

"तुम लोगों के साथ सर खपाना बेकार है।"

"दादी, पोता जो कहीं अपने चचा पर पड़ जाता तो फिर कैसे मदद करता अपने अब्बा की ? तब तो उसे पुलिस पकड़ ले गयी होती", छोटी ने कुछ सोचते हुए कहा।

"बालिश्त भर की लड़की मुझ बुढ़िया को ताना मार रही है।" करीमन तिलमिला उठी।

ईद से पहले नयी दुकान बन गयी थी। चारों लड़कियों की मेहनत झलक रही थी। दुकान का इश्तहार भी अखबार में छप गया था। उम्मीद थी कि पहले दिन शानदार उद्घाटन के साथ खूब भीड़ जमा होगी।

"तुम लोग अब दुकान पर बैठोगी ?" कई दिनों से दबा ज्वालामुखी खदखद करता खौल उठा।

"फिर कौन बैठेगा ? दादाजान की तबीयत खराब है। अब्बा अकेले पड़ गये हैं।" छोटी ने कार्ड छाँटते हुए कहा।

"मगर ऐसे मजबूर तो नहीं कि दुकान चला न पाएँ।" दादी ने दोहत्थड़ जाँघ पर मारी।

"दादी, जायदाद में लड़कियों का हिस्सा होता है न ?" बड़ी ने भोलेपन से पूछा।

"क्यों नहीं, खुदा रसूल की तरफ से होता है···मुझे खुद मिला था।" दादी ने जवाब दिया।

"फिर उस हिस्से का क्या करना चाहिए ?" मँझली ने आँखें मटकायीं।

"उसकी देखभाल करनी चाहिए।" करीमन ने लड़कियों को उनके बचकाना सवाल पर घूरा।

"दादी, आपने क्या किया था ?" छोटी पैर हिलाते-हिलाते बोली।

"मुझे तो भई, नकद मिला था। इसी दुकान में डाल दिया था।" करीमन के चेहरे पर चमक आ गयी।

"तो फिर हम भी तो वही करने की कोशिश कर रही हैं !" बड़ी ने तपाक से कहा।

"तुम लोग···" दादी ने अभी मुँह खोला ही था कि बड़ी बोल उठी, "दादी, हमारे अलावा तो मदद करनेवाले अकील चाचा और अकरम चाचा बचे हैं। वह दोनों कल बेल पर छूट चुके हैं, उन्हें दुकान सौंपी जा सकती है यदि आप चाहें।"

"मेरी तौबा ! तेरे मुँह में खाक। कुछ बाप की दुकान सँभाली है जो चलेंगे सुहाग स्टोर को सँभालने। जो मुँह में आता है बोल देती है।" सिटपिटायी-सी करीमन बोली।

"अम्माँ, आप इन लोगों को मुँह मत लगाया कीजिए।" रेशमा ने दिखावे का मरहम लगाया।

"मुँह लगाये मेरी जूती··इन पर इतनी रोक-टोक न लगाऊँ तो आसमान में थिलगिया लगाती फिरें।" करीमन तंग आकर बोली।

आधे आँगन में जिन्दगी की चहल-पहल देख सूने घर में बैठी महल्का का दिल चाहता कि वह भी लड़कियों के जोशखरोश में शामिल हो, मगर अब्दुल्ला ने यह कहकर उसे रोक दिया था कि वह गुनाह की हिस्सेदार न बने। लड़कियों के दीदे का पानी मर गया मगर करीमन और रेशमा को क्या हो गया है ? करीम और शरीफ तो जोरू के गुलाम ठहरे लेकिन मुझमें गैरत बाकी है। महल्का को अब्दुल की बात की परवाह न थी मगर उसकी आँखें झुक गयी थीं, चारों लड़कियों के सामने किस मुँह से उनके पास जाती ? नदीम जिन्दगी की आखरी साँसे ले रहा है। कई बार गुस्से में आकर कसम खा चुकी है कि वह नदीम का दूध नहीं बख्शेगी।

ईद का चाँद हँसिया की पतली धार की तरह आसमान के अँधेरे को छील रहा था। जमीन पर सुहाग स्टोर रंगीन कुमकुमों से जली दुकानों के बीच झिलमिला रहा था। सड़क पर कारों-रिक्शों की भीड़ थी। नये-पुराने ग्राहक मुबारकबाद देने आ रहे थे। औरतें, लड़कियाँ चूड़ियाँ पहन बूँदियों की परई लिये निकल रही थीं। अन्दर गाव-तकियों के सहारे कुछ देर के लिए करीम को लाकर बिठा दिया था। उसके चेहरे को देखकर सबका ख्याल था कि वह जल्द ही चलने-फिरने के लायक हो जाएगा।

नयी दुकान में पैबन्द लगा बुरका पहने एक बूढ़ी औरत दाखिल हुई, "अरे लड़कियो, मुझ बूढ़ी को भी कुछ देखने दो, अपनी जवानी पर इतना न इतराओ, कभी मैं भी सीधी कमर और चिकने चेहरेवाली थी।"

"आइए···आइए दादी, आप हमारी बुजुर्ग हैं।" लड़कियाँ छट गयीं।

"अय हय करीमन ! यह तेरी दुकान को चार चाँद कैसे लग गये ? मैं तो पहचान

न पाती। पुत्तन लेकर आया कि चलो खाला, अल्लाह का करिश्मा दिखा कर लाता हूँ।"

"अच्छा हुआ आ गयी···शरीफ तो बाजार-बाजार डोल कर अधमरा हो गया था। भट्ठियों में सुबह-शाम जा-जाकर चूड़ियाँ देखना···आग की तपिश से रंग झौंस कर काला पड़ गया है। अगर बाप बीमार न पड़ते तो··काहे फिरोजाबाद के चक्कर लगाता।" करीमन दुखडा ले बैठी।

"दादी, आज चाँद रात है और हमारी दुकान पर चूड़ियाँ पहनना जरूरी है··फिर आप हमारी दादी की इकलौती सहेली बाकी बची हैं।" बड़ी ने तीनों को इशारा किया। फौज ने मोर्चा सँभाल लिया।

"दादी, आपका हाथ तो बड़ा मुलायम है।" मँझली ने कहा।

"तो अब तुम लड़कियाँ यह काम करोगी ?" पुत्तन की खाला ने आँखें मिचमिचायीं।

"और नहीं तो क्या दादी···दरअसल, यह काम तो औरतों का ही है मगर हमारी दादी घर से बाहर निकली ही नहीं दादा की मदद को, वरना मर्दों से चूड़ी पहनना क्या अच्छा लगता है।" मँझली ने स्वर में शक्कर का कण्डाल उलट दिया।

"यह गुड़िया की डिजाइनें की हुई हैं···कौन-सी पहनिएगा ?···मैं अब नहीं डरूँगी, बाहर निकलकर देखो, तुमने हमको समझा क्या है, आगे आगे हम पीछे-पीछे तुम, हमें हाथ लगाकर देखो, अंजाम का खुदा हाफिज··बोलिए कौन-सी पहनिएगा।" छोटी ने डिब्बे खोलते हुए प्यार का सागर छलकाते हुए कहा।

"बूढ़े मुँह मुहासे···" पुत्तन की खाला शरमा गयी।

"आप यह पहनें। दादी सेर तो पोती सवा सेर।" मँझली ने यह कहते हुए अपनी हँसी दबायी और धूप-छाँववाली गुलाबी ऊदी नीले रंग की चूड़ियाँ हाथों में डालने लगी। करीम की आँखों से हँसी झलक रही थी। करीमन पुत्तन की खाला की इस खातिरदारी से जली जा रही थी। अलबत्ता रेशमा और करीम के चेहरों पर नयी चमक थी। करीमन अपने को बड़ा अकेला-सा महसूस कर रही थी। टूटी चूड़ियों की चुभन उसे अपने सारे बदन में महसूस हो रही थी। उसे पहली बार लगा कि रिश्तों की हुकूमत तो उसके हाथ है, मगर दिलों पर राज ताज सर पर नहीं।

"बूढ़ी घोड़ी लाल लगाम।" कहती हुई खाला ने अपने झुर्रीवाले सूखे हाथों में पड़ी चूड़ियाँ खनकायीं फिर हँसकर करीमन के कान में फुसफुसायीं :

"यह वही पुरानी शैतान की खालाएँ, कलमुहियाँ, आसमानी बलाएँ, अल्लाह-मारियाँ तुम्हारी पोतियाँ हैं न करीमन ?"

"करमवालियाँ कहना काहे भूल गयी ?" दादी ने कुछ बुरा मानते हुए कहा। पुत्तन की खाला से करीमन आज अपनी आँखें छुपा न पायी जिसमें पोतियों के लिए प्यार, गुरूर से मिली-जुली पशिमानी भरी सुलाह तैर रही थी। चेहरे पर ऐसी दिलकश ममतामयी मुसकुराहट थी जिसको चार बहनों ने दादी के चेहरे पर पहले कभी नहीं देखी थी।

शहर में अमन था मगर दुश्मनी की आग अभी ठण्डी नहीं पड़ी थी। अब्बासी रण्डी की कोठी में पुलिस का ताला पड़ चुका था। केस अदालत में पहुँच गया था। राजू और जुगनू दोनों का दावा था कि यह कोठी उनको विरासत में मिली थी क्योंकि अब्बासी उनकी बुआ थीं। दोनों के पास 'विल' थी। जाली या सही मगर बात उलझ चुकी थी। नगरपालिका के सभासद कहीं पर पहुँचकर भी हार गये थे। अब दोनों बदमाशों को शहर में अपनी धाक की फिक्र थी। एक म्यान में दो तलवारें नहीं रह सकती थीं इसलिए दोनों तरफ खतरनाक मंसूबे बन रहे थे।

सब इन्स्पेक्टर त्रिपाठी ने ईदवाले दिन कबाब खाते हुए अब्दुल को समझा दिया था कि दोनों भाई घर पर रहें। महीने भर की बात है, सब-कुछ शान्त हो जाएगा वरना जमानत जब्त हो जाएगी और जान के लाले अलग पड़ सकते हैं। अकील और अकरम को घर की चहारदीवारियाँ काटने को दौड़तीं। दुकान पर जाते तो कोई ग्राहक पास न फटकता। चूड़ीहारों ने दबी जबान से अब्दुल चूड़ीवाले की जगह अब्दुल बन्दूकवाले कहना शुरू कर दिया था। करीम के घर की ठण्डी छाँव अब्दुल को कड़कती धूप में याद आती और अपनी बरबादी साफ नजर आती। साफ बात तो यह थी कि अब्दुल को बेटों की मर्दानगी अब खलने लगी थी।

आसमान पर बादल घिरे थे। कड़वे तेल की कढ़ाई में छोटी बेसन की फुलकियाँ तल रही थी। पूरा घर चाय के साथ मौसम का मजा ले रहा था। अकरम और अकील को अपनी तरफ आता देख चारों बहनें अन्दर से होशियार हो गयीं। लेकिन ऊपर से चचाओं के समाने गरम फुल्की और चाय रखी। इधर-उधर की बात करने के बाद अकील ने गला खँखारा, "छोटे अब्बा ! आप से तो कुछ छुपा है नहीं। हमारी जान खतरे में है। मौत हमें नहीं डराती मगर हम यह नहीं चाहते कि हमारे साथ आप लोग भी⋯"

सबके चलते मुँह रुक गये। निवाला हलक में अटक गया। करीमन के चेहरे पर हवाइयाँ उड़ने लगीं। करीम ने लेटे-लेटे अपनी पलकें झपकायीं। रेशमा का चेहरा डर से पीला पड़ गया। उसने घबरायी नजरों से चार जवान होती बेटियों को ताका।

"कुछ हथियार रखना चाहता हूँ आपकी तरफ ताकि जरूरत पड़ने पर लड़कियाँ अपनी 'दफा' खुद कर सकें⋯हम आगे न भी जाना चाहें तो अब हम वापस नहीं लौट सकते हैं, छोटे अब्बा। हालात के शिकंजे में जकड़े जा चुके हैं। इससे निकलने की राह जरूर ढूँढ़ रहे हैं", अकरम ने लम्बी साँस भरी।

उस रात किसी को नींद नहीं आयी। करीमन के दिल में बार-बार हौल उठती कि अपाहिज शौहर घर में है, उसे ले वह कहाँ डोलती फिरे ? करीम तो बेबसी से छत ताकता रहा, अकरम और अकील से कह नहीं सकता था कि तुम लोग दूसरा घर ले लो और हमको हमारे हाल पर छोड़ दो। उधर चारों लड़कियों के तेवरी पर बल थे।

एक तरफ अपनी सुरक्षा दूसरी तरफ सब घरवालों की हिफाजत का ध्यान, जिसमें तीनों चचा भी शामिल थे। करीमन तो इस ख्याल से मरी जा रही थी कि चूड़ियों के झाबे के साथ बन्दूकें भी रखी जाएँगी।

शरीफ ने सब इन्स्पेक्टर त्रिपाठी से कहकर रोज की दहाड़ी पर तो बन्दूकधारी तय कर लिये थे मगर लड़कियों ने यह कहकर साफ इनकार कर दिया कि अब्बू, इससे तो आग और भड़केगी और मोहल्ले और स्कूल में लोग वह सब-कुछ जान लेंगे जो उन्हें नहीं जानना चाहिए। हमें अपनी हिफाजत खुद करने दीजिए।

खुदा पर भरोसे के दिन थे। जिस घर में मेहनत के पसीने की बू के संग खनखती चूड़ियों की सदाएँ भरी रहती थीं वहाँ अब लूबान की गन्ध के संग कुरान की स्वर-लहरी गूँजती रहती थी। घर में जितना तनाव था, दुकान पर उतना ही 'हन' बरस रहा था, जिसका काफी हिस्सा वकीलों को देने में जा रहा था। अब्दुल अकसर सोचता कि इनकी जान बच भी गयी तो आगे क्या होगा ? फिर एक फरेब, फिर एक जाल, फिर एक मोर्चा ?

रात सन्नाटी थी। शाम से ही कुत्तों ने भौंकना शुरू कर दिया था। अनहोनी घटने का भय फिजा में अटका हुआ था। दोपहर से बारिश की झड़ी लगी हुई थी। चारों बिस्तर में घुसी उपन्यास, कहानी में डूबी हुई थीं कि तभी बिजली जोर से कड़की और उन्हें महसूस हुआ आँगन में कोई कूदा है। एक नहीं कई साये उन्हें अपनी तरफ बढ़ते महसूस हुए। बड़ी ने पैरों की चादर फेंकी और बिस्तर से कूद पलँग के नीचे पड़ी बन्दूक उठा ली।

तीनों बहनें जब तक हथियार उठातीं, उन्हें 'अगवा' करनेवाले जुगनू शाह के पहलवान कमरे में घुस आये थे। उनके चेहरे, उनके कसरती बदन और ऊँचे कद को देख चारों की घिग्घी बँध गयी थी। वह जानबूझकर निहत्थे भेजे गये थे कि मुर्गियों की तरह बगल में दबाकर वह चारों लड़कियों को पलक झपकते उठा लाएँगे। इसलिए काँपते हाथों में पकड़ी बन्दूक को देखकर वे ठिठक गये। उन्हें इस दृश्य की कतई उम्मीद नहीं थी। खून बहाना उनका उद्देश्य बिलकुल नहीं था बल्कि अकरम और अकील के जरिए राजू उर्फ काला बम्ब के चेहरे पर सिर्फ कालिख पोतना भर था, ताकि पूरे शहर में उसकी बुजदिली के चर्चे हों और वह बदनामी की मौत मर जाए और अकरम और अकील उसका साथ छोड़ बैठें।

"छोटी, पुलिस को फोन करो।" बड़ी के सीने से एकाएक कड़कती आवाज उभरी जिसने तीनों को होश में ला दिया और उन्होंने पलँग के नीचे से अपनी-अपनी बन्दूकें निकाल उन पर तान दीं। छोटी ने रोना बन्द कर धीरे-धीरे कदम बढ़ाये और फोन का डायल घुमाया।

"फोन मत कर लड़की···और तुम तीनों बन्दूकें नीचे डाल दो।" एक बदमाश ने बड़ी सख्ती से कहा।

"यह खेलनेवाली गुड़िया नहीं है, बन्दूकें हैं...घोड़ा दबाना भी जानती हो ?" दूसरा हँसा।

"तुम लोग पीछे हटो वरना...।" अभी बड़ी ने बात पूरी भी नहीं की थी कि तीसरे बदमाश ने बन्दूक लपककर खींची और बड़ी के सर पर एक झटके से उसका कुन्दा मार दिया, वह बेहोश होकर बिस्तर पर गिर गयी। फिर बाकी काँपती लड़कियों के हाथ से बन्दूकें बदमाशों को छीनने में देर नहीं लगी। कबूतरियाँ बहेलियों से लड़ रही थीं। निहत्थी हो कभी दाँतों से काटतीं, कभी उनके चंगुल से निकलने को छटपटाती अपने तेज नाखूनों से उनके मुँह नोच रही थीं। तभी शोर सुन बाकी घरवाले जाग गये। अकरम और अकील भरी बन्दूकें ले हवाई फायर करते लपके। तभी उन तीनों बदमाशों ने घबराकर अपने ऊपर झपटती लड़कियों पर दनादन गोलियाँ चला दीं और दरवाजा खोल भाग खड़े हुए। अकरम और अकील उनके पीछे दौड़े।

शीशमहल की चारों बहनें खून में लथपथ बिस्तर पर साकित पड़ी थीं, टूटी चूड़ियों के हार, झालरें और कन्दीलें, रंगीन चूड़ियों के लच्छे सजे के सजे रह गये। उनके बदन से टपकते खून से पलँग के नीचे रखे चूड़ियों के झाबे भर गये थे। करीमन फटी आँखों से उनके चेहरे ताक रही थी। रेशमा पगलायी-सी बेटियों के बिखरे बाल माथे से हटा चेहरा चूम रही थी, महल्का बार-बार अपने कोख पर घूसे बरसा सर दीवार पर मार रही थी। नदीम ने घबराकर पिंजड़े का दरवाजा खोल सारी चिड़ियों को उड़ा दिया। सब-इन्स्पेक्टर त्रिपाठी लाशों का पंचनामा बनाते हुए कई बार माथे का पसीना साफ कर चुका था।

चारों जनाजों को बराबर से दालान की जमीन पर लेटा देख बिस्तर पर पड़े मजबूर करीम को महसूस हो रहा था, जैसे चारों गले में बाहें डाल झूमझूम कर गा रही हों :

शीशे से बना यह घर अपना
चाँद-सी अम्मी सूरज-से अब्बा
दिन जैसे दादा, रात जैसी दादी
यह है हम चार बहनों की कहानी
टिम टिम...टिम टिम...टिम टिम

आँखें से टूटते तारों को पोंछते हुए शरीफ पुरसे में जमा होती भीड़ को ताक रहा था। आज न हिजड़े नाच के नेग माँग रहे थे न देगों से सुगन्ध के बादल उठ रहे थे। उनकी तसल्ली से बौखलाया-सा शरीफ जैसे सबसे पूछना चाह रहा हो कि यह लड़ाई तो राजू और जुगनूशाह की थी। बात अब्बासी रण्डी की कोठी की थी। फिर अकरम और अकील की जगह मेरी चारों बेटियाँ इस लड़ाई में कैसे शामिल हो गयीं...आखिर कैसे ?

□

दहलीज

पुरानी दिल्ली के इस घर की लोना लगी दीवार पर चढ़ी चमेली की बेल हर रोज हवा में लहराती हुई बोसीदा कदमचे पर ताजा फूल गिराती थी। अन्दर के तंग आँगन और घुटे कमरों में तीन लड़कियाँ और एक लड़का अपने माँ-बाप और दादी के साथ रहते हैं। यूँ तो मोहल्ला कारखनदारों का है, जिसके बीच यही एक खानदान पढ़ा-लिखा है। बाकी रोज कमाने खानेवाले हैं जिनके घर के बच्चों तक को मुँह-जबानी गालियों का आमोख्ता याद है।

तुर्कमान गेट के इस इलाके में कभी 'आरिफ मियाँ साहबे किताब' के नाम से यह खानदान जाना जाता था। 'आरिफ मियाँ' शायर थे और हाथ से लिखे उनके कलाम की बयाज 'आरिफ की शायरी' के नाम से खूब-खूब पढ़ी और सराही जाती थी। उसमें एक-दो 'मादरे वतन' के लिए कहे गीत भी थे, जो कभी मोहल्ले के जवान किसी बड़े नेता की धुआँधार तकरीर सुनने के बाद गाते भी थे। मरते वक्त उन्हें दुःख था कि उनके इकलौते बेटे सामिन को शेरो-शायरी से कोई दिलचस्पी नहीं है, किसी मामूली ऑफिस में क्लर्की के घनचक्कर में वह फँस चुका है।

बाप की मौत के बाद घर का सारा बोझ सामिन के कन्धों पर आन गिरा था। पिता की पेंशन के रुपये जो मिलते थे वह बन्द हो गये। सामिन ने घर के खर्च में बचत के चलते बड़ी लड़की सकीना की पढ़ाई छुड़वा दी और उसे घर पर बैठने पर मजबूर होना पड़ा। इण्टर पास सकीना सारे दिन घर में घुटती और माँ, दादी की खुशामदें करती कि उसे बी. ए. की इजाजत अब्बू से दिलवा दें।

''मुझे महीनों हो गये कहते कि घर की ड्योढ़ी के कदमचे टूट गये हैं, उतरने में तकलीफ होती है मगर···'' दादी अपनी बिपदा ले बैठती।

''दादी, मैं उन पर बोझ नहीं बनूँगी, ट्यूशन करके फीस का पैसा निकाल लूँगी। आप की बात अब्बू टालते नहीं, मेरी अच्छी दादी।'' सकीना दादी के गले में बाँहें डाल फुसफुसाती।

''यह काफी पढ़ चुकी है और अब कितना पढ़ेगी···? जानती हैं दादी, बी.ए. की पढ़ाई के लिए बस में धक्के खाते कितनी दूर जाना पड़ेगा ?'' जूते पर पालिश करता

जावेद बीच में बोल पड़ा।

दादी के दिल में जो थोड़ा-बहुत रहम उभरा था वह पोते की बात से गायब हो गया। उन्होंने इस तरह पानदान खोला जैसे कुछ सुना ही न हो और सरौता उठा छालिया काटने लगीं। सकीना फिर उनके कन्धे पर झुक आयी।

"दादी...प्लीज !"

"अरे बन्नो, बँधी मुट्ठी लाख की, खुली तो राख की। चुपचाप घर में बैठकर माँ का सिलाई में हाथ बटाओ वरना आरिफ मियाँ की इज्जत पर राह चलते ढेले फिकेंगे...निगोड़ा मोहल्ला भी कैसा है नदीदों का...जैसे औरत कभी देखी न हो, सर झुका कर अपने काम से काम नहीं रखेंगे, परायी औरतों की ताक-झाँक में लगे रहेंगे...खुदा ने चाहा तो साल-छह महीने में तेरी डोली उठ जाएगी।"

"यह हुई न बात...। असलियत यही है आपा, तुम लोगों की। फिर बेकार में मगजपच्ची करने और पैसा खर्च करने से फायदा ?" जावेद हँसता हुआ जीना चढ़ने लगा और सकीना की आँखें भर आयीं। आक्रोश से उसने होठ काटे और बेबसी से दादी को घूरा।

सकीना के हाथ पीले करने के अरमान में दादी सारे दिन बहू के हाथों कटी बची कतरनों से 'पटापटी' के गरारे और रजाई के किनारे बनाती गुजार देतीं या फिर सफेद बालों में मेहँदी लगा चुपचाप आँखें बन्द कर चारपाई पर लेट तस्बीह के दाने घुमातीं। कभी-कभी उन्हें कोई पुरानी बात याद आ जाती तो वह उठ बैठतीं और बाहर जाकर दरवाजे पर लगी तख्ती देखतीं।

"हाय, मौसम ने कैसा बदरंग कर दिया इस टीन के टुकड़े को...अब तो नाम भी धुँधला गया है...कैसा चमकता था 'आरिफ मियाँ, साहबे किताब'...सच कहा है किसी ने यह दुनिया फानी है, सब-कुछ मिटनेवाला है।"

शाम को जब दोनों छोटी बहनें शाहीन और हुमैरा लौटतीं तो सकीना उनसे अपनी सहेलियों, टीचरों और उनके अपने किस्से सुनने को बेचैन रहती। शाहीन बहन की बेचैनी से भय खाती थी क्योंकि चार महीने बाद यही जिन्दगी वह भी जीनेवाली थी।

"कामयाबी मिली ? कुछ काम बना ?" दादी पोते का थका चेहरा देख उसके पास जाकर बैठतीं।

"नौकरी तो बहुतेरी है दादी, मगर मुझे अब्बू की तरह नहीं करनी है क्लर्की।" मुँह बनाकर जावेद कहता।

"क्लर्की बुरी है क्या ?" माँ को बेटे की बात अखर जाती और मशीन चलाते हाथ रुक जाते।

"आपको कुछ पता तो है नहीं, बस बोल देती हैं...जानती हैं इस गला-काट मुकाबले में क्या कुछ हो रहा है ? बड़ी-बड़ी रकमें देकर नौकरियाँ मिलती हैं या फिर 'पव्वा' हो जो हमारे पास नहीं है, न पैसा न सोर्स...मैंने सोच लिया है, बाहर जाऊँगा

दुबई···सिंगापुर···।''

''या फिर जहन्नुम में क्योंकि यहाँ रहकर मुझे क्लर्की भी नहीं मिलनेवाली है···नोट : क्योंकि अंगूर खट्टे हैं।'' हुमैरा ने नोट्स की कॉपी पर यह वाक्य लिख शाहीन को दिखाया जिसका मुँह भाई की बात से बिगड़ चुका था। एकाएक मुसकुराहट से खिल उठा, जिसे देख सकीना ने बेचैनी से कॉपी छीनी और अपनी हँसी बड़ी मुश्किल से रोकी।

''मैं जानती हूँ···पहले जमींदारी छीनी फिर अच्छे घरों के लड़कों को नौकरी देने में आनाकानी की गयी और अब उनकी औलादों से सौतेला बरताव हो रहा है···आदमी जाए कहाँ ?'' दादी ने कान में इत्र से भीगी रुई को निकालकर सूँघा।

''अब मैं मोहल्ले के दूसरे लोगों की तरह 'मस्तानी लस्सी' और 'यहाँ हर तरह के बक्स रंगे जाते हैं।' जैसी दुकान खोलकर नहीं बैठ सकता हूँ।'' कुढ़ा-सा जावेद बोला।

''मैं मालिश किये देती हूँ, सर चकरा गया होगा···मुआ ट्रैफिक देखो जैसे पागलखाना···यह मोहल्ला ही बदल गया है तो फिर शहर का कहना क्या ? ऊपर से तीन-तीन बहनों की शादी-ब्याह की फिक्र।'' दादी रौगन बादाम की पाँच-छह बूँदें बड़ी कंजूसी से जावेद के सर में डाल देर तक मालिश करती थीं।

दादी का यह लाड़-दुलार देख तीनों लड़कियाँ ऊपरवाले कमरे में चली जातीं और गजल का कैसिट लगा आईने में अपना चेहरा देखतीं, फिर पील ऑफ का पिचका ट्यूब उठाकर बार-बार दबातीं। तंग आकर नेल फाइल निकाल नाखूनों को शेप देने लगतीं तब तक कोई राक म्यूजिक लगा देता जिस पर तीनों थिरकनें की कोशिश करतीं। शाहीन और हुमैरा अगर कोई मैगजीन ले आतीं तो सकीना किसी बेसब्र की तरह उसके पन्ने पलटती, फिर बिस्तर पर औंधे लेट उस मैगजीन का इश्तहार तक घोट जाती।

''पैसे होते तो 'आषाढ़ का एक दिन' के टिकट ले लेती।'' कुढ़ी-सी शाहीन बोली।

''तुम लोग त्रिवेणी की तरफ गयी थीं···और कौन-कौन से ड्रामे होनेवाले हैं ?'' सकीना झपटकर उठ बैठती।

''सूरज का सातवाँ घोड़ा और···।''

''सकीना, शाहीन, हुमैरा ! चलो, नीचे आओ'', दादी की आवाज से जुमला कट जाता।

''गोलगप्पे खाये ?'' सकीना ने उठते हुए पूछा।

''हाँ भई, हाँ ! नजरों से गोलगप्पे, ख्यालों में किताबें खरीदीं और खाली पर्स के अहसास के साथ जी भरकर फालूदा खाया···ऐनी कमेण्ट्स ?'' हुमैरा ने गरदन बड़ी नफासत से घुमायी।

''अरे वह नीता है न, उसका ब्वाय फ्रेण्ड गाड़ी लेकर आया था। उसने हिमाचल भवन तक लिफ्ट दे दी। बस लेने से पहले जरा हम घूम लिये थे।'' शाहीन हँसते हुए बोली।

कान में तेल डाल के बैठी हो अटारी पर···यहाँ आकर बाप को पानी दो, थका-हारा आया है।''

''उन्हें क्यों पुकारती हैं, मैं दे रही हूँ अम्मीजान।'' कहती इजहार उठती और चाय का पानी चढ़ाती।

चाय नाश्ते से निबटकर जब जरा घर में खामोशी छाती तो दादी अपना कामदार बटुआ ले बेटे के पास जा बैठतीं और आँखें बन्द किये थके-थके सामिन को देखतीं जिसके बाल खुद उनसे ज्यादा सफेद हो चुके थे।

''तुम कैसे बाप हो !''

''क्या हुआ ?'' सामिन दहलकर आँखें खोलते।

''यूँ आराम से लेटे हो···धुला कुरता-पाजामा पहन जरा खानदानी शान से बाहर निकलो। लोगों में उठो-बैठो, आखिर लड़कियों के लिए लड़के तो तलाश करने पड़ेंगे।''

''देख तो रहा हूँ···अभी शादी की इतनी जल्दी क्या है ?''

''क्या खाक देख रहे हो···वह रिश्ता सफदर हुसैन का क्या बुरा था, तेल-इत्र की पुरानी दुकान है उनकी। सकीना खुशबुओं से सारी जिन्दगी भरी रहती। हमें भी गर्मियों में 'खस' का इत्र लगाने को मिलता।''

''उनके लिए काला अक्षर भैंस बराबर है। पूरा खानदान जाहिल है, मेरी बेटी का दम घुट जाएगा।'' सामिन एकाएक झुँझलाकर उठ बैठते।

''यहाँ भी तो पड़ी-पड़ी घुट रही है···सारे दिन टाँग फैलाकर सोती है या किसी किताब को खोलकर बैठी रहती है···अरे मरद की कमाई देखी जाती है औरत की सूरत···मेरी मानो तो 'हाँ' कह दो। एक की डोली उठेगी तो दूसरी की बारी लगेगी।''

''अम्माँ, आपको समझाना आसान नहीं है।'' कहकर सामिन उठ जाते।

अन्दर कमरे में बिस्तर पर लेट सुबह का अखबार खोलते और सियासी खबरों में डूब जाते। थोड़ी देर बाद चाय की प्याली लेकर इजहार मियाँ के पास पहुँच जाती और धीरे से कहती, ''जावेद रुपये के लिए कह रहा था। वीजा और टिकट वगैरह का लेकर तकरीबन पचास हजार लगेगा।''

''पचास हजार ! वहाँ जाकर क्या करने वाले हैं ? पढ़ाई तो अभी पूरी की नहीं है। मैं इस तरह की फुजूल बातों को पसन्द नहीं करता···साहबजादे से कह देना।''

दोनों खामोशी से चाय पीते रहे फिर खाली प्याली उठा इजहार कमरे से चली गयी। सामिन तन्हा रह गये। दीवार पर लगी बाप की तस्वीर को देखने लगे जो होमियोपैथ के डॉक्टर थे, मगर अदब से लगाव की वजह से वह मरीजों से ज्यादा मुशायरे में दिलचस्पी रखते थे। घर में पैसा बहुत नहीं था मगर जिन्दगी थी। एक-दूसरे के लिए प्यार और इज्जत थी। मैं शायर न बन सका मगर उनकी परछाईं तो था। जावेद तो मेरी परछाईं भी नहीं है। अम्माँ उसे बढ़ावा दे रही हैं या फिर वह उस माहौल में उठता-बैठता है जहाँ जल्द दौलतमन्द बनने की अन्धी दौड़ शुरू हो चुकी है।

सामिन के घर से निकलने के बाद जावेद अपने असली रंग में आ जाता। सकीना को पुकारकर अपने कपड़ों पर इस्त्री करने को कहता।

"कहाँ जाना है ?" सकीना किताब बन्द करते हुए पूछती।

"तुम से मतलब ?" चिढ़कर जावेद कहता।

"जाओ फिर नहीं करती इस्त्री···कर लो अपने से।" कहती सकीना दोबारा लेटकर किताब पढ़ने लगती।

"दादी, देख रही है इसके तरीके ? मुझे इण्टरव्यू देने जाना है और यह···सच इन तीनों को कोई तमीज नहीं है, न उठने-बैठने की न चलने-बोलने की···इन फूहड़ों से कौन शादी करेगा।"

"तुम हद से बढ़ रहे हो···कहे देती हूँ।" सकीना ताव में आ गयी।

"भाई से जबान लड़ाती हो ? माफी माँगो···और दुल्हन तुमने भी बेटियों को सर चढ़ा रखा है। याद रखो, नस्ल बेटों से चलती है, यह लड़कियाँ तो मुँडेर पर बैठी गौरैया हैं, अपने बसेरे को उड़ जाएँगी, पलटकर नहीं आएँगी। बुरे वक्त का साथ लड़का होता है चाहे काना ही क्यों न हो।"

"इन्हें भी तो नहीं भूल सकती अम्मी, आखिर यह भी मेरे ही गोश्त-पोस्त से बनी हैं।" धीरे से इजहार कहती।

"हरदम रोक-टोक लगी रहती है···न पढ़ सकते हैं न कुछ सीख सकते हैं। यह भी क्या जिन्दगी है !" रुआँसी सकीना भाई के कपड़ों पर इस्त्री करती बड़बड़ा रही थी।

रात को तीनों बहनें खाना खाकर जब टी.वी. देख रही थीं। उस वक्त जावेद लौटा और ऐसा चेहरा बनाकर बहनों को घूरा जैसे कह रहा हो कि इस इडियट बॉक्स के सामने बैठने के अलावा भी कोई काम है या नहीं ? सकीना नाराज थी, वह उठी नहीं। शाहीन सदा की काहिल, उसका हिलना नामुमकिन था। बची हुमैरा उसने इस तरह बेखबर अपने को दिखाया जैसे भाई के आने का पता ही न चला हो। गर्ज कि कोई भी भाई को पानी देने नहीं उठा। सामिन घर पर थे सो हारकर जावेद ने फ्रिज खोल पानी निकाला और खून के घूँट पीता हुआ ठण्डा पानी गटकने लगा।

दादी नमाज पढ़ चुकी थीं। सलाम फेर कर जो मुँह घुमाया तो जावेद को दर पर खड़ा पाया। इशारे से पास बुला उसके मुँह पर दुआ फूँकी और हाथों को चूमा। मुस्ललाह खोलते हुए बोली, "हजार बरस की जिन्दगी हो, बाप का नाम रौशन करो।"

"दादी, आप दिल से दुआ नहीं देती हैं।" जावेद लाड़ से बोला।

"खुदा के घर देर है मगर अन्धेर नहीं···मेरी सुनेगा वह···जानता है तेरे सिवा मैं किसके लिए झोली फैलाती हूँ उसके आगे।" कहती हुई दादी पलँग पर आन बैठीं और तकिया के नीचे से रूमाल निकाल चेहरा पोंछने लगीं। जावेद बोतल वहीं मेज पर रख दादी के पास बैठ गया। तीनों एकाएक अपनी जगह से उठीं और ऊपर जीना चढ़ने लगीं।

"बर्दाश्त की हद हो गयी है।" सकीना ने कन्धे पर पड़ा दुपट्टा अलगनी पर डाला।

"इस तरह पीठ पीछे रोने से भी क्या फायदा !" हुमैरा ने रेडियो का स्विच ऑन किया।

"इस वक्त मत खोलो, मेरा मूड खराब है।" शाहीन ने झुँझलाकर कहा।

"मूड···तुम्हारे मूड खराब होने से क्या टेढ़ी दुनिया सीधी हो जाएगी ? हिम्मत है तो कुछ करके दिखाओ वरना तीन जनाजे इसी दहलीज से निकलेंगे।"

"तुम सीरियल के डायलाग्स मत दोहराया करो, समझीं।" मँझली को गुस्सा आ गया।

"यह डायलाग्स नहीं मेरा आबर्जेवशन है···जानती हूँ तुम इण्टर करके घर बैठने वाली हो···एक साल बाद मेरी बारी होगी। यह बेइन्साफी हम क्यों सहें ? आखिर हमारा भी तो कुछ हक है अपने माँ-बाप पर।" हुमैरा गुलदान के सूखे फूल फेंकती हुई बोली।

"तुम पगला गयी हो क्या हम्मो ?" सकीना को हँसी आ गयी।

"मैंने सोच लिया है। मैं कल से काम की तलाश में निकलूँगी। ट्यूशन करूँगी। अपनी कमाई खुद करूँगी वरना···"

"वरना क्या ?" सकीना उसके पास आन खड़ी हुई।

"अब्बू एक दिन हालात से लड़ते-लड़ते टूट जाएँगे। अम्मी भी कब तक सिलाई करेंगी ? दादी आज हैं कल नहीं रहेंगी, वह तो टाइम पास कर रही हैं। और···"

"भाई का हाल तो सामने है। अच्छा खाना, अच्छा पहनना और ऊपर से जेब खर्च···किसी चीज में कमी नहीं मगर हमारी पढ़ाई बन्द कर दी गयी।" शाहीन ने एक किताब उठा दूसरी किताब पर पटकी, "काश ! हम इस बेइन्साफी के खिलाफ कुछ कर सकते।" सकीना ने तीखे लहजे में कहा।

"मैं तैयार हूँ।" हुमैरा ने आँख मारी।

"और मैं भी···" शाहीन ने जोशभरी आवाज से कहा।

तीनों कमरे का दरवाजा खोलकर छत पर आ गयीं। आसमान तारों से भरा हुआ था। नीम का ऊँचा घना दरख्त किसी परदे की तरह आड़ किये अपनी शाखाएँ हिला रहा था। यह नीम न होता तो इनका छत पर निकलना मुश्किल होता और दादी हरदम पहरा देतीं कि दूसरे के घरों के लोग हमारी छत पर निगाह गाड़े रहते हैं, तुम लोग इधर मत आया करो।

"अगर हम लोग परियाँ होते तो पंख फड़फड़ा अपने इस महल से उड़ सारे शहर का चक्कर लगाते और···" सकीना हाथ फैलाकर उड़ने की तैयारी करती बोली।

"और फिर किसी राजकुमार से मुलाकात हो जाती और वह अपने घोड़े पर बिठाकर बादलों के घर ले जाता।" शाहीन हँसकर बोली।

"फिर वह अपनी इत्र की दुकान से 'शमामा' की एक शीशी देकर कहता, मेरे दिल

की मलिका, यह तुम्हारी मोहतरम दादी जान के लिए।'' हुमैरा ने घुटनों के बल बैठ सकीना का हाथ अपने हाथ में लिया।

''बदतमीज !'' खिसियाकर सकीना बोली।

''आपा, मेरी बात मानो, साफ-साफ इनकार कर दो।'' शाहीन ने गम्भीरता से कहा।

''दादी के आगे किसी की नहीं चलने वाली है।'' तल्ख हँसी हँस पड़ी हुमैरा और उदास नजरों से उसने बहन को देखा।

हँसती खिलखिलाती लड़कियाँ एकाएक उदास हो उठीं, जैसे मोर नाचते-नाचते अपने पैर देख ठिठक जाता है। तीनों कमरे में जाकर अपने-अपने बिस्तरों पर लेट गयीं। एक ने बत्ती बुझायी। दूसरी ने सितार का कैसिट धीमी आवाज में लगाया और तीसरी ने आँखों में जमा आँसुओं को अँधेरे में बड़ी खामोशी के साथ पोंछा।

''दुल्हन ! कई रोज से देख रही हूँ लड़कियाँ सरे शाम से सोने लगती हैं, यह कैसी मनहूसियत है ? जरा आवाज दो न !'' दादी ने चूने की कुल्हिया में मलाई मिलाते हुए कहा।

''अरे अम्मीजान ! सोने दें, सुबह से उठकर झाड़ू-बर्तन, खाना पकाना फिर सिलाई में हाथ बटाना··बच्चियाँ हैं थककर चूर हो जाती होंगी। जब तक बाप का घर है आराम कर लें फिर जहाँ इनकी किस्मत इन्हें ले जाएगी चली जाएँगी।'' इजहार जम्फर के दामन में तुरपाई करते हुए बोली।

''औरत भी अजीब शै है। जिस मिट्टी में अंकुर फोड़ती है वहाँ से निकाल उसे जिस आँगन में लगा दो पूरा दरख्त बन जाती है।'' कैंची से पान के सख्त डण्ठल काटती हुई दादी बोलीं।

''आप दो घड़ी चलकर कमरे में आराम करें ताकि मैं दालान में फैला सामान समेट दूँ। शायद कोई अपना कपड़ा लेने आ जाए।'' इजहार ने घड़ी की तरफ देखते हुए कहा।

''उठती हूँ।'' दादी ने पान के पत्तों को भीगे कपड़े में लपेटा।

''मेरी इज्जत रखना मेरे खुदा।'', मशीन बन्द करते हुए इजहार ने दिल-ही-दिल में दुआ माँगी। कभी वह दरवाजे की तरफ देखती, कभी सास के इतमीनान पर बेचैन हो उठती।

आँगन का भिड़ा दरवाजा भड़ से खुला और दोनों लड़कियाँ जावेद के पीछे-पीछे घर में दाखिल हुईं। इजहार को जिस बात का डर था वही हुआ। काटो तो बदन में खून नहीं। शर्मिन्दगी से उसने चेहरा घुमा, तह लगे कपड़ों को फिर से तह करना शुरू कर दिया।

''तुमने तो कहा था लड़कियाँ ऊपर सो रही हैं ?''

''भूल गयी थी। इन्हें तो मैंने कपड़ा देने सुल्ताना की दादी के पास भेजा था।''

"झूठ ! अम्मी आप सरासर झूठ बोल रही हैं। मुझे सब पता चल गया है, यह दोनों नौकरियाँ तलाश करती फिर रही हैं। दादा की इज्जत का टोकरा सर पर उठाये खानदान के नाम को यहाँ-वहाँ बाँट रही थीं। सड़क इस तरह से हँस-हँसकर पार कर रही थीं जैसे घर के आँगन में इख्खट-दुख्खट खेल रही हों।"

"तो फिर क्या रो-रोकर सड़क पार करें ? तुम जो रोज निकलते हो तो उस पर तो हम कुछ नहीं कहते।" सकीना अपमान से भर उठी।

"देखो जावेद, साफ-साफ एक बात तुम्हें याद दिला दूँ, तुम हमारे पीछे मत पड़ा करो, तुम हम दोनों से छोटे हो…अण्डरस्टैण्ड !" शाहीन ने भाई को घूरा।

"दादी, इनकी ढिठाई देख रही हैं ! ये मुझे आपका जासूस बता रही हैं।"

"विल यू प्लीज शटअप !" शाहीन को इस झूठ पर ताव आ गया।

"देखो जावेद ! हम आज पहली बार तो घर से निकले नहीं हैं, रोज स्कूल-कॉलेज जाते रहे हैं। फिर आज कौन-सी अनहोनी घट गयी जो तुम सीन क्रियेट कर रहे हो ?" सकीना ने कटाक्षभरे स्वर में कहा।

"बात क्या होगी ?" जावेद ने कन्धे उचकाये।

"बात है ! मैं बताती हूँ : तुम जिस कम्पनी में बैठकर लड़कियों को डिस्कस करते हो, नहीं चाहते हो कि तुम्हारी बहनों का कोई वहाँ नाम ले…गिल्टी तुम हो, हम नहीं…डबल स्टैण्डर्ड…हिपोक्रेट।" सकीना ने दादी के सामने जावेद को ऐसी झाड़ पिलायी कि दादी गाल पर हाथ रखे फटी आँखों से उसे देखती रह गयीं।

"चलो, जाओ, अपने कमरे में जाओ।" इजहार लड़कियों को ठेलती हुई बोली और होठों पर उँगली रख बेटे को खामोश रहने का इशारा किया।

"कल खानदान की नाक कट जाए तो मुझसे रोना मत रोइएगा।" कहता हुआ जावेद घर का दरवाजा खोलकर बाहर निकल गया।

दादी ने खून उगलती नजरों से पहले इजहार को घूरा, फिर खाली जीने को ताका जिस पर पैर पटकती तेजी से सकीना और शाहीन ऊपर गयी थीं।

"सब कयामत के आसार हैं।"

रात सामिन घर में घुसे तो माहौल कुछ भारी लगा। टी. वी. खामोश था। अम्माँ चादर ओढ़े नमाज की चौकी पर लेटी थीं। जावेद गायब था। इजहार हमेशा की तरह बावर्चीखाने में थी।

"सब खैरियत तो है ?" पानी का गिलास लेते हुए फिक्रमन्द अन्दाज से सामिन ने पूछा।

"सब ठीक है। आप मुँह-हाथ धोइए मैं खाना लगाती हूँ।"

दस्तरख्वान पर खाना चुन दिया गया। तीनों बेटियाँ बाप के सामनेवाली जगह पर हमेशा की तरह बैठी थीं, मगर दादी अपनी जगह से गायब थीं। उनका लोटा-कटोरा

और खिलाल एक किनारे रखे थे।

"अम्माँ,आइए..." सामिन ने बुलाया।

खामोशी।

"अम्माँ का जी अच्छा नहीं है क्या ?" सामिन अपनी जगह से उठने लगे, तभी घर में जावेद दाखिल हुआ।

"शाम को तो ठीक थीं।" इजहार ने धीरे से कहा।

"जावेद, अपनी दादी को उठाकर लाओ...देखना बुखार तो नहीं है।"

"मुझे भूख नहीं है।" दादी ने लेटे-लेटे कहा।

"आप जानती हैं कि मैं आपके बिना लुकमा नहीं तोड़ता और मुझे लग रही है जबर्दस्त भूख।"

"यह सब तुम्हारी बातें हैं...मुझ बेवा का अब यहाँ कौन वारिस बैठा है।" दादी तैश में चादर फेंक उठीं मगर दूसरे पल फफककर रो पड़ीं।

"अरे अम्माँ, कैसी बात कर रही हैं ! यह सब आपके दम से है। आखिर किसने आपका दिल दुखाने की जुर्रत की ?"

"जुर्रत ! यहाँ तो मुझसे बात छुपायी जाती है जैसे मैं परायी हूँ, इस घर की दुश्मन हूँ।"

"आखिर हुआ क्या है ? कोई मुझे बताने की जहमत करेगा ?" सामिन झुँझलाकर बोले।

एकाएक घर में सन्नाटा छा गया। सबने एक-दूसरे को देखा और गहरी साँस भरी। सामिन ने गौर से एक-एक के चेहरे पर नजर डाली। फिर हुमैरा को घूरा। इसी की जबान को तराश की जरूरत है। जरूर हाजिरजवाबी दिखाई होगी। बाप को यूँ घूरता देख हुमैरा ने 'न' में सर हिलाया। सामिन ने सकीना और शाहीन को घूरा। उन्होंने मुँह खोला, फिर घबराकर चेहरा घुमा लिया।

"मैं समझ गया अम्माँ ! पहले आकर खाना खाइए फिर मैं गलती करनेवाले को सजा दूँगा।" सामिन उठकर माँ को ले आये और उनकी तश्तरी में खुद खाना निकाला।

पोते और दादी ने मुसकुराती नजरों से एक-दूसरे की तरफ देखा और मजा ले-लेकर खाना खाने लगे। तीनों बहनों ने हल्के से एक-दूसरे को कोहनी मारी और आधा पेट खाकर उठ गयीं।

"मैदान छोड़कर नहीं भागना है, आपा।" हुमैरा ने हाथ धोते हुए फुसफुसाकर सकीना से कहा, जो दिल-ही-दिल में दादी से डर रही थी कि जाने कौन-सा हुकम सादिर कर दें और सत्याग्रह पर बैठ अब्बू से अपनी बात मनवा लें।

"बगावत", शाहीन ने सिंक में कुल्ली कर तौलिया से मुँह पोंछते हुए होठ भींचकर कहा।

"मुरव्वत छोड़ दी हमने।" हुमैरा ने बावर्चीखाने में जूठे बर्तन रखते हुए बहनों को

मीटिंग का मेन अजेण्डा दिया।

"हमें भी जीने दो।" शाहीन ने भागते कॉक्रोच को झाड़ू से मारते हुए कहा, जिस पर सकीना को हँसी आ गयी।

"हँसते-हँसते शहीद होनेवाली स्प्रिट की हमें सख्त जरूरत है।" हुमैरा दस्तरख्वान तह करती हुई कान में फुसफुसायी।

दालान के तख्त पर सामिन गाव तकिया के सहारे माँ के पहलू में अधलेटे से बैठे थे, जो पानदान खोल भुनी-कटी नारियल और धनियाँ के बीज बेटे को दे रही थीं। तख्त के कोने में पैर समेटकर इजहार बैठ गयी। उसके बैठते ही चारों औलादें अपनी-अपनी कुरसी पर आ जमीं। सामिन ने खँखारा और धीरे से कहा।

"हाँ, अम्माँ ! अब बताएँ आपको क्या नागवार गुजरा ?"

"लड़कियाँ हद से ज्यादा बेकाबू हो रही हैं इस घर की।" दादी ने गिलौरी मुँह में दबायी।

"मसलन।"

"न बड़ों से पूछना न उनकी एजाजत का इन्तजार करना, बस जिधर सींग समाया उधर ही चल दीं। मुझे यह बातें फूटी आँखों नहीं भाती हैं।"

"जैसे !"

"दो-तीन दिन से मेरी नजर बचा दोनों सर झाड़, मुँह फाड़ घर से निकल जाती हैं और जो पूछो तो दुल्हन साफ़ सरीहन झूठ बोलती है कि दोनों थककर ऊपर सो रही हैं।" पानदान झटके से बन्द करती हुई दादी बोलीं।

"तुम लोगों को कुछ कहना है···कहाँ जाती हो ? दादी का हुकम क्यों नहीं मानती हो···?" सामिन ने इकट्ठा कई सवाल कर डाले।

"अब्बू, मैं आगे पढ़ना चाहती थी मगर···आपकी मजबूरी समझती हूँ इसलिए चाहती कि अपनी पढ़ाई का खर्च पार्ट टाइम जाब से निकालूँ, आखिर इतना पढ़कर बेकार घर में बैठना अच्छा नहीं लगता है। फिर अच्छी नौकरी के लिए एम. ए. तो करना पड़ेगा।" सकीना ने जान हथेली पर रख अदालत के कठघरे में खड़े हो सारा सच उगल दिया।

"अपनी यह ख्वाहिश किसी से कही थी ? बाहर किसकी इजाजत से गयी थीं ?" सामिन की आँखें सकीना की बेबाक गवाही से चमकीं। कुछ और जानने की उमंग बढ़ी।

"हमारी जबान खुलते ही हमारी सोच पर रोक लग जाती और इस डर से हमने असली बात दादी से कहना मुनासिब नहीं समझा मगर अम्मी को बता कर गये थे।" शाहीन ने दादी की बड़ी-बड़ी आँखों की परवाह किये बिना हकीकत कह दी।

"जब तुम्हें पता था तो तुम अम्माँ से झूठ क्यों बोलीं ? तुम्हारी मसलहत समझ नहीं पाया ?" सामिन ने इजहार के चेहरे पर फैले तनाव को भाँपा।

"मैंने इस घर में कभी किसी से झूठ नहीं बोला, मगर हाँ, इस घर की खुशी और हर एक को बराबरी से जीने का हक मिले, इस कोशिश का मैंने बहुत कुछ अनदेखा किया और गैरजरूरी खबरों से हमेशा परहेज किया।" इजहार ने बड़ी साफगोई से कहा।

"मुझे लड़कियों का यूँ नौकरी करना पसन्द नहीं है।" दादी ने फैसले से पहले अपना 'फतवा' सादिर कर दिया। सामिन ने नजरें उठाकर माँ को देखा, फिर सर झुका कर किसी गहरी सोच में डूब गये। लड़कियों पर से यह पल बड़े भारी गुजरे। इजहार ने दिल-ही-दिल में ठान ली थी कि इस लड़ाई में खुलकर वह शामिल होगी अगर मियाँ ने माँ और बेटे का साथ दिया।

"अम्माँ, आप तो खुद हाफिजे-कुरान हैं। शरियत और हदीस का आपको खासा इल्म है। अब आपको क्या याद दिलाना कि पैगम्बर ने तालीम की हिदायत दी थी। आपने पोतियों की तालीम पर रोक नहीं लगायी तो फिर नौकरी करने पर आपको क्या एतराज है ? मुझे लगता है, पढ़ी-लिखी लड़कियों को यूँ घर बिठाना जुल्म है, इसलिए कोई मुनासिब नौकरी अगर इन्हें मिलती है तो जरूर करें···कोई हर्ज नहीं है।"

"खाक तुम्हारे मुँह पर सामिन ! लड़कियाँ कमाने कब से लगीं शरीफ घरों की ? यह काम लड़कों का है उन्हीं को करने दो।" दादी आग-बबूला हो बोलीं।

"जावेद भाई क्या करते हैं सारे दिन ? हर बात पर हम पर हुकम चलाते हैं। यह कॉलेज न जाकर 'डिम्पी' में बैठते हैं। दादी इन्हें खूब पैसे देती हैं, जबकि हमें किताब खरीदने पर भी पाबन्दी है।" हुमैरा तैश में बोली।

"मरदों से मुकाबला करनेवाली हर लड़की घटिया और बदतमीज होती है।" जावेद अपने ऊपर काबू नहीं रख पाया।

"जबान को लगाम दो।" सामिन बेटे की इस बदकलामी पर चकित हो उठे। उनके घर में औरत से सख्तकलामी मना थी। यह ताकीद दादा के जमाने से सुनते आये थे मगर आज···

"अब्बू, आप कुछ नहीं जानते। आजकल की लड़कियाँ बाहर बहुत···" जावेद तमककर खड़ा हो गया।

"खामोश···मैं कुछ नहीं जानता और तुम सब-कुछ जानते हो ? लड़कियों, औरतों के साथ दफ्तर में काम मैं करता हूँ। और उनकी बदतमीजी और कारगुजारियों के बारे में तुम जानते हो ? औरत की इज्जत करना सीखो।"

"खुदा के खौफ से डरो सामिन···" पोते को बौछार से बचाने के लिए दादी ने डैना पसारा।

"अम्माँ ! मैंने आपके सामने कभी जबान नहीं खोली है मगर आज मैं आपसे बहुत खुलकर कहना चाहता हूँ। आप लड़कियों को जहर देकर मार डालिए या फिर उन्हें इन्सान की तरह जीने का हक दीजिए। लड़के पढ़े-लिखे हमारी जात-बिरादरी में नहीं। आप बाहर शादी करने पर राजी नहीं। फिर बधरी जामुनों का सिरका और कच्चे आमों

का अचार तो नहीं डाला जा सकता है इन लड़कियों का···?''

''कल किसी को पसन्द कर लायीं और मुँह पर कालिख पोत दी तो मुझे मत कहना कुछ।''

''अव्वल तो लाएँगी नहीं, अगर थोड़ी देर के लिए मान लेता हूँ कि ला भी सकती हैं तो मुझे यकीन है, वह इन्सान का बच्चा ही लाएँगी। अम्माँ, यह आपकी औलादें हैं गलत कदम क्यों उठाएँगी, इन पर शक करने की मुझे कोई ठोस वजह नजर नहीं आती।''

सामिन के इस तरह के बरताव से जावेद बाप का तेवर जान गया और उठकर तेजी से बाहर जाने लगा। तभी सामिन ने उसे पुकारा ''जावेद ! माँ के पैरों के नीचे जन्नत है और बहनें उसी जन्नत का दूसरा नाम हैं। बहनों की इज्जत करना सीखो बेटे।''

'ओ शिट !' अन्दर ही अन्दर तड़पा जावेद और हाथ जोर से झटका। मगर ऊपर से बोला, ''बहुत बेहतर अब्बू।''

दादी ने हारी बाजी को जीत में बदलने का फैसला कर अभी खामोश रहना ही मुनासिब समझा और पोते के पीछे-पीछे बेडरूम में चली गयीं। दादी के उठ जाने के बाद तीनों लड़कियाँ बाप के पास जाकर बैठ गयीं जैसे कड़ी धूप के लम्बे सफर के बाद सर पर ठण्डी छाया मिली हो। सामिन बेटियों के पास बैठे सोच रहे थे कि अगर जावेद की जगह एक और लड़की हो जाती तो क्या फर्क पड़ता। एकदम से ख्याल कौंधा अगर अम्माँ इस मिजाज की न होतीं तो आज घर का नक्शा दूसरा होता। तब जावेद भी ऐसा न होता जैसा है। तब एक की जगह कई लड़के होते तो भी फर्क न पड़ता।

सामिन पिछले कई दिनों से गुमशुम हैं। उस दिन उन्हें अपने घर के अन्दर एक और घर और अपनी औलादों में कोई और शख्स बैठा दिखा था। उनकी सारी परेशानी यही थी कि वह आया कहाँ से और इतने दिन तक वह उनकी आँखों से ओझल क्यों था ? लड़कियों की सोच का दायरा जितना बड़ा था, लड़के का उतना ही तंग, खासकर औरतों को लेकर उसका नजरिया उन्हें परेशान कर रहा था। दफ्तरों में काम करनेवाली औरतों के पास वक्त कहाँ है बेकार की बातों के लिए ? उन्हें तो घर, दफ्तर, काम, बच्चे, बचत और इन सबको करते पकड़ते वह सिर्फ एक घनचक्कर नजर आती हैं। जावेद ने क्या अपनी माँ को नहीं देखा जो···? जावेद उन सायों की तस्वीर है जो खुद भटकती रूहे हैं। मेरी परवरिश में जरूर कोई कमी रह गयी है।

दादी के इस कबड्डीनुमा मुकाबले से भाई-बहनों के बीच दूरी दिन-प्रति-दिन बढ़ती जा रही थी। जावेद को दादी की ढाल मिली हुई थी सो वह शेर की तरह दहाड़ता और चाहता कि बहनें मेमनों की तरह मिमयाती उस घाट का पानी पीना छोड़ दें जहाँ से वह पी रहा है। इजहार किसकी तरफदारी करे और घर को टुकड़ों में बाँटे। वह गल्लेबान

की तरह सबको समेटकर इस बाड़े में रखना चाहती थी। मगर सामिन के सपने दूसरे थे। उनके दिल के चोर दरवाजे से बहुत दिनों से यह ख्वाहिश निकलना चाहती थी कि लड़कियाँ काम करतीं और घर का स्टैण्डर्ड बढ़ता तो लड़के भी बेहतर मिलते। अब इस तंग गली के टूटे-फूटे मकान में इन लड़कियों को ढूँढ़ता कोई गजेटेड ऑफिसर तो आएगा नहीं।

उस दिन की अदालत में लड़कियों के हक में फैसला हुआ था। बाप के चाहने के बावजूद लड़कियों को घर से बाहर जाने की इजाजत नहीं मिली थी। दादी ने जोर जबर्दस्ती कर अपनी बात ऊँची रखी थी कि जनाजा और लड़की की डोली में देर नहीं करना चाहिए बल्कि जितनी जल्दी हो सके उठा देना चाहिए। सामिन की नागवारी के बावजूद दादी ने इत्रवालों का रिश्ता स्वीकार किया और सकीना की डोली दो माह के अन्दर उठवा दी। यही नहीं, शाहीन की भी चट मँगनी पट ब्याह वाला सिलसिला जूतोंवालों के घर से शुरू कर दिया। सामिन हाथ मलते हुए अकसर सोचते कि बुजुर्गों की छाया लम्बे अरसे तक मिलना बड़ी बात है, मगर जब यह छाया गहरी हो, अँधेरे में तब्दील हो जाती है तो जिन्दगी का चेहरा गायब हो जाता है।

घर में सकीना के आये खत से उदासी फैल गयी है। उसने लिखा है कि आप लोगों ने दुनिया के डर से हमें नौकरी नहीं करने दी। दादा के शौक की वजह से स्कूली तालीम हमें जरूर मिली, मगर दादी की जिद ने हमें उसका फायदा नहीं उठाने दिया और हमारी शादी कर दी। अम्मी, यहाँ पर सलीके की, इल्म की कदर नहीं है। बस घर में बैठी रहती हूँ। बात-बात पर पढ़ाई का ताना मिलता है। अखबार, मैगजीन का आना इस घर में गुनाह है। मेरा दिल बहुत घबराता है। सारे दिन जेठ के बच्चे घर में शोर मचाते हैं। मुझे लगता है कि मैं कभी भी घुटन से मर सकती हूँ।

"शुरू-शुरू की बातें हैं···गोद भरते ही सब ठीक-ठाक हो जाएगा"—दादी ने खत सुनकर बड़े इतमीनान से कहा और आँखों में काजल लगाने लगीं।

"सोचती हूँ शादी से इनकार कर दूँ···घर आयी बारात को उलटे पैर लौटवा दूँ।" गुस्से से काँपती शाहीन ने बहन का खत दोबारा पढ़कर कहा।

"वह जूते पड़ेंगे सर पर कि तुम्हारे साथ हम भी बरसों याद रखेंगे। फिर तुम्हारे सुसरालवालों के यहाँ जूतों की कमी है क्या ?" हुमैरा बहन की बात पर हँस पड़ी। कल बारात आनेवाली है और यह बगावत के ख्वाब देख रही है, पिछले छह-सात महीनों में तो हम कुछ कर नहीं पाये, अब क्या खाक करेंगे ? जावेद भाई का वीजा आ गया है उन्हें पचास हजार चाहिए। दादी ने उनका वह शौक भी पूरा कर दिया, अगले माह वह जा रहे हैं। अब अकेली बचूँगी मैं···अकेला चना क्या भाड़ भूनेगा।"

घर में मेहँदी की रस्म की तैयारी जोरों पर थी। सकीना भी पहुँच चुकी थी। घर मेहमानों से भरा था। शाहीन अपने ऊपरवाले कमरे में थी। सारा काम निबटाकर

सकीना और हुमैरा शाहीन को नीचे लाने पहुँचीं तो उसे बेखबर सोते पाया। दोनों एक साथ हँस पड़ीं और बहन के अगल-बगल बैठ उसके तलवों में गुदगदी करने लगीं। मगर वह उसी तरह पड़ी रही तो सकीना ने उसकी नाक में बत्ती डाली और हुमैरा सर पर दुपट्टे का घूँघट डाल मिरासिनों की तरह गाने लगी, "शहाना चूड़ियाँ लेकर आयी हैं सुसराल वालियाँ···दुल्हन बीवी अब उठाओ अखियाँ।"

"इसको क्या हो गया है ?" सकीना की खौफ से डूबी आवाज से घबराकर हुमैरा नाचना भूल बहन के पास दौड़ी आयी और नाक के पास हाथ लगाया और सीने पर सर रख धड़कन सुनी और दौड़कर छत पर जाकर चीखने ही वाली थी कि अम्मी ऊपर आओ, देखो शाहीन को क्या हुआ है। तभी उसका हाथ पीछे से पकड़ सकीना ने उसे अपनी तरफ खींचा और उसे घसीटती सीढ़ियाँ उतर गयी।

पिसी मेहँदी की परात। गुलाब के लाल हार। मिठाई का थाल, सफेद चाँदनी पर बिछी रंगीन कालीन और कल के खाने की तैयारी में कनात के नीचे बैठे बावर्ची और शामियानों पर लटकती झूमरें—सब-कुछ एक पल में बेकार लगने लगे। पागल-सी इजहार पहले फटी आँख से बेटी को देखती रही, फिर मुँह पीटने लगी, जावेद पगलाया-सा इधर-उधर भाग रहा था। दादी पोती की पट्टी पर सर पटखने लगीं। शाहीन की रूह का परिन्दा उड़ चुका था। मुर्दा जिस्म को लाल शहाना जोड़े की जगह सफेद कफन में दफनाने का इन्तजाम शुरू हो गया था। पुलिस केस न हो जाए इस भय से सामिन बेटी का गम भूल गये थे।

रात को शाहीन की खाली जगह पर हाथ फेरती दोनों बहनें कितनी देर रोयीं, उन्हें याद नहीं। बस एक ही बात दोनों को याद रह गयी थी कि डरपोक, काहिल शाहीन ने अकेले मरने का यह फैसला, बगावत का यह अन्दाज, आजादी का यह चुनाव कब और कैसे कर लिया ?

जावेद के दुबई जाने के बाद घर में सन्नाटा छा गया। कोई किसी से ज्यादा बात नहीं करता। मुँह खोलते सब डरते हैं। जानते हैं शिकवे और इल्जाम का न खत्म होनेवाला सिलसिला शुरू हो जाएगा। हुमैरा इण्टर करने के बाद घर बैठी है। कभी-कभी घर से बाहर निकलती है—डॉक्टर सहगल की क्लीनिक तक, जहाँ से दादी की दवा लानी पड़ती है।

"तुम्हारी दादी को मैं ठीक कर रही हूँ, मगर दिन-ब-दिन तुम्हारी सेहत को क्या होता जा रहा है।" डॉक्टर सहगल ने उसके उदास चेहरे को देख पूछा।

हुमैरा क्या बताती, हँसकर चुप हो गयी। घर की माली हालत पर झाड़ू फिर गयी थी। एक बहन मर गयी थी। दूसरी जिन्दा रहकर भी मरी हुई थी। बाप थके-थके दफ्तर जाते, थके-थके लौट आते। अम्माँ ने सिलाई की मशीन पर बैठना छोड़ दिया था। आँसू पोंछने से उन्हें फुरसत मिलती तो वह बुत बन सीढ़ियों पर घण्टों बैठी रहतीं। भाई का

खत आया है। उसे पढ़कर वह कुछ नहीं बोली थीं। उसने लिखा था कि मेरा दिल यहाँ जरा भी नहीं लग रहा है मगर दो वर्ष से पहले निकलना नामुमकिन है।

अकेले कमरे में हुमैरा का दिल बहुत घबराता। कभी शाहीन की किताबें उलटती-पलटती, कभी सकीना का बक्स खोलती। फिर एलबम उठा तस्वीरें देखने लगती। एकाएक उसके दिल में बगावत उठती—मेरी इस तन्हाई का जिम्मेदार कौन है ? फिर दूसरे पल अपनी बेचारगी पर रोना आता कि सब-कुछ होने के बावजूद वह कुछ कर नहीं पा रही है।

"क्या बात है इतनी रात गुजर गयी, तुम सोयी नहीं अभी ?" इजहार कमरे में दाखिल होते हुए बोली।

"अम्मी, आप जाग रही हैं अभी तक ?" टूटी हुमैरा माँ से लिपट गयी।

"एक एक करके सब चली गयीं···" इजहार ने बेटियों की तस्वीर देखते हुए हुमैरा की पीठ पर थपकी दी।

"अम्मी, या तो आप हमें पढ़ातीं न या फिर यूँ कैद में न रखतीं। हम कहीं के नहीं रहे। न आप और दादी की तरह जी सके न अपनी साँस ले सके। इस कैदखाने की सलाखें मेरा दम घोटती हैं। दिल चाहता है सारी जंजीरें तोड़ इतनी दूर तक भागती जाऊँ कि लौटना याद न रहे।"

"घर की दहलीज पार करना और बाहर की दुनिया में कदम रखना आसान काम नहीं है। घर के अन्दर की घुटन जानी-पहचानी होती है मगर बाहर का परायापन एकदम अजनबी। मुझे यकीन है तुम परायी दुनिया को भी अपनी बना लोगी। अब इस घर में तुम्हें कोई नहीं रोकेगा।" इजहार ने बेटी को समझाते हुए कहा और उसके माथे से बिखरे बाल हटा उसका चेहरा चूमा।

हुमैरा को लगा वह तैरते-तैरते किनारे पहुँच गयी है। अब उसे अपने अन्दर के भय को तोड़ना होगा जो हरदम पीछा करता रहता है कि दादी बुरा मान जाएँगी और दादी को बाहर की दुनिया का डर खाये जाता है। दादी की दुनिया क्या है ? उनका अतीत, जो अब मर चुका है। दादी आगे नहीं, हमेशा पीछे देखती हैं। उन्हें इस बात का बिलकुल अहसास नहीं है कि वक्त का पहिया किस तेजी से उन्हें पीछे छोड़ता आगे बढ़ रहा है। उनका अतीत कभी भी मेरा वर्तमान नहीं बन सकता है।

"चलो तुमने देर में ही सही फैसला सही लिया है···मरदों के साथ काम करना मुझे बुरा नहीं लगता है, मगर मैं औरतों के साथ ज्यादा कम्फर्टेबिल महसूस करती हूँ। शायद इसका कारण पुराना अनुभव हो···बहरहाल, मैं खुश हूँ।" डॉ. सहगल ने हुमैरा से कहा।

ताजी हवा, रोशनी से भरा दिन, कुछ करने का उत्साह, कुछ सीखने का सन्तोष हुमैरा को डॉ. सहगल की क्लिनिक में रेसेप्शनिस्ट की कुरसी पर बैठकर महसूस हो रहा था। बस मूड उसका तब खराब होता जब कोई मरीज निजी सवाल पूछता। दिलफेंक किस्म के लोग बार-बार फोन करते या फिर कोई रास्ते में 'लव लेटर' देने की हिमाकत

कर बैठता। कम्पाउण्डर इस ताक में रहता कि अपना काम हुमैरा से करवाये। हुमैरा भी कम चालाक नहीं थी। डॉ. सहगल के सामने जाकर वह काम पूरा होने की इत्तला देती। एक दिन डॉक्टर ने उसे कुछ परेशान देखकर कहा था :

''छोटी-छोटी परेशानियों में उलझा मत करो। आगे बहुत लड़ाई है। मैंने जब दवाखाना खोला था तो एक बिजनेसमैन ने मरीज देखने के बहाने घर बुलाया था। गयी तो वहाँ कोई नहीं था। सब कुछ समझ गयी। अपनी समझदारी से उस मुसीबत से निकल तो आयी थी मगर उस घटना ने मुझे कई तरह की सीख दी थी।'' हँस पड़ीं डॉ. सहगल। वह भी मुसकरा दी।

उस दिन जीन्स पहनकर जब वह तंग गली से गुजरी थी तो गाने और सीटी की आवाज कान से टकरायी। मगर वह तो बाहर की दुनिया को भी समझ चुकी थी सो लापरवाही के साथ उसने रास्ता पार किया और चौड़ी सड़क पर आ गयी, जहाँ पर उसी की तरह कपड़े पहने लड़कियाँ आ-जा रही थीं।

सुबह की डाक से बहन का खत आया। उसने लिखा था, ''हम्मो, दिल चाहता है कपड़े फाड़कर जंगल की तरफ भाग जाऊँ, फिर लगता है पागल बन जाऊँ। कम-से-कम पागलखाने में अपनी तरह बोलने, चलने, हँसने और रोने की आजादी तो होगी। मैं घर भी नहीं आना चाहती हूँ। डरती हूँ कि फिर लौटकर सुसराल नहीं आ पाऊँगी और बेकार ही अब्बू के कन्धों पर बोझ बन लटक जाऊँगी।'' हुमैरा खत तहकर लिफाफे में रखती हुई सोचती कि हम सब अपने हालात से किस कदर भयभीत हैं। दूसरों की इच्छा, दूसरों के अरमान, दूसरों की कुण्ठा से दबे-दबे एक बनावटी जिन्दगी जीते हैं और जब थककर फूटते हैं तो गलत रास्ता अपना लेते हैं। इसमें दोष किसका है ?

''क्या लिखा है सकीना ने ?'' इजहार ने तवे पर रोटी डालते हुए पूछा। हुमैरा कुछ बोली नहीं। माँ की तरफ खत बढ़ाकर सोचने लगी। 'सही दिशा में बिना खौफ के कदम उठाना, होता तो बहुत कठिन है मगर जीवन भर की झंझट से मुक्ति मिल जाती है। अब मुझे दूसरों के दुःख सुनने, उसे दूर करने में सुख मिलता है। अपने को जानना कितना जरूरी होता है। अपने प्रति भी थोड़ा-सा कर्तव्य निभाना होता है, क्योंकि वह भी तो एक सचाई है और यह सच मुझे सकीना को समझाना होगा…।'

दादी दोपहर को पानदान खोल जब बैठतीं तो अकसर रजाई में तागा डालने वालियाँ, अनाज पछोड़ने वालियाँ मजदूर औरतें सरदर्द की गोलियाँ माँगने आ जातीं। दादी उन्हें छोटी-मोटी बीमारियों के बारे में बताते हुए कहतीं—अब तो हुमैरा आधी डॉक्टरनी हो गयी है, जब चाहो आकर दिखा जाना। फिर जोर से हँसकर कहतीं, ''आखिर पोती किसकी है, आरिफ मियाँ साहिबे किताब की।'' उनकी यह बातें भला जाहिल मजदूर औरतें क्या समझतीं। वह दवा लेकर चलती बनतीं। दादी का यह

सिलसिला तब से शुरू हुआ है जब से बोसीदा कदमचे तुड़वाकर फिर से बनावाये गये थे और दहलीज की चौखट की सड़ी लकड़ी की जगह नयी लकड़ी लगी थी।

"लड़की कमाने भी लगी है···पक्की उम्र की दुल्हनों के चेहरों पर नूर नहीं उतरता। मेरी मानो तो बस बहुत हो गया नौकरी का शौक। अब उठाकर हाथ पीले कर दो।" दादी रात को दस्तरख्वाना पर बैठ अकसर बेटे-बहू से कहतीं। दोनों खामोश रहते जैसे एक चुप्पी में हजार बला टाल रहे हों। दादी की यह हालत देख हुमैरा दिल-ही-दिल में कहकहे लगाकर कहती :

"कैद और आजादी के बीच अकलमन्द आजादी को चुनेगा दादीजान ! आपकी फेंकी कमन्द से दूर मुझे वहाँ तक जाना है जहाँ आसमान और जमीन मिलते हैं।"

□

दिलआरा

लड़कियों का स्कूल खोलकर साजदा बेगम ने अपने दिल के बहलाने का इन्तजाम कर लिया था। उनके मियाँ फिदा हुसैन पेशकार को मरे साल होने को आया। आखिर कब तक तड़पती-बिलखती मरहूम शौहर की रूह को दुःख पहुँचातीं। उन्हें तो इस बुढ़ापे में मुई 'इद्दत' में रहना भी ढकोसला लगा था। मगर मरे शौहर का मान दुनियावालों के सामने रखने के लिए काट दिये पूरे तीन महीने तेरह दिन। घर की कैद में रहकर और जब सन जैसे-सफेद बाल और नंगी कलाइयों के संग बाहर निकलीं तो देखनेवालों को यकीन न आया कि यह वही सदा सुहागिन साजदा है जो पोर-पोर जेवर पहने, खिजाब से रंगे काले बाल, पानमिस्सी की घड़ी होठों पर जमाये, मेहँदी, सुरमे से सजी-धजी औरतों की महफिलों में सूरजमुखी के फूल की तरह खिली शादाब नजर आती थीं।

''सुहाग भी क्या चीज होती है पूरी दुनिया रंगीन नजर आती है।'' सूखे मेवे के ताजिर सलमान खाँ की बीवी गुलशन ने साजदा से कहा। उनके सारे बदन के रोंगटे खड़े हो गये। तरस भरी नजर से उन्होंने साजदा को ऊपर से नीचे तक निहारा और मन-ही-मन काँपते हुए कहा, 'या खुदा मुझे सुहागिन ही उठाना, ऐसा दिन कभी न दिखाना।'

घर आकर गुलशन ने बड़ा बक्स खोला, कुछ पुराने पहने हुए कुछ नापसन्द नये कपड़े निकाले। सूखे मेवों की थैलियाँ बाँधीं और नकद रुपया एक बास्केट में रख साजदा के घर भेज दिया तो साजदा अपनी इस बेइज्जती की ताब न ला सकी। अन्दर ही अन्दर पेचताव खाकर रह गयी। एक दिल चाहा कि बास्केट लौटा दे। फिर कुछ सोचकर उन्होंने खाली बास्केट में अपनी तरफ से कुछ तोफे रखकर वापस भेज दिया और दिल-ही-दिल में कसम खायी कि लोगों की सोच बदलकर रहेगी। दुरुस्त है कि विधवा को लाचार समझकर दुनिया उस पर जुल्म करती है, उसका हक छीन उसे दर-दर की ठोकर खाने पर मजबूर करती है मगर इसका मतलब यह हरगिज नहीं है कि औरत को हक दिलवाने की जगह लोग उसको अपना सदका और उतरन दें ? तरस खाने के इस जज्बे में गुलशन यह भूल बैठी कि आखिर मुझे इन चीजों की जरूरत है भी या नहीं ?

साजदा मियाँ के मरने के बाद दुनिया को बदला महसूस कर रही थीं, लेकिन जो गहरा धक्का गुलशन ने उन्हें पहुँचाया था। उससे वह उबर नहीं पा रही थीं। रात-रात भर करवटें बदलतीं और जब तरस भरी नजरें उन्हें याद आ जातीं तो वह बिस्तर पर उठकर बैठ जातीं और अपने आपसे मुखातिब होतीं :

'साजदा ! कोई राह निकाल। यूँ तो तू अपने को घुला डालेगी। जीने की राह बहुतेरी हैं। आखिर तब भी तो तूने जीना सीखा था जब मेवात से दिल्ली चचा की लड़कियों की शादी में गयी थी और छोटी बहन ने कन्धे उचकाकर सहेली से कहा था कि यह अँग्रेजी नहीं जानती, गाँव में पढ़ती है···इससे हिन्दुस्तानी में बोलो, सुनकर तब कितना तड़पी थी तू और राह निकाली थी। कसीदे, मर्सियेह और मिलाद पढ़ने की जिसमें इज्जत थी, मुकाम था, आगे-पीछे मजमा था। वह आज भी बरकरार है। अब एक बार फिर जरूरत है कुछ कर दिखाने की, जो है उससे आगे बढ़ने की···वरना तुझे बेवा कह-कहकर लोग तेरा जीना हराम कर देंगे।'

रात किसी तरह कटी, सुबह होते ही जरूरी काम से निबट वह अपनी सखी सुनन्दा के घर पहुँची जिसका मियाँ फैक्टरी में फोरमैन था। किसी हादसे में गुजर गया और पीछे छोड़ गया बड़े भाई की विधवा और चार बच्चों का बोझ जवान सुनन्दा पर। साजदा जब ब्याह कर आयी थी तो पड़ोसिनों से मेलजोल बढ़ा और एक दिन उसे हैरत हुई यह जानकर कि बगल के मकान की सुनन्दा विधवा होने के कारण कभी खुशी त्योहार में कहीं बुलायी नहीं जाती थी और एक दिन साजदा पहुँच गयी उसके घर और फिर दाँत-काटी रोटी हो गयी। साजदा और सुनन्दा घण्टे-दो घण्टे रोज अगर सर जोड़ बातें न कर लेतीं तो सारे दिन बेचैन रहती थीं।

सुनन्दा धूप की रोशनी में कागज के पत्ते पर माथे की बिन्दिया चिपका रही थी। साजदा को चौखट पर खड़ा देखा तो थकी आँखों में खुशी उभरी और लहककर बोली, "अज सुबह-सुबह कैसे ? सब कुशल-मंगल तो है ?"

"बौरा गयी है सूखे मेवेवाली गुलशन, मुझे फकीरन समझ पुराने कपड़े भेजे हैं। अरे इतना बड़ा दिल है तो मुसाफिरखाना खोलो, फकीरों के लिए घर बनवाओ, लंगर खुलवाओ, हर साल दस-बीस गरीबों की लड़कियों की डोली उठवाओ। मगर जनाब यह न होगा, बस घर का कूड़ा साफ हो इसलिए नेकी कर दी।"

"काहे को अनाप-शनाप सोचकर जी खराब करती हो। जानती तो हो यह पैसेवाले ऐसे ही होते हैं। जिनके पास धेला नहीं होता, वह पुण्य कमाने की सोचते हैं।" सुनन्दा ने हाथ का काम छोड़ गैस पर चाय का पानी रखते हुए कहा।

"गरीब अमीर की बात नहीं है। इन्सान के बातिन की बात होती है। कुछ लोग फाका करके भी भूखे को रोटी खिलाते हैं···तुमसे क्या बताना, तुमने तो दूसरों की औलाद को अपना समझकर पाल-पोस दिया और सुख उठाने का वक्त आया तो भी चटाई पर बैठी काम करती हो।"

"सुहागिनों के माथे की बिन्दी सजाते-सजाते दो रोटी कमा लेती हूँ। फिर काहे किसी के घर जाऊँ और बेकार का कष्ट दूँ। अभी बुलाते हैं तो सुख मिलता है।" चाय छानते हुए सुनन्दा ने कहा।

"मैं तो लड़कियों के लिए स्कूल खोलने जा रही हूँ। शाम को घण्टा भर लगेगी क्लास जिसमें औरत और इस्लाम पर मैं थोड़ी देर बोलूँगी और बाकी वक्त सवाल के जवाब दूँगी। आखिर कब तक लड़कियाँ दुनिया-जहान के बारे में जानेंगी मगर उस हक के बारे में कान, आँख, जबान बन्द रखेंगी जिससे उन्हें रोज पाला पड़ता है।"

"मेरी मन की बात कही है साजदा तूने। असल में हम लड़ाई हारते ही इसलिए हैं कि दूसरों के बारे में जानने के अतिरिक्त हमारा कोई उद्देश्य अपने को जानना नहीं होता। चल, मेरा नाम लिख ले, कतनी फीस लगेगी ?" सुनन्दा के गोरे पीले चेहरे की आभा में खुशी की बूँद टपकी।

"मुफ्त ! उल्टे मैं ही उन पर खर्च करूँगी। पेशकार साहब दो रोटी का जुगाड़ लगा गये हैं। औलादें पैदा हुईं मगर मर-मर गयीं। अब मेरा कौन बैठा है जिसके लिए पीछे छोड़ के जाऊँ ? अच्छा है अपने जीते-जी बाँट दूँ।" साजदा ने खाली प्याली रखते हुए कहा।

सुनन्दा ने हल्के से गरदन हिला अपनी रजामन्दी जतायी और जूठे बरतन उठा चबूतरे पर सरकाये। साजदा भुनी नारियल और धनियाँ के बीज का फाँका मार उठी और सुनन्दा उन्हें छोड़ने दरवाजे तक आयी।

लड़कियों का मदरसा खुल गया मगर मोहल्ले पर हुकूमत करनेवाले मौलाना को यह बात बहुत अखरी। कई बार उन्होंने बातों-बातों में कहा भी कि आजकल मुसम्मात के तेवर बदल रहे हैं। अपनी हदों को पहचानना भूल चुकी हैं, मरदों के मुकाबले पर आन खड़ी हो रही हैं। मानता हूँ इस्लाम ने औरत-मर्द में किसी तरह का फर्क नहीं रखा और बराबरी का दर्जा दिया है। मगर जनाब, उसके साथ यह भी तो कहा गया है कि मरद मरद है और औरत औरत है। काम का बँटवारा इसलिए किया गया है कि दोनों मिजाज, बनावट, अहसास, ख्यालात में अलग हैं मगर···उनकी इस तकरीर को लोग एक कान से सुनते दूसरे से उड़ा देते। मगर कुछ शैतान ऐसे थे कि फिकरा फेंकते। मियाँजी को अपनी दुकान बन्द होने की फिक्र लग गयी है। जो दूर से भी हवा में नाचता उनके कानों तक पहुँच जाता और वह कुढ़कर तस्बीह घुमाने लगते।

इन सारे झमेलों से दूर साजदा अपने घर के छोटे से आँगन में खड़ी छिड़काव कर रही थीं। शाम बड़ी गरम थी। झुर्रियों के बीच पसीना बह रहा था। रबर लपेटकर साजदा ने आँगन में खटोला डाला और तिपाई पर सुराही और गिलास रख गुसलखाने में जाकर जी-भरकर नहायी। कंघी-चोटी से फारिग हो मुँह में गिलौरी दबा, घड़ी की तरफ नजर डाली। फिर दालान के दर से दरी उठा आँगन में बिछा दी। बड़े कटोरे में चना और

इलायची-दाना ढककर दरी के कोने पर रख, लड़कियों का इन्तजार करने लगीं।

"आदाब...सलाम अलैकुम...तस्लीम...बन्देगी...मरहबा..." एक साथ कई आवाजें कदमों की सरपट के साथ उभरीं और हर उम्र, हर शक्ल की लड़कियाँ, औरतें चप्पल उतार दरी पर आकर बैठ गयीं। साजदा बी ने बड़ी-बड़ी आँखें घुमाकर जवान लड़कियों के खिले चेहरे ताके। फिर मुसकराकर एक खास अदा के साथ साड़ी का पल्लू सफेद बालों पर जमाया। लड़कियों की मासूम आँखों में उन्होंने साफ पढ़ा, "इस उम्र में भी साजदा नानी के क्या कहने हैं।"

साजदा बी ने डायरी खोली और मोर-पंख उठा लिखे हुरुफ पढ़े। फिर गरदन हिलायी एक नजर सारी लड़कियों पर डाली। फिर आसमान को देख आह भरी और मुँह-ही-हुँह कुछ पढ़कर दाहिना हाथ चेहरे पर फेरा और गला साफ किया :

"जैसा कि रिवायत है कि हजरत खदीजा एक नेक खातून थीं। ताजिर भी बहुत बड़ी थीं। उन्होंने जब रसूले खुदा यानी पैगम्बर मोहम्मद की शराफत और ईमानदारी देखी तो उनसे बहुत मुतासिर हुईं, खासकर उस माहौल में जब अरब में शराब और शबाब का बाजार गरम था। खदीजा ने पैगम्बर से शादी की ख्वाहिश जाहिर की जो पैगम्बर ने कुबूल कर ली। उस वक्त हजरत खदीजा की उम्र चालीस साल और पैगम्बर की पच्चीस साल थी। पैगम्बर अपनी शरीक-ए-हयात की बड़ी कदर और इज्जत करते थे। उनका कहना था कि मरियम माँ यहूदियों में और खदीजा मुसलमानों में सबसे बेहतर खातून हैं। वह जब घर से निकलते तो खदीजा की तारीफ करते हुए निकलते थे। पैगम्बर-ए-इस्लाम ने अपने वक्त को देखते हुए औरतों के लिए बेहतर से बेहतर कानून बनाये...उन्हें अपनी पसन्द से शादी और मरजी से तलाक का हक दिया। बाप की जायदाद में हिस्सा और बेवा होने पर दूसरी शादी की एजाजत दी गर्ज कि उस दौर-ए-जिहालत में इस्लाम औरतों के लिए खासतौर से आजादी का पैगाम बनकर आया।"

साजदा बी बहुत कुछ बोल रही थीं मगर दिलआरा को कुछ सुनाई नहीं पड़ रहा था। उसका जहन भटक चुका था। उसे इस बात का अहसास हो चला था कि उसको दीन मजहब ने अपने बारे में फैसला लेने का हक़ दे रखा है। फिर वह अपने दिल की बात मान सकती है। यह गुनाह नहीं बल्कि उसका हक है। एक कली चटखी और उसके चेहरे पर दिलकश मुसकान खुशबू की तरह फैल गयी।

साजदा बी ने कटोरा उठा मुट्ठी भर-भर सबको चना और इलायची दाना दिया फिर माँ-बाप की खैरियत पूछती, कपड़ों की तारीफ करती, नतीजे और इम्तहान के बारे में सवाल करती सबको दरवाजे तक छोड़ आयीं और दरवाजे में कुण्डी लगाकर उन्होंने दरी समेटी और वजू कर नमाज की चौकी पर बैठ गयीं। थोड़ी देर तक चुपचाप बैठी रहीं फिर मुस्लाह बाँध तख्त पर खड़ी हो नमाज के लिए नियत बाँधीं।

शहर का यह मोहल्ला एक बड़े नाले के दोनों तरफ बसा हुआ था। जहाँ गरीब-खुशहाल दोनों तरह के लोग थे, जिनकी लड़कियों के सीने में दिल धड़कते थे, हजार हसरतें बिन पानी मछली की तरह तड़पती थीं। कुछ स्कूल जातीं कुछ घर के कारोबार में माँ-बाप, भाई का हाथ बटाती थीं। उनके लिए साजदा बी के पास आना एक तफरीह से कम न था जहाँ वह अहसास के धरातल पर दौड़-भाग सकती थीं। ऊँचे जोरदार कहकहे लगा अपनी सारी कुण्ठाओं को सवाल की शक्ल में उगल उसकी गुत्थियाँ सुलझाने की कोशिश करतीं। हकीकत तो यह थी कि इन लड़कियों को दिमागी तौर से असुरक्षा की भावना हरदम घेरे रहती थी। वे यहाँ आकर अपने को सुरक्षित महसूस करती थीं।

"साजदा नानी, मेरे सोशियालॉजी के प्रोफेसर आपसे मिलना चाहते हैं।" एक दिन दिलआरा ने साजदा बी से कहा।

"क्यों भला ? उन्हें क्या तकलीफ है जो मिलना चाहते हैं ?"

"वह मुस्लिम औरत पर एक आर्टिकल लिख रहे हैं।"

"तो मैं क्या करूँ बीबी ? उन्हें उस खुर्राट मौलाना अकरम के पास जाने को कहो, रोज कोई-न-कोई फतवा देता रहता है।"

"लेकिन नानी, वह तो औरतों के खिलाफ बोलते हैं और प्रोफेसर वर्मा को औरतों से हमदर्दी रखनेवाला स्कॉलर चाहिए जो ईमानदारी से शरीयत के बारे में बता सके।"

"खूब !" साजदा बी की आँखें चमक उठीं।

"कब टाइम देंगी बोलिए नानी ?"

"कल सहपहर को।" साजदा बी ने कहा और सोच में डूब गयीं कि निगोड़ा प्रोफेसर मुआ जाने क्या-क्या पूछेगा और जो मैं न बता पायी तो ?··· अरे मुझे न अँग्रेजी आती है न हिन्दी। वह जो अँग्रेजी में पूछ बैठा तो···? काहे की फिक्र, देखती हूँ आने दो मुरदार को। इतना सोच वह झटके से उठीं और मेज पर रखी हुई किताबों के पन्ने उलटने लगीं।

कल का आना भी कितना दूर था। पूरे चौबीस घण्टे बाद सहपहर आ गयी और साथ लायी अधेड़ उम्र के दुबले-पतले मोटे चश्मेवाले प्रोफेसर वर्मा को, जिनके हाथों में फाइल और चन्द किताबें थीं। दिलआरा साथ आयी थी। प्रोफेसर वर्मा को बैठक में बिठा वह पानी लेने गयी और जब लौटी तो देखा प्रोफेसर वर्मा के अँग्रेजी लेखों का उर्दू अनुवाद अखबार की कटिंग की शक्ल में साजदा बी पढ़ रही थीं।

"वाह वाह जनाब, क्या खयालात हैं ! क्या जबान लिखते हैं ! कौन कह सकता है कि आप हिन्दू हैं···न चेहरे-मोहरे से न आदाब अतवार से। अब कहिए, मैं आपकी क्या मदद कर सकती हूँ ?"

"जर्रानवाजी का शुक्रिया···अर्ज है कि जैसा आपने सुना है कि कुछ समय पहले पाकिस्तान में एक नयी बहस शुरू हुई थी कि लड़की को लव मैरेज या यूँ कहिए कि शादी में उसकी मरजी या पसन्द का कोई दखल नहीं होना चाहिए। मगर बाद में वही

बहस इस नतीजे पर पहुँची कि लड़कियाँ अपनी मरजी से शादी कर सकती हैं···मैं सचाई जानना चाहता हूँ ताकि मैं अपने विचार को इस्लामी सबूतों, शरीयत कानून को कोट करते हुए व्यक्त कर सकूँ।''

''जैसी रिवायत है कि हजरत खदीजा ने खुद अपनी पसन्द का इजहार करते हुए पैगम्बर से शादी की बात कही थी। इससे बढ़कर और कौन-सा सबूत होगा। फिर औरत को पूरा हक है कि वह अपने साथ की जा रही ज्यादती के खिलाफ आवाज उठाए और निकाह के वक्त बाकायदा वह शादी से इनकार कर सकती है अगर शौहर उसको पसन्द नहीं है या फिर यह शादी जोर-जबरदस्ती या लालच, खौफ से हो रही हो।''

''कोई ऐसी घटना, मेरा मतलब है ऐसा हादसा, बयान कर सकती हैं जो औरत को कानूनी बराबरी देता हो ?''

''रिवायत है कि पैगम्बर साहब की एक बीवी असमा थीं। निकाह के बाद हुजूर अकरम उनके पास जाते, इससे पहले उन्होंने तलाक की ख्वाहिश जाहिर की और उनकी मरजी का लिहाज कर हुजूर ने उन्हें खूलाह की आजादी दे दी। वह खुद फरमाते हैं कि अगर औरत शादी को लेकर पुर उम्मीद नहीं है तो उस शादी को खत्म कर देना ही बेहतर है···देखिए वर्मा साहब, पैगम्बर ने तो यहाँ तक कहा है कि अगर शादीशुदा औरत के दिल में गैर मरद की तरफ रुझान पैदा हो जाए तो उसके लिए मुनासिब यही है कि वह शौहर से तलाक ले उससे निकाह कर ले। यानी पूरी तरह ईमानदार शौहर के लिए रहे, बेईमान से वफादारी न जताए।''

काफी देर तक दोनों के बीच लम्बी बातें होती रहीं और दिलआरा कभी चाय कभी पान बना लाती और खातिर के बहाने वह उन दोनों की बातें बड़े ध्यान से सुन रही थी। किताब खोलकर साजदा बी बोल रही थीं। वर्मा साहब तेजी से कुछ नोट कर रहे थे।

''तुममें सबसे अच्छे वह हैं जो अपनी औरतों के लिए अच्छे हैं।'' (हदीस)

''जिस शख्स के यहाँ लड़की हो फिर वह न उसको जमीन में गाड़े, न उसका अनादर करे और न उससे अधिक लड़के को महत्त्व दे तो अल्लाह उसे जन्नत में दाखिल करेगा'' (अबू दाऊद)

उस दिन प्रोफेसर वर्मा चिराग जले लौटे और दूसरे दिन फिर पहुँचे। उनके लेख में जान पड़ रही थी। कुछ ऐसी बातें निकलकर आ रही थीं जो कमजोर औरतों के पक्ष में जाकर पूरी स्थिति बदल रही थीं। इधर साजदा बी और प्रोफेसर वर्मा 'औरत' को हमदर्दी की नजर से देख रहे थे, उधर मौलाना के सीने में पत्थर के कोयलों की भट्ठी सुलग रही थी। उन्हें हकीकत पता चल गयी थी फिर भी जलन दो तरफ थी—पहली यह कि प्रोफेसर वर्मा उनके पास क्यों न आये, दूसरे साजदा बी ने कभी उन्हें दीनी समस्याओं को सुलझाने के लिए अपने घर आने की दावत नहीं दी। वह गरदन कटे मुरगे की तरह सारी रात बिस्तर पर तड़प रहे थे। उनकी इज्जत और दबदबा दाँव पर

लग चुका था।

दिलआरा का आखिरी साल बी. ए. का था। प्रो. वर्मा उसको एम. ए. सोशियालॉजी में करने का लगातार प्रोत्साहन दे रहे थे। मगर वह जानती थी कि बी. ए. में फर्स्ट आकर भी उसकी शादी करा दी जाएगी। घर में बात चल रही थी। जमील से उसने कहा भी था कि वह शादी का पैगाम घर भेजे वरना कहीं देर न हो जाए। मगर जमील को अपनी जात की ऊँचाई और गरीबी का अहसास था। वह अन्दर ही अन्दर अपने को कमजोर महसूस करता था। उसे दिलआरा बहुत पसन्द थी। दोस्ती हुए भी साल होने को आया था। उसने शादी के बारे में कभी सोचा नहीं था मगर अब…? किस मुँह से वह घर में कहे ? बहनोई के सहारे उसकी पढ़ाई चल रही थी। नौकरी और घर का ठिकाना नहीं और वह घर बसाने की बात कहे ?

गरमी की छुट्टियाँ शुरू हो गयी थीं। दिलआरा रोज इस उम्मीद पर नये सूरज का स्वागत करती कि आज जरूर जमाल के घर से उसकी बड़ी बहन और माँ आएँगी, मगर निराशा हर रात उसे काली चादर ओढ़ाकर सुला जाती थी। दिलआरा को पता था कि उसके घरवाले यह पैगाम पसन्द नहीं करेंगे…मगर वह उन्हें मनाना ही नहीं बल्कि तर्क-वितर्क से हराने का भी प्रण ले चुकी थी। उसे अपने हक का पता चल गया था। वह अपने अधिकार के लिए लड़ सकती थी। शमीमा, नरगिस की तरह वह मोहब्बत किसी से करे और शादी किसी और से—यह समझौता उसे पसन्द नहीं था। वह मोर्चे पर डटी थी। युद्ध की तैयारी भी कर ली थी। उसे इन्तजार था लड़ाई के शुरू होने का। उस इन्तजार की घुटन जब सहन न होती तो वह घबराकर साजदा बी की शरण में चली जाती थी।

मौलाना अकरम का गुस्सा कहीं-न-कहीं निकलना था सो उन्होंने मरदों के कान भरने शुरू कर दिये कि साजदा बी लड़कियों को गलत आजादी की छूट दे रही हैं। उनके घर कच्चे दिमाग और कच्ची उम्र की लड़कियों का जाना खतरनाक है। जब रौनक उस दिन नहीं आयी तो पूछने पर उसकी माँ ने बताया कि बाप के मना करने के डर से वह नहीं गयी क्योंकि मौलाना साहब नाराज थे, सुनकर साजदा बी के तन-बदन में आग लग गयी। उन्होंने कलम दावात निकाली और परचे पर लिखा :

"हजरत उम्र रजी अल्लाह ने फरमाया है : तुम लोग औरतों के साथ अच्छा सुलूक करो क्योंकि वह तुमसे वही चाहती है जो तुम उनसे चाहते हो।"

मौलाना अकरम ने जो परचा पढ़ा तो आग पर तेल का काम हुआ। भड़क गये और ताव में आकर उन्होंने जवाब लिखा, "मोहतरमा, एक तो आप इस्लाम के खिलाफ काम करती हैं ऊपर से लिबास साड़ी तन करती हैं; आपको बखूबी पता है कि हमारे यहाँ जमीन से भी परदादारी होती है। औरत का कोई भी हिस्सा खुला नहीं होना चाहिए। दूसरे, आप काफिरों के साथ उठती-बैठती हैं। इन बातों का असर नयी नस्ल

की लड़कियों पर बहुत बुरा पड़ेगा। आगे आप समझदार हैं।"

मौलाना ने गुस्से से काँपते हाथों से खत को तह किया और मोहर लगा अपने एक मुरीद के हवाले कर कहा कि यह खत एहतियात से साजदा बेगम तक पहुँचा दे। कबूतर उड़ गया। पैगाम पहुँच गया। गुस्सा उतर गया तो एक बेचैनी मौलवी साहब ने अपने अन्दर महसूस की। एक मौका सलाम दुआ का बड़ी खूबसूरती से शुरू हो सकता था जो उन्होंने खो दिया। सच कहा है किसी ने, गुस्सा अक्ल का दुश्मन होता है।

साजदा बी दुलाई की गोट काट रही थीं। औरतें उन्हें घेरे बैठी थीं। उसी वक्त रुक्का पहुँचा। उन्हीं औरतों में से एक ने उठकर दरवाजा खोला और खत साजदा बी को थमाया। उन्होंने कैंची रख परचा खोला और पढ़ना शुरू कर दिया। जैसे-जैसे आगे पढ़तीं, हर अल्फाज उन्हें जहर से बुझी तलवार लगता। खौलते खून के घूँट को पान की पीक के साथ उगलदान में थूककर एकाएक किसी मँजे कूटनीतिज्ञ की तरह हँस पड़ीं और बड़ी अदा से बोलीं :

"कहने को अकरम साहब ईरान, इराक, मक्का, मदीना, जाकर खतबा पढ़ते हैं मगर छोटी-छोटी मसलों में मुझसे मशविरा माँगते हैं। मेरी तसदीक चाहते हैं कि फलाँ हदीस दुरुस्त है या नहीं···सच कहती हूँ इन मरदों का काम बिना औरतों के कहीं नहीं चलता। न बावर्चीखाने में न मुल्क के निजाम में।"

उनकी बातों को सुन औरतों के चेहरे पर निष्ठा की एक परत और जम गयी। मरद जब औरत से सलाह-मशविरा करे तो फिर उस औरत का कहना क्या ! अपना-अपना सामान लेकर औरतें खुश-खुश लौट गयीं। तभी प्रोफेसर वर्मा ने कुण्डी बजायी और आज के हिन्दी-अँग्रेजी समाचार पत्र के कई अंक उन्हें थमाते हुए बोले :

"बेमग साहिबा, आपके कहे अल्फाज मैंने जगह जगह कोट किये हैं। मैं खुद पढ़कर सुनाता मगर क्लास है, कॉलेज पहुँचना है। आज तो मैं सिर्फ इसलिए आया हूँ ताकि अपनी श्रद्धा आपको भेंट कर सकूँ···एजाजत दें।"

उनके जाने के बाद साजदा बी ने दिलआरा के भाई को बुला लेख पढ़वाया। फिर अजीब रुहानी खुशी में डूबती, उतराती रहीं। फिर मौलवी अकरम के खत को दोबारा पढ़ा और गहरी सोच में डूब गयीं फिर कागज-कलम लेकर बैठीं और लिखना शुरू कर दिया—"जनाब अकरम साहब ! आप जहीन और पढ़े-लिखे शख्स हैं, दीन और मजहब के बारे में आपकी मालूमात का मैं क्या मुकाबला करूँगी। उस इल्म की चौखट की मैं अदना जूती हूँ। फिर भी जुर्रत कर अर्ज कर रही हूँ कि लड़कियों के दिमाग को रौशन करना और सही राह दिखाना। उन्हें अपने हक और ना-हक के बारे में जगाना। उन्हें बर्बाद नहीं आबाद करना है जो मैं कर रही हूँ। यह कोई बगावत या औरत की आजादी का परचम नहीं है बल्कि मिली हुई आजादी पर जो गर्द व गुब्बार पड़ गया है उसकी धूल झाड़ रही हूँ। दूसरी बात, जो बहुत अहम है वह यह कि हमारे यहाँ काफिर उसे कहा गया है जो खुदा को न माने और जनाब हिन्दुओं के पास एक नहीं हजार खुदा

हैं फिर प्रोफेसर वर्मा काफिर कैसे हुए ? आज का पेपर देखें, उसमें उनका मजमून छपा है। तीसरी बात, जो एतराज के काबिल है लिबास से ताल्लुक रखती है। हिन्दुस्तानी औरत का लिबास साड़ी है जैसे मुस्लिम मुल्कों में औरतों का लिबास फ्राक है। बात मुख्तसर यह कि शर्म आँखों से होती है, उसी तरह जैसे ईमान की खुशबू दिल में होती है।''

इस खत के आने-जाने की खबर छुप तो सकती नहीं थी। मोहल्ले के मनचले लड़कों के दिल में मौलाना अकरम को लेकर पहले से शरारत भरी हुई थी जिसके चलते उन्होंने अकरम का नाम बकरीवाले मौलवी साहब रखा था। उनकी बेगम को मरे दस साल हो गये थे। बच्चे बड़े हो गये थे। अपने-अपने रोजगार में लगकर अलग-अलग शहर में बस चुके थे। मौलाना अकरम पैगम्बरों की गल्लेदारी से प्रभावित थे। उसी की याद में वह अकसर घर में पली हुई बकरी को खुद बेर की पत्तियाँ खिलाते और प्यार से सर पर हाथ फेरते। उनके इस चरवाहेपन में लड़के कुछ और सोचकर हँसते और मजा लेते। फिर वे चण्डाल इस खतबाजी को क्यों नजरअन्दाज कर देते ! उन्होंने अकरम साहब को दूल्हे के लिबास में खड़ा कर दिया और उनका नाम 'निडर और खूब सूरत' रख दिया।

प्रोफेसर वर्मा ने अपने लेख में निकाहनामा की शर्तें बताते हुए लिखा था कि हिन्दुस्तानी मुसलमान औरत भौगोलिक एवं सांस्कृतिक प्रभाव में हिन्दू औरत से अलग नहीं है। उनके संस्कार वही हैं जो इस देश में रहनेवाली, किसी भी धर्म को माननेवाली औरत के हैं। इसलिए वह कई मुद्दों पर अपने अधिकार से वंचित रह जाती है क्योंकि उसे अपने धर्म और शरीयत कानून के बारे में इतना कुछ नहीं पता जो मुस्लिम राष्ट्रों में रहनेवाली औरतों को मालूम होता है और उससे वे लाभ उठाती हैं। यही वह कारण है जो मध्यपूर्वी देशों के मरदों को भारतीय मुसलमान औरत से शादी करने के लिए आकर्षित करते हैं कि वह बेखबर उनके हर जुल्म को सहती है और उफ भी नहीं करती है।

पूरा मोहल्ला उस लेख को पढ़कर बौखला-सा गया था। दुकानदार, ग्राहक, औरत-मरद सभी अपनी-अपनी तरह से बोल रहे थे। जब न रहा गया तो पहुँचे मौलाना अकरम के पास। उन्हें आया देख मौलाना समझे दुआ तावीज का मसला है सो उन्होंने सन्दूकचा खोला। तभी गारमेण्ट हाऊसवाले रब्बन ने वास्केट तोंद पर खींचते हुए कहा :

''जनाब मौलाना साहब, हकीकत क्या है ? क्या प्रोफेसर वर्मा ने सब कुछ ठीक ठाक कोट किया है ?''

''पढ़ा है मैंने ! किसी हद तक मुनासिब बातें लिखी हैं मगर गैरमुस्लिम होने की वजह से उनकी पकड़ ज्यादा मजबूत नहीं है...बहस का लम्बा सिलसिला है। तुम लोगों के पास इतना वक्त कहाँ जो समझने बैठोगे।'' मौलाना अकरम ने बड़े फलसफियाना अन्दाज से अपनी अज्ञानता पर परदा डाला। सच पूछा जाए तो वह नमाज, रोजा, दुआ,

तावीज से आगे कुछ जानते नहीं थे। आखिर वह पेट पालते या फिर मोटी-मोटी किताबों को पढ़कर गुत्थियाँ सुलझाते।

दूसरे दिन का लेख और कयामतखेज था। उसमें शादी, निकाह, तलाक और गुजारा रकम के सिलसिले पर बहस करते हुए प्रोफेसर वर्मा ने साजदा बी को इस्लामिक स्कॉलर बताते हुए उनकी बातों को कोट किया था कि अरब में निकाहनामा में कुछ शर्तें जो इस्लाम के दायरे से बाहर न हों वह औरत लिखवा सकती है। यह आजादी और हक उसे मिला है, साथ ही कुछ शर्तें 1989 में माजून के नाम से रजिस्टर में दर्ज हैं, सभी मरदों के लिए लागू होती हैं। जैसे महीने की पहली तारीख को तनख्वाह बीवी के हाथ में रखना। दूसरा, जुमे या जुमेरात को खाना पकाना या घर के कामों में पत्नी का हाथ बँटाना। तीसरा, दस प्रतिशत रजिस्टर्ड विवाह की यह शर्त कि दुल्हन को तलाक का अधिकार मिले। चौथी में यह ख्वाहिश भी रखी गयी कि उनका घर सास-ससुर से अलग हो। पाँचवाँ, कामकाजी औरतों को अपनी तनख्वाह को खर्च करने की पूरी आजादी हो। इन सारी शर्तों को अरबी भाषा में 'रवैरूल शर्त' का नाम दिया गया है। अगर इन शर्तों का पालन शौहर ने निकाह के समय दी रजामन्दी के बाद पूरा नहीं किया तो औरत को तलाक लेने का हक है, क्योंकि इस्लाम में शादी एक 'अनुबन्ध' का नाम है।

उस लेख को पढ़कर मौलवी अकरम का दिल मुँह पीटने को चाहा, उन्हें दो बातें बहुत बुरी लगीं। एक तो यह इल्जाम कि मुसलमानों को अपनी शरीयत का पूरी तरह इल्म नहीं। दूसरे, मरदों से बावर्चीखाना सँभालने की ख्वाहिश रखना। उन्होंने एक पुर्जे पर साजदा बेगम को पैगाम भेजा :

''बेगम साहिबा, क्या मैं शाम को तबादल-ए-ख्याल के लिए आपके दौलतखाने पर हाजिर हो सकता हूँ ?''

उनका खत लेकर इस बार उनके घर खाना पकानेवाली बुआ गयी और गलती से वह खत साजदा बेगम की जगह लाल मेहँदीवाले के घर दे आयी। पोते ने जो दादी के नाम खत पढ़ा तो कान तक मुँह सुर्ख हो गया। मोहल्ले में हो रही शरारतों में तो वह भी शामिल था। उसने परचा मोड़ा और सीधा मौलाना अकरम के घर पहुँच गया। बड़ी देर तक पहलू बदलने के बाद उसने परचा मौलाना को थमाते हुए दबी जबान से कहा, ''मौलवी साहब, यह मोहल्ला शरीफों का है।''

मौलाना अकरम कुछ समझे नहीं। उन्होंने पुरजा खोला तो अपनी तहरीर पायी। तेवरी पर बल पड़ गये। चिड़चिड़े लहजे में बोले, ''मियाँ साहबजादे जानते हैं दूसरों के रुक्के पढ़ना एख्लाकी जुर्म है ?''

''मगर किसी परदानशीन खातून की बेहुरमती करना भी तो जायज नहीं है। अब्बा और दादा के रहते किबला आप मेरी दादी से मुलाकात कर क्या बात करना चाहते हैं ?''

''लाहौल''यह खत बीबी साजदा के लिए था। आज के मजमून को पढ़कर मेरा

खून खौल उठा था। मैं उन्हें खबरदार करना चाहता था कि गैरों से दोस्ती और कराबतदारी मुनासिब नहीं है··· रोज-रोज उनका नाम अखबार में छप रहा है। कल तस्वीर भी छपेगी···''

''लाइए मैं यह खत खुद उन्हें पहुँचा देता हूँ।'' लड़के का लहजा नरम पड़ गया और चेहरे पर शर्मिन्दगी-सी उभरी।

''खुदा, तुम्हें नेक मौफीक दे।'' कहते मौलाना उठे और दरवाजे पर बँधी बकरी के पास जा उसे प्यार से थपकने लगे जो कूँडे में मुँह डाल भूसी खा रही थी।

गरमी की छुट्टियाँ खत्म होनेवाली थीं। दिलआरा का दिल उदासियों में डूब गया था। अक्सर वह सोचती कि लड़की निडर हो अपनी ख्वाहिशात को पूरा करने का अहद भी कर ले तो क्या बिना मरद के वह शादीशुदा जिन्दगी में दाखिल हो सकती है ? जमील में जब तक उसे पाने की तमन्ना इस हद तक न पहुँचे कि वह माँ-बाप से कहकर अपना पैगाम मेरे घर न भेजे तब तक बात आगे क्यों कर बढ़ेगी और मैं किस बूते पर शादी से इनकार करूँ ? जज्बा तो दोतरफा होता है। एकतरफा मोहब्बत के बल पर वह ताजमहल तो खड़ा नहीं कर सकती है।

दोपहर का सन्नाटा। गौरैया और मैना फुदक-फुदककर आँगन में पड़े बासी चावल और रोटी के टुकड़े चुन रही थीं। साजदा बेगम बड़े-बड़े सफेद बाल खोले बीच के दर पर बैठी कसीदा पढ़ रही थीं। कल इमाम जाफर अलस्लाम की पैदाइश पर रुऊफ कपड़े वाले के यहाँ जनानी जमाव था। उन्होंने दिलआरा और उसकी दो दोस्तों को बुला रखा था ताकि उनके सामने तरन्नुम से पढ़े जो कि वह टेप करके उन्हें सुनाए ताकि आवाज का उतार-चढ़ाव वह ठीक कर सकें। साजदा ने कसीदे की नयी धुन बनायी थी। उसे बार-बार दोहराकर अल्फाज में रवानी लाना चाह रही थीं। तभी दरवाजे की कुण्डी खड़की।

''कौन ?''

''मौलाना अकरम का अरीजा लाया हूँ।''

''आती हूँ।'' साजदा सर पर साड़ी का पल्लू जमा किवाड़ खोलने पहुँची और ओट से बाहर देखा तो लाल मेहँदीवाले छक्कन का पोता मीर मोहम्मद को खड़े पाया। पूरा दरवाजा खोल उन्होंने सलाम का जवाब देते हुए खत लिया और तुरशी से बोलीं, ''मौलाना अकरम आदमफौज बनाने के ख्वाब देख रहे हैं क्या ?''

''चलता हूँ नानी, मगर यह यकीन दिलाना चाहता हूँ कि मैं किसी दस्ते में शामिल नहीं हूँ। बस गलती से यह खत मेरे घर पहुँच चुका था। आप तक पहुँचाने चला आया··· खुदाहाफिज।'' कहता हुआ बाहर निकला और तीनों लड़कियाँ टेपरिकार्डर लिये अन्दर दाखिल हुईं।

''नानी, आदाब··· देखिए मैं आपके लिए क्या लायी हूँ। चेहरे की छोटी-छोटी झुर्रियाँ

मिटानेवाली यह क्रीम अगर पूरी तरह कामयाब नहीं भी होती है तो यह क्या कम है कि इस उम्र में आपका चेहरा साफ खिला चमकीला बना दे।'' दिलआरा ने क्रीम के साथ का कागज पढ़कर सुनाया।

''तुम्हारी नानी तो विधवा है। फिर यह सब लगाकर किसे दिखाएगी ?'' दिलआरा की सहेली सुषमा बोली।

''दिखाना जरूरी होता है क्या बेटी ? मेरा सुहाग गया तो सजना-सँवरना छोड़ दिया, मगर सेहत का ख्याल तो करना पड़ता है। इन्सान को अपने लिए जीना चाहिए तभी दूसरों को कुछ दे पाता है।'' साजदा ने खत तह करते हुए कहा।

''पहुँचाना है कहीं ?'' दिलआरा बोली।

''वही मौलाना अकरम हैं, प्रोफेसर वर्मा के मजमून के बारे में कुछ बात करना चाहते हैं। मैंने शाम का वक्त दिया है।''

''तू जा सुषमा, खत देकर आ। इसी बहाने किसी मौलवी को देखने का मौका मिल जाएगा। हमेशा पूछती रहती है मौलवी कौन होते हैं, देखने में कैसे होते हैं।''

''रीता को लेकर जाती हूँ।'' सुषमा और रीता खत लेकर बाहर निकलीं और पतंगवाले की दुकान के पासवाले घर की तरफ बढ़ीं।

क्रीम ने चेहरे का मैल धो-पोंछ डाला और सूरजमुखी का फूल शबनम से नहा और खिल उठा। साजदा बेगम ने जो आईना देखा तो देखती रह गयीं। कंघी कर आँखों में सुरमा लगाया और शाम के मुनाजरे के लिए तैयार बैठ गयीं। दिलआरा ने आने का वायदा किया था तो साजदा बी ने कुछ नमकीन और शरबत का इन्तजाम कर लिया था। अब बैठी टेप पर अपनी आवाज में पढ़ा कसीदा सुन रही थीं। सोच रही थीं कि काश ! यह सब-कुछ और पहले से शुरू करतीं तो आज किताबें भी लिखने के काबिल होतीं और रेडियो टी. वी. में जाकर बड़े-बड़े मसलों पर अपनी राय जाहिर करतीं।

''कौन ?'' दरवाजे पर दस्तक हुई।

''मैं...मौलाना अकरम।''

''तशरीफ लाएँ...झुककर सलाम कर साजदा दरवाजा खोल आड़ में खड़ी हो गयीं ! परदा तो उन्होंने कभी किया नहीं था। मेवात की लड़की थीं। बहुत हुआ तो दुपट्टा सर पर रख कान से नाक तक मुँह छुपा लिया। मगर अब साड़ी पहनती हैं। फिर इस उम्र में पहुँचकर वह छोटे-छोटे बन्धनों से आजाद हो चुकी हैं।

''आपके ख्यालात पढ़कर खुशी हुई।'' मौलाना अकरम ने बात का सिलसिला शुरू किया।

''शुक्रिया, सब आपकी इनायत है।''

''आप जानती हैं मुल्क के हालात क्या हैं ? कहीं आरती है तो कहीं रथयात्रा, तो कहीं परिक्रमा। ऐसी हालत में मुसलमान को अपने बारे में कम-से-कम बोलना चाहिए। अगर बोलना जरूरी भी है तो बहुत एहतियात के साथ चन्द जुमलों में बात को कहना

ही समझदारी है।''

''मेरा भी यही खयाल है कि गैरजरूरी अन्दाज से मुसलमानों को हर बात पर भड़कना नहीं चाहिए। इस्लाम खतरे में है, इस सायकी से निकलना पड़ेगा, यह बड़ा बेहूदा खौफ है।''

''यहाँ मैं आपसे मुत्ताफिक नहीं हूँ। खौफ भी है, खतरा भी है और किसी हद तक यह सायकी भी कि उन्हें मिटा देने की साजिश चल रही है जो दरहकीकत आज का सबसे बड़ा सच भी है।''

''थोड़ी देर के लिए मैं मान भी लूँ कि यह सच है तो इसका कोई ताल्लुक इस बात से नहीं है कि हम कुएँ के मेंढक बन अपनी लड़कियों-औरतों को उनसे छुपाने की कोशिश में उनको आजादी के साथ जीने न दें। लगातार हम यह कहें कि औरत-मरद बराबर हैं मगर जब मौका आए तो हम औरतों को घरों में दबाकर उन पर दोहरा जुल्म ढाएँ, एक घरेलू सियासत के जरिये दूसरा नेशनल पॉलिटिक्स के लेविल पर कि उन्हें अमन, सुरक्षा के नाम पर कैद कर उन्हें बुनियादी जरूरतों से सिर्फ इसलिए महरूम कर दें कि उनके मरद एक बनावटी 'गैरत' का कवच ओढ़कर मुकाबले से डरते हैं ?''

''आप सीधा हमला मर्द की 'गैरत' पर कर रही हैं, जो मुनासिब नहीं है। हमारी औरतों से कोई परखाश नहीं है बेगम साहिबा, मगर निकाह की नयी शर्तें वगैरह सरासर मरद की तौहीन है। एक बार लड़की बाहर निकली और भीड़ में गुम हुई नहीं कि मुसलमान इस मुल्क में अपनी पहचान खो देंगे और सब-कुछ यूनिफार्म ला में बदल कर रख दिया जाएगा, जो किसी हाल में मुसलमानों को मंजूर नहीं होगा।'' मौलाना अकरम ने जोश में काँपते हुए कहा।

''लीजिए, पहले शरबत नोश फरमाएँ।'' जल्दी से उठ बादाम के ठण्डे शरबत का गिलास फ्रीजर से उठाकर अकरम साहब को पेश किया। गरमी काफी थी। पंखा घूम रहा था मगर उमस में वह भी ठण्ड नहीं पहुँचा रहा था। दोनों ठण्डे शरबत का घूँट भरने लगे। काफी देर खामोशी रही।

''औरतें कहीं पीछे नहीं हैं। न पैगम्बर के दौर में थीं न मुगल दौर में और न अब काँग्रेस के दौर में, मरदों से शानाब शाना मिलाकर चल रही हैं मगर बेहूदा आजादी...''

''देखिए अकरम साहब...''

''एक तो मुझे एतराज है आपके अन्दाज पर...मैं मौलाना हूँ अकरम नहीं। आप बराबर मुझे...''

''माफ करिएगा मौलाना साहब, चूँकि हम मसलों पर तबादला-ए-ख्याल कर रहे थे तो मैं आपको एक इण्टलैक्चुअल समझ रही थी। ख्याल नहीं रहा कि आप एक मखसूस तबके से हैं !''

''कोई बात नहीं, आप कहें क्या कहना चाह रही थीं ?''

''बात औरत को बाहर निकालने या मरद के मुकाबिल खड़ा करने भर की नहीं

है बल्कि बात उसे एक इन्सान समझकर उसकी पूरी शख्सियत की है। उसको वह सारे हक मिलने चाहिए जिससे वह अपनी दिमागी और जज्बाती जरूरतों को पूरी कर सके और एक सेहतमन्द नजरिये के साथ वह इस दुनिया के हर फैसले में शामिल हो सके। मगर आप लोग तो वह हक भी नहीं देना चाहते हैं जो उसे चौदह सौ साल पहले मिल चुके हैं, बस उसके लिए रूहानी तौर पर तहखाने-दर-तहखाने तैयार किये जाते हैं। शाहबानो केस में सारी दुनिया के मुसलमान दाँतों-तले उँगली दबाये आप लोगों की ज्यादती को देखते रहे कि गुजारा रकम आप पर भारी पड़ रही है उस औरत के लिए जिसने अपनी जिन्दगी के बेहतरीन साल शौहर के घर में झोंक दिये ? आप लोगों की सारी ताकत इस बात पर खर्च हो रही है कि हम कैसे हिन्दुओं से अलग अपनी पहचान बनाये रखें। मगर मौलाना साहब, इस कोशिश में इस्लाम और शरीयत का ज्यादा पाबन्द होना जरूरी है, तभी सच्चा मुसलमान वजूद में आएगा, न कि उसके खिलाफ कदम उठाकर आप दीन के रहते हैं न दुनिया के ?''

''देखिए मेरी नमाज का वक्त हो रहा है। मस्जिद में सब मेरा इन्तजार कर रहे होंगे। आज एजाजत दीजिए फिर किसी वक्त हाजिर हूँगा।'' कहते हुए मौलाना अकरम ने हाथ का खाली गिलास मेज पर रखा और अदब के साथ झुककर सलाम किया और बाहर निकले।

साजदा बेगम दरवाजे तक उन्हें छोड़ने आयीं। दिल-ही-दिल में बोलीं : 'काश ! आज वह जिन्दा होते तो देखते उनके घर कौन आया था। उन मसलों पर बात करने जो औरतों के लिए ममनून हैं। खुशी में मौलाना की कितनी खातिर करते। मैं अकेली औरत अब उनकी क्या आवभगत करती। कहने को पाँच औलादें हुईं मगर सब मर गयीं। उनके लिए रो-रोकर थक गयी। अब तो यही लड़कियाँ औरतें हैं जो अपनी औलादें भी हैं और नाते-रिश्तेदार भी। सुनन्दा को देखो जरा, उसकी और मेरी किस्मत में कोई फर्क है ? औरतों की किस्मत खुदा एक-सी क्यों लिखता है ?'

साजदा बी को दिलआरा के घर से तुरन्त बुलावा आया तो वह समझ न पायीं कि आखिर ऐसा कौन-सा पहाड़ टूटा है जो रात के दस बजे उसका भाई उन्हें लेने आया है। जैसी बैठी थीं वैसे ही चल पड़ीं। उन्हें तो यह शक भी न गुजरा कि उन्हें मुजरिम समझकर पूरा खानदान उन्हें कटघरे में खड़ा कर देगा। वह तो नाक पर उँगली धरे टुकुर-टुकुर कभी दिलआरा की माँ का चेहरा ताकतीं तो कभी फूफी का, जो तेजी से छालिया काटती उन्हें इल्जाम पर इल्जाम दिये चली जा रही थीं।

''देखो खाला ! लड़की को समझाओ। बौरा गयी है। माना कि पढ़ने में तेज है, फर्स्ट आयी है, मगर इसका यह मतलब नहीं कि शादी से इनकार करे। अल्लाह की शान देखो, बित्ता भर की लड़की है, धमकाती है मुझे कि जो जोर-जबर्दस्ती की गयी तो वह निकाह के वक्त इनकार कर देगी, बारात लौटा देगी।''

''तो इसमें साजदा बी कहाँ से आ गयी ?'' साजदा बी ने उलझकर कहा।

"क्यों नहीं आएँगी साजदा बी ? बात-बात पर हदीस, शरीयत और रिवायतों का हवाला तो आपके ही बताने से देती है, कोई मेरे पेट से तो सीखकर आयी नहीं थी खाला ?"

"तो बुरा क्या करती है। पूछो क्या चाहती है। आखिर तुम माँ हो !"

"खाला, यह गिरह तो अब आप खोलें। मैं खुद आती, मगर आपको तकलीफ इसलिए दी ताकि इसके रंग-ढंग अपनी आँखों से देख लें। कल लड़केवालों के बारे में पता लगाकर दिलआरा के अब्बा लौट रहे हैं और यहाँ यह तूफान मचा है !"

"मुझे इण्टर पास लड़के से शादी नहीं करनी है।" दिलआरा अंगारे बरसाती आँखों से माँ, फूफी को घूरती रही। फिर पैर पटकती दालान पार कर कमरे की तरफ भागी। उसका यह अन्दाज साजदा बी के लिए नया था। कल शाम को आयी थी तो बिलकुल सहज थी। जरा भी गुमान नहीं गुजरा था कि अपने अन्दर तूफान दबाये बैठी है। माँ, फूफी को दिलासा दे साजदा बी घर लौट आयीं। मन में धुआँ उठ रहा था कि यह कैसी माँएँ हैं जो अपने बच्चों के दिल का हाल नहीं जानतीं ? औरत होकर लड़की के अरमान और मासूम ख्वाहिशों को नहीं समझ पाती हैं ? लड़की को पढ़ा रही हैं कॉलेज में और उसकी शादी करना चाहती हैं अपनी मरजी से···अरे, हर लड़की बकरी नहीं होती है जो गरदन बँधवाने पर राजी हो जाए।

दिलआरा की सखी सुषमा से सारी बातें निकलवाकर साजदा बेगम ने रिक्शा मँगवाया और सीधे पहुँच गयीं जमाल के घर। कच्चे घर के आँगन में मुरगी, बकरी, बत्तख और दो छोटे बच्चों ने घुड़दौड़ मचा रखी थी। बावर्चीखाने के खुले दालान में जवान औरत सिल पर मसाला पीस रही थी और एक बूढ़ी औरत खुर्री पलँग पर बैठी पुराना स्वेटर उधेड़ रही थी। यह सारा नजारा देखकर साजदा बी जमाल के दिल व दिमाग की कैफियत जान गयीं कि कहाँ दिलआरा का बड़ा पक्का घर और नौकर, मोटर और कहाँ गुरबत की यह मासूमियत। तभी पिंजड़े का तोता चीख पड़ा, "बीबी, कोई आया है···कोई आया है।"

"कौन ?" दोनों औरतों की आँखें एक साथ साजदा बी पर अटक गयीं।

"आदाब, मैं साजदा हूँ।" साजदा बी मुसकराती हुई आगे बढ़ीं।

"अरे, कैसे आना हुआ हम गरीबों के घर।" हड़बड़ाकर बूढ़ी औरत पलँग से खड़ी हो गयी।

"बस, नूर मियाँ के घर मिलाद पढ़ने आयी थी, इधर से गुजरी तो जमाल का खयाल आया। वह प्रोफेसर वर्मा हैं न, उन्होंने कुछ किताबें मेरे लिए भेजी होंगी।" साजदा बी ने बात सँभाली।

"जमाल शाम को जैसे ही आता है, आपके पास भेजती हूँ।" जवान औरत ने कहा।

"अच्छा फिर चलती हूँ···आदाब !" साजदा बेगम रुकीं नहीं, उनके लाख रोकने

पर, वह जिस लिए आयीं थीं वह काम हो गया था। अब घर पहुँचकर दिलआरा को बुलाना था।

जाड़े की शाम कुछ पहले ही घिर आती है। साजदा बी ने कोयले की अँगीठी दहका ली थी। सुनन्दा को भी बुला लिया था। अब दोनों सखियाँ बाजरे का मलीदा बना रही थीं। साजदा बी की नजर घड़ी पर टिकी हुई थी। जमाल अभी आया नहीं था। लगभग छह बजे किसी ने दरवाजा खटखटाया तो साजदा बी की जान में जान आयी। दरवाजा खोला तो सामने एक खूबसूरत जवान को खड़े पाया। समझ गयीं, अन्दर आने का इशारा करती हुई कमरे की तरफ मुड़ गयीं। लड़का सलाम कर झिझकता हुआ अन्दर आया।

"जी ! प्रोफ़ेसर वर्मा ने मुझे कोई किताब नहीं दी···।"

"मैंने तो तुम्हें बुलाने का बहाना किया था मियाँ जमाल, वरना दिलआरा तो मुझसे सब कुछ छुपाये बैठी थी। इनसे मिलो यह तुम्हारी मौसी सुनन्दा हैं और यहाँ अँगीठी के पास आकर बैठो, बाहर तो गजब का जाड़ा है।"

"यह लो बेटा, जरा मलीदा चखो।" सुनन्दा ने कटोरी आगे बढ़ायी।

"तुम्हारा शादी का इरादा कब है ? देखो साफ बात करना, मैं तुम दोनों की मदद करना चाहती हूँ, अगर घरवाले राजी नहीं हैं तो···।"

"जी।" जमाल ने माथे का पसीना पोंछा।

"जबान खोलो मियाँ ! मरद की तरह बोलो, मेमने की तरह मिमियाओ नहीं।" साजदा बी ने झाड़ा।

"मैं बेकार हूँ···बहनोई मेरा और मेरी माँ का खर्च उठाये हैं। वह एक प्लास्टिक की फैक्टरी में काम करते हैं। उनकी तनख्वाह बहुत मामूली है···मुझे पता नहीं था कि दिलआरा के अब्बा मेहमान होटल के मालिक हैं और पैसेवाले हैं। अब मैं किस मुँह और हौसले से पैगाम भिजवाऊँ ?" जमाल एक साँस में सच बोल गया, जिसको सुनकर साजदा बी सन्नाटे में आ गयीं।

"फिर उस वायदे का क्या होगा जो तुमने दिलआरा से किया था ?" सुनन्दा ने खामोशी तोड़ी।

"मैं उसे कहाँ रखूँगा शादी के बाद ? फिर उसके माँ-बाप क्यों करेंगे मुझसे शादी ? मैंने इस तरह का कोई वायदा दिलआरा से नहीं किया था। सच पूछो तो वायदा मैंने अपनी माँ से किया था। उसे पूरा करना चाहता हूँ। मुझे बहनोई के अहसानों का बदला चुकाना है और मुझे पता है कि मेरी सारी जिन्दगी कर्ज उतारते गुजर जाएगी और···" जमाल का गला रुँध गया।

"इन्सान अपने लिए भी जीता है।" साजदा बोली।

"मेरे सारे ख्वाब और ख्वाहिशें मेरी मजबूरी ने फिलहाल मुझसे छीन लिये हैं। दिलआरा को मुझसे शिकायत होगी मगर मैं मजबूर हूँ···अच्छा अब एजाजत दें।" इतना

कहकर जमाल उठा और तेजी से घर के बाहर चला गया। साजदा बी को लगा, कहानी खत्म हो गयी। नदी के दो किनारे वह चाहने के बावजूद मिला नहीं सकती है और अब सवाल था कि दिलआरा आयी तो वह उससे क्या बात करेंगी जो अपने हक को पहचान चुकी है ? जो घर में तूफान मचाकर इन्कलाब का परचम लहरा चुकी है। क्या वह पीछे लौटेगी ?

खुले दरवाजे से दिलआरा दाखिल हुई जिसे खोलकर जमाल अभी-अभी गया था। उसके चेहरे पर तनाव था। कमरे में सुनन्दा को बैठा देख उसने राहत की साँस ली कि साजदा नानी कल रात की चर्चा नहीं करेंगी। मगर उसे नहीं पता था कि साजदा बी हर मुश्किल की घड़ी बिना सुनन्दा के नहीं काट पाती हैं, इसलिए दिलआरा के बैठते ही उन्होंने बड़े आराम से कहा :

''जमाल आया था, इसमें ताज्जुब की क्या बात है ? सुबह मैं उसके घर गयी थी। उसके हालात देखे, वह मजबूर है।''

''लेकिन मैं मजबूर नहीं हूँ।''

''ताली दोनों हाथों से बजती है। वह तुम्हारी तरह सब-कुछ छोड़ने पर राजी नहीं है। उसके हालात और तुम्हारे हालात में फर्क है।''

''बुजदिल !'' गुस्से से काँपती आवाज से दिलआरा बोली। उसकी आँखों में आँसू भर आये थे।

''धैर्य से काम लो'', सुनन्दा बोली।

''ऐसे मरदों के लिए आपकी शरीयत में कोई कानून है ? अब भला मैं क्या करूँ, कहाँ जाऊँ, बताइए न मुझे साजदा नानी, इस हक को लेकर क्या करूँ ?'' तेवर तीखे हो उठे दिलआरा के।

''अपने हक के साथ दूसरों के हक का भी ख्याल करना जरूरी है। फिर बेटी, इन्सानी अहसास बड़े पेचीदा होते हैं। उन्हें कानून किसी हद तक हल करने की कोशिश करता है मगर...।''

''सच पूछे तो आपके पास ऐसे मरदों के लिए कोई कानून नहीं है...बुजदिल मरदों के लिए, जो हालात के आगे हथियार डाल दें, उनको क्या सजा देता है आपका कानून ?''

''छोड़ने की।'' साजदा बी ने तमतमाते चेहरे के साथ बड़ी ठहरी आवाज के साथ कहा, जिसे सुन सुनन्दा चौंक पड़ी और दिलआरा धक से रह गयी। कुछ देर वह साजदा बी का चेहरा ताकती रही, फिर चुपचाप उठकर कमरे से बाहर निकल गयी।

''यह क्या कह दिया तुमने ?'' सुनन्दा बेचैन हो उठी।

साजदा बी ने सखी के प्रश्न का कोई उत्तर नहीं दिया। उनके पास कोई जवाब था ही नहीं। क्योंकि वह जानती थीं कि इन्सानी मुश्किलों को कानून से हल तो किया जा सकता है मगर अहसास को कानून के जरिये काबू में नहीं लाया जा सकता है।

जमाल और दिलआरा वही करेंगे जो उन्हें मुनासिब लगेगा। अब उनका कोई रोल इस कहानी में नहीं रह गया है, किरदार खुद अपनी कहानी लिखेगा।

रोज की तरह सूरज वहीं से उगा जहाँ से रोज उगता था। पूरी दुनिया उसी तरह सूरज के चारों तरफ चक्कर लगाती रही जैसे रोज लगाती थी। कहीं कुछ बदला नहीं था। फिर दिलआरा कैसे बदलती, वह भी अपनी जिद पर अटल थी। जिसको वह पसन्द नहीं करती उससे वह शादी क्यों करे ?

□

पुराना कानून

गुलाबबाड़ी में बड़े लाल ने पानी का पाइप लगा दिया और खुद हरी-हरी घास पर लेट नीले आसमान को ताकने लगा। सफेद बादलों के फूले गुप्फे और उड़ान भरती चिड़ियों को देखने में उसे बड़ा सुख मिल रहा था। ठण्डी हवा गरम धूप के बीच बदन को थपकियाँ देने लगी। उसने आँख मूँद ली। मिट्टी की सोंधी महक गुलाब की गन्ध के साथ मिल उसके नथुने से होती नशा बन दिमाग पर छाने लगी। उसे झपकी-सी आ गयी।

"ए बड़े लाल सोवत हो का ?" नन्हे माली ने खाली टोकरियाँ गुलाब की क्यारियों के पास रखते हुए कहा।

"आये गये हो तो अपना काम करो।" बड़े लाल ने झिड़कते हुए कहा, और आँखों पर अँगोछा डाल लिया।

नन्हे माली अधखिली कलियों के लाल-लाल अंगारे टोकरियों में डालने लगा। आज उसे गुलाबबाड़ी पहुँचने में देर हो गयी थी। दिल-ही-दिल में परेशान हो रहा था कि बाकी माली फूल ले गये होंगे, उसके हिस्से में कुछ बन्द कलियाँ या पूरे खिले फूल बचे होंगे जो माला में पिरोते-पिरोते झरने लगेंगे। मगर यह देखकर उसकी बाँछें खिल गयीं कि क्यारियाँ गचागच मोटी अधखिली कलियों से अटी पड़ी थीं। नवाब और लक्ष्मण को बाड़ी में घुसता देख वह एकाएक खड़ा हो गया। फिर इतमीनान से बैठ उसने दूसरी भरी टोकरी सरकाकर मन-ही-मन कहा, "लागत है यह भी जुलूम में फँस गये रहे।"

"लाला रामदीन के घर कल शादी है मगर बेदी आज से सजनी शुरू हो जाएगी। जाने कितने टोकरे फूल के लग जावेंगे सो सारे दिन फूल बटोरवाएगा रस्तोगी बाबू।" लक्ष्मण ने आते ही काम शुरू कर दिया।

"बड़े लोगों की बड़ी बातें। एक रात में लाख-दो लाख फूलों की सजावट पर लुटा देवें तो भी जेब खाली न होवे।" नवाब जेब से बीड़ी निकालते हुए बोला और आगे बढ़ बड़े लाल के पास बैठ उसे सुलगाने लगा।

"कस हो बड़े लाल, रात रतजगा मा गये रहे का ?"

"सुसरे तुम लोग···" बड़े लाल झुंझलाकर उठ बैठा।

"लेव पियो तो।" पूरी बात करने से पहले ही नवाब ने उसके होठों में बीड़ी लगा दी।

"दिन चढ़े तुम सब कहाँ से आये रहे हो ?" बड़े लाल ने एक साथ कई कश खींचकर कहा।

"भगवा लोगन का जुलूस रहा। खचाखच सड़कवा भरी रही। मुलतान हलवाई के छोकरे ने कुत्ते को जो ढेला उठाकर मारा तो किसी के मुँह से निकला कि क्यों मार रहे हो भाई, बस कहर बरपा होइ गवा। ऐसी भगदड़ मची की बस, वह तो कहो पुलिस साथ थी वरना···" नवाब ने बीड़ी फेंककर कहा और उठकर टोकरा उठाया।

नन्हे माली ने सड़क की तरफ गरदन उठाकर देखा। वहाँ कोई नहीं था। उसने भरे टोकरों को गीले कपड़े से ढका और एक-एक उठाकर दरवाजे के पास रखने लगा। धूप चढ़ रही थी। उसके चेहरे पर परेशानी उभरी। तभी घण्टी बजाते रिक्शे पहुँच गये। दोनों रिक्शों पर उसने टोकरे जमा रस्सी से उन्हें बाँध दिया और खुद उचककर एक कोने पर बैठ गया। रोज तो वह पैदल आता है और पैदल जाता है, मगर आज बात कुछ और है। मुन्ना ठेकेदार के घर शादी है। सहरा, हार, जूड़े के फूल, माला और छप्परखट की झालरदानी शाम तक तैयार करना है।

'कहाँ रह गये थे ?" घर पर जैसे ही रिक्शा रुका अफसाना की अम्माँ ने मियाँ को ताका और टोकरा उठा अन्दर कोठरी की तरफ बढ़ी।

नन्हे के भाई और बेटे ने तेजी से उठकर मलमल की चादर बिछायी और फूल बाँधना शुरू कर दिया। चमकीले तार फूलों के बीच काँटे की कमी पूरी कर रहे थे। अफसाना भी पिसा मसाला सिल पर से उठा अब मिट्टी से हाथ धो रही थी ताकि लहसुन-प्याज की महक फूलों को न छुल जाए। सारा घर सर जोड़कर काम में लग गया था। अफसाना की माँ चूल्हे के पास बैठी रोटी सेंक रही थी। जब सारा घर खाना खा के कुछ देर कमर सीधी करेगा उस वक्त अफसाना की अम्माँ तेजी से चोटी में लगाने के लिए माला गूँथने बैठ जाएगी।

मुन्ना मियाँ ठेकेदार का घर बिजलियों के छोटे-बड़े कुमकुमों से सजा था। मेहमान अपनी-अपनी जगह बैठ चुके थे। शरबत, चाय का दौर चल रहा था। काजू-पिस्ते की मिठाई और नमकीन की तश्तरियाँ मेहमानों के बीच घुमायी जा रही थीं। बारात आने में आधे घण्टे की देर थी। इसलिए मालिन भी अन्दर जनाने में एक कोने में टोकरा रख बैठी हुई थी। नेग तो ले चुकी थी। बाहर नन्हे माली ने भी सौ का नोट जेब में मोड़कर डाल लिया था। अधमुँदी आँखों से वह बैठा-बैठा अफसाना की शादी का मंजर देख रहा था। अब वह चौदहवाँ साल पूरा कर पन्द्रहवें में गयी है। शादी के लायक तो हो ही गयी है।

एकाएक शोर उठा। बारात चौराहे पर पहुँच गयी है। सारे घर के मरद हाथ बाँध

पण्डाल के दरवाजे पर आन खड़े हुए। गजरों की डण्डी पकड़ नन्हे माली भी खड़ा हो गया। गले मिलने की रस्म शुरू होते ही गजरे की जरूरत पड़ेगी। उसके दिमाग में फिर अफसाना लाल जोड़े में आन खड़ी हुई। उसी के साथ सवाल उठा कि इस दुल्हन का दूल्हा कौन होगा ? बदलू का लड़का छोटू या फिर सुभान का बड़ा लड़का गोलू···यह सब बेकार हैं। इनसे शादी करने से कहीं अच्छा है कि···क्या पूरी उम्र लड़की को घर बिठाये रखोगे। आखिर लड़के बिरादरी में सब ऐसे ही हैं। काम के बाद पतंग उड़ाना, कौड़ी खेलना या फिर मुन्नू पानवाले की दुकान पर जाकर जाने कौन-कौन-सी पुड़िया फाँकना···

बारात पहुँच गयी थी। दूल्हा घुटने तक झूलता सेहरा पहने जब दाखिल हुआ तो अपने हुनर पर नन्हे माली का कंकालनुमा सीना फूल कर कुप्पा हो गया। लाल गुलाबों का हार पहने समधी आगे बढ़ने लगे। जब सब सोफे पर बैठ गये तो नन्हे माली ने टोकरा उठा गुलाब की पत्तियों को भर-भर हाथ मेहमानों पर निछावर किया तो कुछ ने खुश होकर रुपये दिये, कुछ ने झेंपकर हँसते हुए हाथ उठाकर पसन्दीदगी का इजहार किया। समधिनों की चोटी, जूड़े में अफसाना ने चोटी-माला और बेनी लगायी, बदले में सबने मीठी मुसकान दी।

रात को गुलाब की महक से गमकती कोठरी में जब ठेकेदार के घर से लाया खुशबूदार खाना सब खाने बैठे तो कपड़े-लत्ते, जेवर की बातें होती रहीं। बारात शहर की थी। खूब रौनकदार थी। जमीर पटाखेवालों का लड़का था। बारात आने के बाद जो आतिशबाजी पेश हुई तो देखनेवालों की आँखें चुँधिया गयीं। बरसों पहले इलाहाबाद की नुमाइश में इस तरह का शो देखा था। यही सारी बातें करते सब सो गये।

सुबह जब नन्हे माली गुलाबबाड़ी जाने के लिए तैयार होने लगा तो अफसाना की अम्माँ ने बताया कि कल शकूरन भी समधिनों के संग आयी थी। चलते हुए अफसाना को अपने बेटे के लिए माँगने लगी जो सिविल लाइन्स में राजू फूल शॉप पर गुलदस्ते बनाने का काम करता है। कह रही थी कि जापानी तर्ज के गुलदस्ते सजाने की ट्रेनिंग उसने ली है और तभी उसका बनाया एक-एक गुलदस्ता, सौ-डेढ़ सौ में निकल जाता है। शादी के बाद अपनी दुकान खुद खोलने का इरादा है।

लड़का नन्हे माली को पसन्द आ गया और अठारह बखरीद शादी की तय हो गयी। न्यौता बँट गया। जहेज थोड़ा-बहुत जो भी था, जेवर कपड़ा वह टक, सिल बनकर तैयार हो गया। मेहँदीवाले दिन जमकर गाना-बजाना हुआ। दूसरे दिन आठ बजे निकाह था। लड़की की बिदाई के बाद तो रोना और घर का सूनापन। उससे घबराकर शायद पहले ही जी-भरकर खुशी मनाने की रस्में हो जाती हैं। नन्हे माली ने पूरी जिन्दगी की कमाई बेटी की शादी पर लगा दी थी। दो कोठरियों का घर-आँगन पिछले चार दिनों से लाल-पीले बल्बों से सजा हुआ था।

नन्हे माली शादी से निबटकर अपने को बहुत हल्का महसूस कर रहा था। लड़की

को शौहर ही नहीं घर भी अच्छा मिला था। अधेड़ उम्र की सास और ससुर दोनों ही गजरे बना हजरत अब्बास की दरगाह के सामने बेच रोज इतना कमा लेते थे कि पेट भर सकें, जुमे-जुमेरात को उनकी बिक्री ज्यादा हो जाती थी जब औरतें फरयादी मातम करने आतीं या फिर कोई मन्नत पूरी होने पर चढ़ावा चढ़ाने आतीं। जब से लड़का नौकरी पर लगा है ऊपर से पाँच-छह सौ की आमदनी होने लगी तो घर-द्वार सँभल गया। अब अफसाना की कलाकार पतली उँगलियाँ मिनटों में जूही-चमेली की कलियों की चादर बना डालतीं जिसको देख शकूरन दाँतों-तले उँगली दबा लेती थी। सास-ससुर की चहेती अफसाना अपने शौहर पर बुरी तरह फिदा थी। खासकर सुबह जब वह जीन्स पर शर्ट डाल चमकते जूते पहन, शैम्पू किये फरहरे बाल माथे पर डाल राजू फूल शॉप के लिए साइकिल लेकर निकलता था तो उसका नन्हा दिल कानों में धड़कता महसूस होता।

पतली तंग गली में अफसाना का शौहर शमीम पलकर बड़ा हुआ था। अब खुली चौड़ी सड़कों पर भागती मोटरों और बढ़िया कपड़ों में गुजरते लोगों को देख-देखकर शमीम ने अपनी नयी पहचान बना ली थी। कार से उतरकर जब कोई मेम साहब उससे फूल का गुलदस्ता बँधवाती या फिर कॉलेज की लड़कियाँ आकर आपस में गिटपिट कर हँसतीं तो उसे जैसे दूसरी जिन्दगी मिल जाती। शाम को जब वह घर लौटता तो पूरा माहौल उसे उदास कर देता। माँ का दाँतों में खिलाल करना, अब्बा का खाने के बाद डकार लेना और माथे तक दुपट्टा खींचे अफसाना का मलगीजा शलवार-कुरता उसे आक्रोश में भर देते। चेहरा तन जाता और अफसाना डर जाती। फूलों के नाजुक तन में से जब सूई डाल तागा खींचती तो उसे लगता यह सारे फूल उसके अहसास हैं जो शमीम के लिए एक के बाद एक पंक्तिबद्ध हाथ में हाथ डाले खड़े हैं।

काफी दिनों से शमीम के दिल में अपनी दुकान खोलने की ख्वाहिश थी। किसी ऐसे मोहल्ले में जहाँ फूलों की बिक्री हो सके वरना आसमान से छूता दुकान का किराया, वह कहाँ से आएगा ? हाईस्कूल पास करने के बाद उसने पहले ही माँ-बाप से कह दिया था कि वह कोई ऐसा काम करेगा जिससे उनकी समाज में पूछ हो, इसीलिए जब शकूरन आई. जी. साहब के यहाँ बिस्मिल्लाह में फूल की पिटारी ले पहुँची तो उन्होंने खुश होकर लड़के की नौकरी अपने दोस्त राजू खन्ना के यहाँ लगवा दी, जिनकी बहुत बड़ी जेवरों की दुकान थी जिसके एक तरफ उन्होंने नया-नया फूल कारनर खोलने का इरादा बनाया था।

शाम को छुट्टी के दिन अफसाना को लेकर शमीम सिविल लाइन्स घुमाने ले जाता ताकि वह एक से एक फैशनेबिल औरतों, लड़कियों को देखकर खुद को बदले। फिल्म भी इसी ख्याल से ले जाता था। मगर उसके ख्वाब पूरा करने के लिए अफसाना को मोहल्ला, घर और माहौल तीनों को बदलना पड़ता। अगर वह ऐसा करती तो रहती कहाँ ? साड़ी पहन, जूड़ा बाँध अगर वह सड़क पर कॉलेज गर्ल की तरह पर्स हिलाती

चलती तो मालिनों की बिरादरी में उसकी गुजर क्यों कर होती और सास-ससुर के संग उसकी कैसे बनती ?

"अफसाना···अफसाना तुम यहाँ क्यों सोयी हो ?" एक दिन शकूरन ने उसे अकेला सोता पड़ा देख पूछ लिया। नींद से उठी अफसाना कुछ जवाब दिये बिना फिर झूमती-सी बिस्तर पर लुढ़क गयी। आधी रात को जगी शकूरन का माथा ठनक गया। फिर उसे सारी रात नींद नहीं आयी। अजीब विश्वासों से दिल भारी हो उठा। साल से ऊपर होने को आया मगर अफसाना की गोद न भरी। अब उसे लग रहा था कि जाने कब से मियाँ-बीवी अलग सो रहे हैं तो फिर खुदा भरोसे तो गोद भरने से रही !

सुबह से आसमान पर बादल छाये थे। सर्दी शबाब पर थी। मफलर गले में डाले शमीम दुकान के सामने खड़ा था। वही कलवाली लड़की सामने से गुजरी। उसने नजरें दूसरी तरफ घुमा लीं और अन्दर आकर फूलों को ठीक करने लगी। तभी दरवाजे की घण्टी बजी और जब वह मुड़ा तो वह दुकान के अन्दर खड़ी थी। उसके चेहरे पर मुसकान थी। उसने लाल गुलाब की एक शाख उठायी।

"चौबीस रुपये दर्जन।" शमीम ने कहा।

"इसको पैक कर दें।"

"साथ में कोई और फूल, ग्लैडयूला···रजनीगन्धा और···"

"बस यही एक शाख।" इतना कह उसने पर्स खोल रुपये निकाले और प्लास्टिक में लिपटी शाख पकड़ी और कुछ देर शमीम को देखती रही। फिर उसने वह शाख शमीम की तरफ बढ़ाते हुए कहा :

"आई लव यू।"

"जी !" शमीम धक से रह गया। जीन्स और पुलोवर में लिपटी वह लड़की अपने खुले बालों के संग मुसकुरा रही थी। उसने बौखलाकर फूल पकड़ा। तब तक वह लड़की दरवाजा खोल बाहर जा चुकी थी। उसी के पलभर बाद कई ग्राहक एक साथ गुलदस्ता लेने पहुँच गये और शमीम एक के बाद दूसरे की फरमाइश पूरी करने में लग गया।

शमीम की जिन्दगी का यह नया अध्याय था जिसने उसको पिछली जिन्दगी से काटकर रख दिया था। रुबीना एक दर्जी की बेटी थी जिसकी दुकान चौक में थी। लेडीज टेलर की यह दुकान खूब चलती थी। रुबीना के दो भाई और एक छोटी बहन थी। जेब-खर्च में मिले और कुछ घर से चुराये पैसों से रुबीना शमीम के लिए कभी शर्ट तो कभी स्वेटर, कभी जूता तो कभी कोई सेण्ट खरीदती। इतने बढ़िया कीमती उपहारों के बदले में शमीम हमेशा घर से लाये देसी लाल गुलाब की एक खिली महकती शाख उसे देता। उनकी मुलाकातें रोज होतीं। रुबीना का कॉलेज पास ही था। शाम को जब वह दुकान बन्द कर खन्ना ज्वेलर्स में चाबी देकर घर लौटने लगता तो एक चक्कर लीडर रोड का जरूर लगा लेता, जहाँ पर रुबीना किसी-न-किसी बहाने कमरे की खिड़की पर

आन खड़ी होती थी।

रुबीना की शादी की बात जब घर में चलने लगी तो रुबीना को जैसे होश आ गया और शमीम को 'सकता'। उसने दिल के धड़कने का कोई ताल्लुक अपने शादीशुदा होने से नहीं लगाया था, मगर अब वह जवाबदेह था। रुबीना उसकी पसन्द थी और अफसाना उसके माँ-बाप की। पहले दिन से उसे यह शादी मंजूर नहीं थी। वह तरक्की करना चाहता था। प्राइवेट पढ़ाई जारी रखना चाहता था मगर शादी ने उसके रास्ते बन्द कर दिये थे। रुबीना को इसीलिए वह खोना नहीं चाहता था। या यह रास्ता उसके सपनों का था। अगर उधर नहीं गया तो वह अँधेरे में डूब जाएगा, हमेशा हमेशा के लिए।

शमीम बहुत दिनों तक रुबीना से असलियत नहीं छुपा सका और उसे बताना पड़ा कि वह शादीशुदा है और मजबूर है। वह रुबीना से शादी नहीं कर पाएगा। इस सचाई से दोनों टूट-से गये। हफ्तों नहीं मिले मगर एक दिन रुबीना दुकान में आयी और सीधे बोली, "तुम अफसाना को तलाक नहीं दे सकते ?" इतना कहकर वह ठहरी पल भर भी नहीं और चली गयी। उसके उतरे चेहरे और कमजोर बदन को देख शमीम हिल-सा गया था। अब उसका दिल न दुकान में लगता न घर में। बेकरार-सा वह रात को कई-कई चक्कर लीडर रोड का लगा आता था। इससे भी सुकून नहीं मिलता था। बेटे की बेचैनी बाप से छुपी नहीं रह सकी। वह पूछता भी तो शमीम बताता नहीं। सच तो यह है कि जिस दिन से बेटे का नाम उसने स्कूल में लिखवाया था उस दिन से उसे बराबर महसूस होने लगा था कि बेटा बेगाना होता जा रहा है। बोलने-चालने, उठने-बैठने में और अब…?

नन्हे माली के घर दूसरी शादी थी। अफसाना भाई की शादी में जो घर आयी तो माँ-बाप को लगा, बेटी उस तरह खिली नहीं जैसे शादी के बाद लड़की को खिलना चाहिए। नन्हे रात भर करवटें बदलता रहा कि अफसाना की आँखों में आखिर इतनी उदासी क्यों है। उसमें वह चहक, वह खिलखिलाहट, वह चर्बी की हल्की पर्त, जो औरत की खुशहाली की निशानी होती है, आखिर अफसाना से दूर क्यों है ? रात को सोया तो सपना देखा कि गुलाबबाड़ी में लक्ष्मण नवाब, सत्तू और बुलाकी के संग खाली टोकरा लिये मैदान में खड़ा है, क्यारी की क्यारी सूखी पड़ी है। गुलाब की मुरझायी कलियाँ गरदन लटकाये सूखे झाड़ पर लटक रही हैं। घबराहट में उसकी आँख खुली तो माथे पर पसीना छलक आया। आखिर यह कैसा ख्वाब देखा उसने जबकि कल नयी बहू आने वाली है ?

शादी-चौथी सब खुशी-खुशी निपट गयी। अब अफसाना को भी ससुराल भेजना था। उसे आये हफ्ता गुजर गया था। एक जोड़ा कपड़ा, चावल, गुड़ और नकदी अफसाना की अम्माँ ने बेटी के लिए तैयार करके रखा था कि कल जुमा है। अच्छे दिन

बेटी ससुराल जाये। आज उसने पुराने पीपलवाले मौलवी साहब से तावीज लाने और अफसाना को फुँकवाने का तय किया था ताकि उसकी गोद जल्द से जल्द भरे। सकीना की माँ उन दोनों माँ-बेटी को लिवाने आ गयी थीं।

तीनों खुश-खुश जब घर लौटीं तो डाकिया ने रजिस्टर्ड खत लाकर दिया। पढ़ना तो कोई जानता नहीं था इसलिए डाकिया ने ही बताया कि खत शमीम की तरफ से है। सुनकर सब बेताब हो उठे और खत खोल डाकिया को पढ़ने को दिया। मजमून सुनकर माँ ने छाती पीट ली। सकीना की अम्माँ को काटो तो खून नहीं। कभी अफसाना का चेहरा देखती तो कभी अफसाना की अम्माँ का। आखिर वही तो पीपलवाले पीर साहब के यहाँ दोनों को लेकर गयी थी। लौटी तो यह अपशकुन···?

नन्हे माली को जब बाजार से लौटकर बेटे ने बताया कि हम लोग जब घर पर नहीं थे तब शमीम का वकील के जरिये भेजा खत आया था, जिसमें शमीम ने तीन बार कहकर अफसाना को तलाक दे दिया है। सुनकर वह समझ ही नहीं पाया कि बेटा क्या कह रहा है, वह क्या सुन रहा है। दिमाग घूमने-सा लगा। मोहल्ले में चुनाव के चलते लाउडस्पीकर लगा हुआ था, जिसमें घिसे हुए गाने बज रहे थे जो नन्हे माली को और पागल-सा बना रहे थे।

रात को सबके सलाह मशविरे के बाद नन्हे माली इब्ने बिस्कुटवाले और शरीफ चायवाले को संग लेकर समधियाने पहुँचा ताकि लड़की की खता पूछी जाए कि किस जुर्म में उसको शमीम ने तलाक दे दिया है। घर पर शकुराइन और लुबान माली ने बड़ी आवभगत करते हुए शिकायत की कि आखिर वह बहू साथ क्यों नहीं लाये।

"अपने ही फूल की गरदन पर तलवार रख दी भाई।" नन्हे माली ने हाथ मलते हुए कहा। बेटे ने नोटिस निकाल सामने रखी।

"शरीफों के घर यह सब ठीक नहीं होता। लड़की से कुछ शिकायत थी तो आपस में कह-सुन लेते मगर वकील से तलाक भेजना···ठीक नहीं किया लूबान।" शरीफ चाय वाले ने दुखी स्वर से कहा।

"तलाक ? किसका तलाक ? खुलकर बोलो।" लूबान चौंककर बोला।

"यह खत शमीम की तरफ से आज मिला है कि वह अफसाना को तलाक दे चुका है।"

"हाय मेरे अल्लाह ! कैसा अन्धेर है मेरे मौला···हम तो लुट गये।" शकूरन ने छाती पीट ली।

आपस में बैठ पाँचों लोग बेटे की इस ज्यादती पर दुःख मनाते रहे। अब हो भी क्या सकता था। अन्त में राय हुई किसी मौलवी के पास चल पूछना चाहिए कि यह सब क्या गड़बड़झाला है, यह सिर्फ मजाक है या फिर वाकई तलाक है ! शरीफ ने कहा, "अच्छा होता अगर हम पहले किसी वकील के पास चलते। फिर मौलवी से पूछते।"

वहीं मोहल्ले में आर. पी. सिन्हा एडवोकेट रहते थे। नोटिस पढ़कर बोले कि मैं

इस्लामी कानून का ज्ञान अधिक नहीं रखता हूँ। मेरे दोस्त एस. एस. श्रीवास्तव हैं···आप उनके पास जाएँ वह इस मामले में मदद करेंगे। हारा क्या न करता, श्रीवास्तव एडवोकेट का पता लेकर कि कल सुबह कचहरी जाएँगे सब मौलवी दाउद के पास पहुँचे, वह कुछ औरतों को तावीज लिखकर दे रहे थे। इनको ठहरने को कहा। पाँचों मुँह लटकाये, हरे-हरे गमलों के पस बैठ मौलवी साहब का नूरानी चेहरा ताकते रहे।

एक घण्टे बाद मौलवी साहब ने नोटिस देखा और तेवरी पर बल डाल गुर्राते हुए बोले :

"इन्सान कैसा बदबख्त है। खुदा ने जिस चीज को बुरा कहा वह उसी को गले लगाता है। यह आपकी लड़की का तलाकनामा है। इस तलाक को 'तलाक उल बिद्दहा' कहते हैं जो तीन बार मरद खुद कहे या फिर खत या नोटिस के जरिये काजी या लड़की के घरवालों को इत्तला दे दे। बहुत अफसोस है।"

पाँचों मुँह लटकाये मौलवी साहब के पास से उठे और भारी दिल लिये घर लौट आये। सभी अचम्भे में थे। मायका, ससुराल अफसाना की दिलजोई में लगा था। शमीम का कहीं पता नहीं था। 'राजू फूल शाप' बन्द होने के बाद वह घर नहीं लौटा। अनुमान था कि नोटिस के बाद वह किसी दोस्त के घर रात गुजारकर सुबह दुकान पर जाएगा, तब उसे वहीं जाकर पकड़ेंगे। और मार जूता सारी शेखी निकाल देंगे। सारी रात सब शमीम को बुरा-भला कहने में यह भूल गये कि अफसाना को वह तलाक दे चुका है। तो फिर तलाकशुदा औरत को वह घर बिना हलाला के ले जा नहीं सकता यानी कि अब शमीम की तलाकशुदा पत्नी अफसाना किसी और मरद से निकाह कर उसके साथ रात गुजारे। फिर सुबह उससे तलाक लेकर शमीम से दोबारा निकाह पढ़वाया जाए तब कहीं वह अफसाना को घर ला सकता है।

लेडीज टेलर इरफान को बेटी की पसन्द की इत्तला मिली तो उसने लड़के की छानबीन करायी। दोनों भाई शमीम को देखकर पसन्द भी कर आये, मगर जब पता चला कि वह शादीशुदा है तो सबने रुबीना पर सख्ती करना शुरू कर दिया था। समझाने से उसने जिद पकड़ ली थी। खाना-पीना छोड़ बैठी थी। इरफान बेटी पर जान छिड़कता था। शमीम से जब बात हुई तो उसने साफ लफ्जों में कहा कि वह अपने घर लौटना नहीं चाहता है और न अफसाना के साथ जीना, अगर इजाजत हो तो वह सारी जिन्दगी ससुराल में गुजार देगा। सुनकर इरफान ने दोस्तों से मशविरा कर शमीम से कह अफसाना को तलाकनामा डाक से भिजवा दिया। शमीम ने उन्हीं के बड़े से घर के एक कमरे में डेरा जमा लिया और लौटकर न राजू फूल शाप गया न घर। उधर सुबह को चारों उसे दुकान पर ढूँढ़ने पहुँचे और दोपहर तक निराश लौटे।

अफसाना के अपमान की सबको फिक्र थी। शौहर को लाकर उसके कदमों पर झुकाना, इसी को सब अफसाना का सम्मान समझे हुए थे। अँधेरे में अटकलें लगा रहे

थे। कहानी बना रहे थे मगर किसी को पता नहीं था कि करैली के घर में शमीम रह रहा है और उसके बाहर भेजने का इन्तजाम तेजी से अंजाम पा रहा है ताकि वह शादी कर एक-दो साल के लिए विदेश में रहकर अपनी पिछली जिन्दगी को एकदम से भूल जाए।

नन्हे माली मुन्ने मियाँ ठेकेदार के घर छट्ठी में जब फूल-गजरा लेकर पहुँचे तो मालिक प्रजा का सम्बन्ध फिर मधुर हो उठा और बाल-बच्चों के बारे में पूछ शुरू हुई। मुन्ने ठेकेदार को बड़ा ताज्जुब हुआ कि दामाद दो माह से गायब है और नन्हे माली दुआ तावीज जादू-टोने के जरिये उसे ढूँढ़ने की कोशिश कर रहा है, न कि पुलिस में रपट लिखवाकर सही दिशा में कदम उठाता। उन्होंने आव देखा न ताव, सीधा राजू खन्ना को फोन मिलाया तो पता चला उन्होंने हफ्ते भर बाद दूसरा लड़का रख लिया था। लेकिन अब मामला गुमशुदा होने का है इसलिए उन्हें, देर में ही सही, थाने में इत्तला देना जरूरी लगता है।

छट्ठी गुजर गयी। पन्द्रह दिन बाद मुन्ने मियाँ ठेकेदार के घर मिलाद था। कोई बहुत बड़ा काण्ट्रैक मिला था। इसकी खुशी में जनाना जमात बुलायी गयी थी। ठेकेदारिन ने अफसाना की अम्माँ को बुलाकर गुलाब और चमेली, मोंगरा के फूलों के जेवर की बात पक्की कर ली। साथ में अफसाना भी आयी थी। चेहरे पर वही कुँवारियों वाला शर्मीलापन और आँखों में झिझक। जैसे जिन्दगी के भेद खुले ही न हों। इधर-उधर की बात करते हुए आखिर में ठेकेदारिन को डाक से भेजी गयी तलाक का पता चल गया। सुनते ही आग-बबूला हो उठीं, अन्दर से लावा उमड़ने लगा। बहुत कुछ उनको याद आ गया। जलकर बोलीं :

"आग लगे मुए इस आश्की को···तुम्हारा दामाद किसी लड़की के चक्कर में है। तस्वीर के साथ अखबार में अपील छपवाओ, नहीं तो दामाद गया हाथ से।"

"सुनी-सुनायी कहती हूँ बीवी कि तीन बार तलाक, तलाक, तलाक कहने से तलाक नहीं होता। मगर हमारे मोहल्ले के मौलवी साहब कह रहे थे कि तलाक हो गया है। बीबी, कुछ समझ में नहीं आता कि पहले दामाद ढूँढ़ें या तलाक की असलियत का पता लगाएँ।" अफसाना की अम्माँ ने दोनों हाथों से माथा पकड़ लिया।

घर लौटकर बुझे दिल से सारी बात बेटे को बतायी और कहा कि हम फिर श्रीवास्तव वकील के पास गये नहीं। हम को जाना तो चाहिए था, ताकि यह जाला साफ हो जाता कि यह तलाक है या फिर सिर्फ एक धमकी। इतना कहकर अफसाना की अम्माँ ने चादर पर फैली गुलाब की पत्तियों को झकोरकर इकट्ठा किया और पेड़ के थाल में डाला।

"अम्माँ, हम तुम्हारे ऊपर बोझ हैं क्या ?" अफसाना ने खाना पकाते हुए माँ से कहा।

"क्यों ?" माँ के दिल पर चोट-सी लगी। मुँह से तो न बोल पायी मगर नजर

उठाकर बेटी को देखा भर।

"वह गया उसे जाने दो। वह मेरा था भी नहीं कभी।" अफसाना के चेहरे पर अपमान की तमतमाहट फैल गयी।

"मियाँ-बीवी का रिश्ता नाजुक होता है। घर बसा रहे इसलिए आँख मूँदनी पड़ती है बिटिया।"

"हमारे बीच मियाँ-बीवी का कोई रिश्ता नहीं था अम्माँ।"

"यानी ?"

"हम अलग सोते थे। उसकी आँखों में मेरे लिए नफरत थी, शुरू में कुछ समझी नहीं। उसके आराम के चलते सब सहती रही। फिर मुझे कुछ पता भी तो नहीं था मगर जब अम्मी ने एक दिन पूछा तो मैं चौंकी और अब यह सब जो हो रहा है, उसे देख-सुनकर इतना कुछ समझ गयी कि लगता है जो भी ठेकेदारिन कह रही थीं, सच कह रही थीं।"

फूलों से भरा टोकरा लेकर नन्हे माली घर में दाखिल हुआ, माँ बेटी की बात बीच में रुक गयी। कुछ देर बाद बेटा भी वकील से मिलकर लौट आया और बताने लगा कि वकील साहब बड़े नेक आदमी हैं। कह रहे थे कि लड़की को अधिकार चाहिए तो मुकदमा लड़ना होगा, मगर वह खुद नहीं लड़ेंगे। कहते हैं हिन्दू होने की वजह से लोग समझते हैं वह शरीयत के खिलाफ हैं इसलिए कोई मुसलमान वकील करना पड़ेगा। दो-तीन का नाम-पता दिया है।

"तू क्या बोल रहा है, मेरे कुछ पल्ले नहीं पड़ रहा है।" नन्हे माली ने पलक झपकाते हुए कहा।

"देखो अब्बा, यह कानूनी मामला है। मोटे तरीके से जो बात उन्होंने बतायी वह यह कि तलाक तीन तरह की होती है। पहली मुत्तार—जो मियाँ-बीवी की आपसी मरजी से अंजाम पाती है। दूसरी तलाक—जो बीवी शौहर को तलाक देती है जिसको 'खूलाह' कहते हैं जिसमें बीवी जहेज न वापस लेती है न मेहर की रकम माँग सकती है बल्कि उल्टा जुर्माना भी भर सकती है। मगर यह जो तलाक डाक से भेजी गयी है इस जबानी तलाक का जिक्र न कुरान में है न हदीस में और न शरीयत में है, इसलिए यह इस्लामी नजर से गलत है...मगर इसका रिवाज पड़ गया है क्योंकि मरद इस तलाक के जरिये जब चाहे औरत से छुटकारा पा सकता है।"

"पता नहीं यह नये किस्म के मरद कहाँ से आ गये हैं ? पहले न हमने यह बातें कभी सुनी न देखी।" नन्हे माली ने उदासी से कहा।

"कहते हैं सीरिया और मिस्र से लड़ाई के चलते बहुत-सी कैदी औरतें मदीना आयी थीं। उन्हें देखकर मरदों ने उनसे शादी करना चाहा और अपनी बीवियों को तड़ातड़ तीन बार तलाक, तलाक, तलाक कह उनसे आजादी हासिल कर ली। यह जमाना पैगम्बर साहब की मौत के बाद का था वरना उनकी जिन्दगी में ऐसा कदम कोई नहीं

उठा सकता था।"

"मगर अब हम क्या करें ?"

"वह कुछ और भी कह रहे थे। परचे पर नोट तो किया था अब्बा, मगर...हाँ कहते हैं कि तलाक उल सुन्नत को मान्यता शरीयत ने दी है। यह दो तरह की होती है। पहली तलाक–उल-अहसन जिसमें औरत नहायी-धोयी हो और शौहर उस समय एक ही वाक्य में तलाक दे दे और फिर बीवी से पत्नीवाला सम्बन्ध न बनाए। दूसरी तलाक– उल-हसन है। इसमें शौहर तीन बार अलग समय में यानी हर माह तहुर की स्थिति में (जब मासिक धर्म न हो) तलाक कहे तो अन्तिम बार तलाक मान ली जाती है और यह तलाक फिर तोड़ी नहीं जा सकती।"

"मगर बेटे ! तुम्हारी बहन तो आज भी कुँवारी है। जब वह उसकी बीवी ही नहीं बनी तो तलाक भी कैसे हुई ?" अफसाना की माँ ने परेशान होकर कहा।

"अम्माँ ! बहन की किस्मत फूट गयी। अब तो इसका दूसरा निकाह करो और उस पर खाक डालो।" कहता हुआ बेटा गुस्से से उठ गया। नन्हे माली इस नये भेद के खुलने से ठगा-सा रह गया। बेदम-सा बिस्तर पर लेट गया। मुकदमा लड़ने के लिए पैसा कहाँ से आएगा और जो दामाद का पता न चला तो मुकदमा लड़ा किससे जाएगा ? बेटा ठीक कहता है एक-दो साल बाद कोई नेक लड़का देख इसका दूसरा निकाह पढ़वा देना चाहिए।

अफसाना की अम्माँ लहसुन छीलते हुए सोच रही थी कि तलाक के बाद तीन महीना तेरह दिन की 'इद्दत' होती है। लड़की घर से कहीं आती-जाती नहीं है ताकि पता चले कि कहीं पेट में बच्चा तो नहीं है अगर औरत गर्भवती होती है तो तलाक बच्चे के जन्म के तीन महीने बाद तक के लिए टल जाती है। फिर बच्चे का खर्च भी बीवी के गुजारा रकम में शामिल होता है। लेकिन यहाँ तो कोरी सुराही कोरी लौटी, पीनेवाले ने प्यास बुझायी ही नहीं। फिर यह सब सोचना बेकार है। कैसा मुकदमा, कैसी शादी। ले भी गया जोर-जबर्दस्ती से तो फायदा क्या जोरू को बहन बनाकर रखने में ?

अफसाना आटा गूँथते हुए तय कर चुकी थी कि वह अब लौटकर ससुराल नहीं जाएगी। सास-ससुर की मोहब्बत अपनी जगह मगर उसने जिसको प्यार किया जब वही किसी के पीछे भाग रहा हो तो फिर वह क्यों जिल्लत सहे ? वह शमीम की डायरी में किसी लड़की की रंगीन तस्वीर देखकर समझी थी कि फिल्म में काम करनेवाली कोई होगी। मगर अब जब बातें इस तरह खुल चुकी हैं तो उसको न समझना भी बेवकूफी है।

इरफान दरजी ने जो अखबार में छपी फोटो देखी तो शरम से पानी-पानी हो गया। मोहल्ले और दुकान पर लोग शमीम को देख चुके थे। घर पर आये गये शमीम को होनेवाले घर-दमादू के रूप में स्वीकार कर चुके थे। उसका दिल इस खौफ से धड़क उठा कि अगर कोई मिलनेवाला दुश्मनी निभाने के चक्कर में थाने में जाकर खबर कर

देगा तो उसका क्या बनेगा ? कहीं कानूनी दाँव-पेंच में पड़ गया तो शमीम का बाहर जाना ही खटाई में पड़ जाएगा और शादी तो अपने आप ही टल जाएगी।

"अंकल, अब मैं क्या करूँ ?" शमीम अखबार देख सकपका गया और परेशान-सा इरफान के पास पहुँचा।

"परेशान तो मैं भी हूँ, बेटा। लड़की का बाप हूँ इसलिए इज्जत के लिए भी डरता हूँ।"

"मुझे आप लोगों का ख्याल है, अंकल। बाजार में साख है, जाननेवालों का लम्बा दायरा है।"

"मेरी बात मानो तो पहले थाने जाओ फिर घर ताकि यह तस्वीर दोबारा अखबार में न छपे। कहना, मैं शहर-शहर नौकरी ढूँढ़ रहा था। यह खबर पढ़ लौटना पड़ा।"

"मुनासिब यही है।" शमीम बात मान गया।

रुबीना जो भविष्य के सपने सजा चुकी थी सुबह के सूरज के साथ शमीम का चेहरा देखने की आदी हो चुकी थी। जिन्दगी के इस मोड़ को देख आतंक से भर उठी। उँगली में पड़ी मँगनी की अँगूठी को बार-बार घुमाते हुए दहल जाती कि कहीं शमीम गया और जो न लौटा तो क्या होगा ? अपने जेवर, कपड़ों और लचके, बाँकड़ी को देख उसकी आँखें भर-भर आतीं। जाते हुए शमीम ने जब मुड़कर पीछे देखा था तो उसकी आँखों में ऐसा क्या था जो रुबीना को अन्दर तक हिला गया।

दोपहर ढलने के बाद जब शमीम घर पहुँचा तो पीर मोअज्जम के उर्स के लिए मोंगरे की कलियों से बरफी की काशवाली चादर बनाने में सब व्यस्त थे। शाम को कव्वाली और देग थी। पूरा शहर उमड़नेवाला था। इसलिए कई और साथी माली कोठरी में बाप के संग बैठे हुए थे। फूलों की गन्ध से गली भरी हुई थी। शकूरन घर के सामने कच्चे चबूतरे पर बैठी कलियाँ छाँट रही थी ताकि चादर में एक तरह की कलियाँ लगें और जो खिलें तो एक साथ खिलें। बेटे को आया देख वह भलभला कर रो पड़ी और हाथ का काम छोड़ आगे बढ़ी। चटचट शमीम की बलाएँ ले उसके सीने से लग गयी। माँ को देख आज पहली बार शमीम के दिल में कुछ टूटा। अन्दर कोठरी में बैठे माली तहमत सँभालते बाहर आये। बाप भी जज्बात की शिद्दत से रो पड़ा। माली साथियों ने बाप-बेटे के शाने थपके और फिर काम में जुट गये। मच्छिया पर बैठ शमीम थोड़ी देर तक भावुक रहा। फिर एकाएक उसे पूरे माहौल से परेशानी-सी लगने लगी। गन्दी नाली, ऊबड़-खाबड़ रास्ता, कच्चा-पक्का मकान, न कोई परदादारी न कोई सजावट...

"तूने यह किसके बहकावे में आकर ऐसा कदम उठाया ? सारी बिरादरी खिलाफ है। वह तो कहो हमारा-हुक्का पानी नहीं बन्द हुआ वरना रोटी के लाले पड़ जाते।"

"अम्माँ, मेरा गुजर अब यहाँ मुश्किल है। उसे मैं नहीं रखनेवाला, हाँ तुम दोनों चलो हमारे साथ। वहाँ बड़ा घर है। इज्जत है। लड़की भी अच्छी है, लोग भी भले हैं।"

"कौन हैं ?" शकूरन के सारे बदन के रोंगटे खड़े हो गये।

"दरजी हैं···बहुत पैसेवाले।"

"हम फूलवालों का दरजी से क्या नाता ? तू पढ़-लिखकर एकदम बौरा गया है क्या ? यह लोग तो बाप के कफन से भी कपड़ा चुरानेवाले हैं···" शकूरन को जैसे बिच्छू ने डस लिया था।

"जैसे भी है मुझे पसन्द है, अम्माँ। अब मैं चलता हूँ फिर आऊँगा।" कहता हुआ शमीम तेजी से उठा और गली के पेच व खम में गायब हो गया। शकूरन मुँह खोले उसे जाता देखती रह गयी।

दोनों तरफ के न चाहने के बावजूद माली समाज ने एक बैठक बुला ली। बात शमीम की नहीं थी बल्कि उनके अपने घरों की थी। वह नहीं चाहते थे कि जो बच्चे थोड़ा-बहुत पढ़कर उनका हाथ बँटाने, उन्हें शोषित होने से बचाने के काबिल बनते हों वह चले जाएँ दूसरी बिरादरी में। यह तो सिर्फ नाक कटनेवाली बात भर नहीं है बल्कि पेट कटनेवाली बात है। इसलिए शमीम को मजबूर किया जाए कि वह अफसाना को साथ रखे और शरीयत के खिलाफ दी गयी तलाक को वापस लेते हुए बिरादरी से माफी माँगे। फैसला सुन शकूरन को हँसी आ गयी कि जिसे माँ-बाप की मोहब्बत न रोक पायी उसे बिरादरी का खौफ क्या रोक पाएगा ?

तमाम मुनादी करा दी गयी कि फलाँ रोज बुजुर्गों के आगे शमीम को हाजरी देनी है। जब सारी माली बिरादरी जमा होगी। शकूरन और लूबान परेशान कि बेटे को कहाँ जाकर ढूँढ़े। उधर नन्हे माली अलग परेशान कि इस बैठक से मियाँ-बीवी के ताल्लुकात सुधरेंगे या फिर और बिगड़ जाएँगे। सकीना की अम्माँ का ख्याल था कि धोबी का गधा बिना मार खाये न सुधरता है न पैर बाँधे बिना दोलती मारना छोड़ता है। इसलिए मान के चलो, तुम्हारी लड़की का घर बसेगा और साल न होते होते नातीवाली बन जाओगी। घर में उम्मीद की हल्की किरन ने ढेर सारी रौशनी भर दी थी।

शाम को दशरथ माली मन्दिर से लौटता हुआ नन्हे के घर आन खड़ा हुआ। गणेश तम्बोली से लेकर दोनों ने पान खाया। फिर मौसम के बदलने और फूल के सूखने का दुखड़ा रोया। फुटपाथ पर दोनों बात करते चले जा रहे थे। एकाएक दशरथ बोला :

"इरफान दरजी को जानत हो ?"

"काहे का भवा ? शादी-ब्याह है का··· ।"

"लगन होयवाली है मगर अभी नहीं···तुम सुन्दर को जानत हो न वही बहादुरगंज मा फटे-पुराने नोट बदलत है···ओके घर गये रहे। सत्य नारायण की कथा रही। ओके दो बिटियन के ब्याह में बेदी हमय सजाइन रहे, फिर हर मंगलवार को वह हनुमानजी को प्रसाद चढ़ाए रामू के भण्डारे आवत है। आदमी बड़ा विश्वासवाला है। समझो कच्ची बात मुँह से कभी नहीं कहता।"

"ऐ दशरथ, कुछ बोलियो भी कि आखिर माजरा का है ?"

"तोहरा दामाद वही इरफनवा दरजी के घर रहत है। ओके लौंडिया है रूबीना ओहि

से ब्यांह तय भवा है। जब से हमका पता लगा है राम-कसम, मन मा बड़ी उथल-पुथल रही, बहरहाल कोई काम फँसे तो बतइहो। हमार पुलिस मा जान-पहचान है। संकोच करे की कोई बात नाहि···अच्छा भैया रामराम !''

नन्हे माली कुछ देर शेरे पंजाब के सामने खड़ा रहा फिर सीधे लूबान के घर पहुँचा और खरी-खोटी सुनाते हुए उसने इरफान के घर से लड़के को घसीटकर लाने की बात करते हुए उसको ललकारते हुए कहा, ''जो तू भागा तो समझो तेरा हुक्का-पानी जरूर बन्द करवा कर रहूँगा। आखिर तेरी ही छूट से मेरी बेटी का यह हाल बना।'' लूबान कई दिनों से बुखार में तप रहा था। समधी की बात सुन कमजोरी के मारे रुआँसा हो उठा। उसका दिल तो पहले से चूर-चूर था। नन्हे माली के यह तेवर देख वह पूरी तरह बिखर गया।

शमीम के लिए यह इम्तहान की घड़ी थी। इस आग के दरिया को पार किये बिना वह अब रुबीना को हासिल नहीं कर सकता था। बात थाना, बिरादरी, शहर, मोहल्ले में फैल चुकी थी। इरफान को उसकी बीवी ही नहीं बल्कि घर के सभी लोग समझा-बुझा रह थे कि रुबीना का हाथ कहीं और पीला कर इस झंझट से हमेशा के लिए अपनी गरदन छुटा ले वरना माली बिरादरी के लोग काम तो फूलों का करते हैं मगर तेल पी लाठी भी भाँजना जानते हैं। तंग आकर इरफान ने शमीम को बैठक में जाने के लिए मजबूर किया और दिल मजबूत बनाया कि अब वह इस लड़के को दोबारा घर में घुसने नहीं देगा वरना दोनों बेटे गैरत के मारे कहीं उसके खिलाफ बगावत न कर बैठें।

बैठक लूबान के घर के सामनेवाले चबूतरे पर बैठी। चाय-पानी का खर्चा भी उन्हीं के मत्थे रखा गया। दोनों तरफ के लोग जमा हुए, बुजुर्गों के समाने बात रखी गयी और लम्बे सवाल जवाब के बाद फैसला सुना दिया गया, जो पहले से तय था कि शमीम अपनी लुगाई साथ रखेगा। यदि उसे पत्नी से शिकायत है तो उसकी शिकायत की जाँच-पड़ताल की जाएगी। तब उसे शरी तौर पर तलाक लेने की मंजूरी मिलेगी वरना नहीं। चूँकि उसंने न केवल शरीयत बल्कि माली रिवायत के विरुद्ध कदम उठाया है। इस जुर्म की सजा के तौर पर उसे पाँच सौ रुपये बतौर जुर्माना अफसाना को देना है और सारी बिरादरी से माफी माँगनी है।

इस जोर दबाव और तनाव में शमीम की काँच ढीली हो गयी। उसके तेवर नरम पड़ गये। अन्दर कुछ टूटा और महसूस हुआ कि वह मोहब्बत की बाजी हार गया। सर झुकाये शर्मिन्दा बैठा रहा। अकड़ यहाँ दिखाता भी किस बलबूते पर ? लाठियों से मार-मार उसकी खाल में भूसा भरने लोग खड़े थे। फिर दूसरी ओर इरफान का चेहरा भी उसने पढ़ रखा था। यहाँ से जब वह मुक्त नहीं हो पाया तो रुबीना को कैसे अपना सकता है ?

''बोलो मंजूर है।'' एक बुजुर्ग ने कड़कती आवाज से पूछा।

''जी।'' शमीम की आँखें भीग गयीं। सपने बिखर गये। अब आगे सिर्फ अँधेरा

था।

"मुबारक हो लूबान।"

"नन्हे, लड़की की बिदाई का इन्तजाम करो।"

अड़ियल घोड़े की लगाम बिरादरी के हाथों आ गयी थी जिसकी खुशी में सब मग्न हो चाय नाश्ता कर रहे थे। नन्हे को घर लौटने की जल्दी थी ताकि समधियाने के लोगों का स्वागत कर सकें।

खुश-खुश जब नन्हे माली घर पहुँचा तो वहाँ कियामत बरपा थी। अफसाना किसी तरह शमीम के साथ जाने को तैयार न थी। माँ जोड़ा लिये पीछे-पीछे घूम रही थी और अफसाना बत्तख की तरह डैने फड़फड़ाती आगे-आगे भाग रही थी। अफसाना की भाभी मायके से आयी हुई थी। ननद के दिल का हाल समझ रही थी। वह ननद के आगे जाकर खड़ी हो गयी और हाथ पकड़कर कोठरी के अन्दर ले गयी। जाने दोनों में क्या बात हुई जो थोड़ी देर बाद अफसाना कपड़े बदल कोठरी से निकली।

दोपहर ढलने से पहले शकूरन लूबान और शमीम अन्य कई लोगों के साथ नन्हे माली के घर पहुँच गये। अफसाना को आँचल में चावल गुड़ डालते हुए माँ की आँखें भर आयीं। पाँच सौ रुपया लूबान ने जेब से निकाल कर बहू के हाथ में रखा और शमीम अफसाना को रुखसत़ करा अपने घर ले आया।

दिन बड़े भारी गुजरे। थके, उदास, निराशा से भरे वह पल, जिनमें साँस लेना भी दूभर था। अफसाना का दिल मोम होने में कई दिन लगे। शमीम के मिजाज की कमान मुड़ते-मुड़ते आखिर टूट गयी। तीर चढ़ नहीं सकता था और एक दिन सब-कुछ बदल गया जब सबने भोर में देखा कि शमीम बाप की तहमत पहन उसी की तरह सफ़ेद करोशिया की जालीदार टोपी लगाये, साइकिल के पीछे बड़ा टोकरा बाँधे गुल्लाबबाड़ी की तरफ जा रहा था।

□

दूसरा कबूतर

सादिया को अपना घर बहुत पसन्द आया। जरूरत और सजावट की सारी चीजें वहाँ मौजूद थीं। उसको कुछ करना नहीं था, बस सारा दिन खूबसूरत सोफे पर बैठ टीवी देखना या गदबदे हसीन बिस्तर पर लोट-लोटकर अँग्रेजी नॉविल पढ़ना और शाम को सजधज कर बरकत के साथ लम्बी गाड़ी में बैठकर सैर को निकल जाना। उसने एक हफ्ते में दो खत घर डाले थे जिसमें उसने अपनी खुशी का जिक्र किया था ताकि अम्मी अब्बू, भाई और बहन जान जाएँ कि उसको हव्वा की खोयी जन्नत मिल गयी है, जहाँ सेबों से लदे बाग में वह बरकत के साथ बहुत खुश है।

सादिया के पैगाम कई आये थे। कोई इंजीनियर था तो कोई डॉक्टर या फिर किसी प्राइवेट फर्म में मार्केटिंग मैनेजर। मामूली तनख्वाह और खुशहाल घराने के लड़के उसी शहर के थे। सुल्तान अहमद संसद सदस्य थे। बड़े रसूखवाले आदमी थे। उन्हें इस बात की चिन्ता नहीं थी कि दामाद सरकारी नौकरी में मिली बँधी-बँधायी तनख्वाह पर ही जिन्दगी भर गुजारा करेगा बल्कि उन्हें यकीन था कि तिजारत का कोई-न-कोई जरिया वह लगवा देंगे। बेटी अँग्रेजी में एम.ए. है। जब चाहेगी लेक्चरर या सब-एडिटर लग जाएगी। मगर जैसे ही बरकत का पैगाम आया उनकी नजरें चकाचौंध हो गयीं। तीन लाख महीना तनख्वाह। ऊपर से लड़का देखने-सुनने में दूसरों से कहीं बेहतर। उसकी भेजी कमाई से बना घर जो बाराबंकी में देखा तो दोनों के दिल व जिगर में ठण्डक पहुँच गयी। गुलाब से भरे गुलदस्ते में बस एक ही बात काँटे की तरह चुभ रही थी कि लड़का सऊदी में है। इतनी शानदार नौकरी छोड़ यहाँ आने से रहा।

"बड़ी औलाद वह भी कोसों दूर भेजने को दिल नहीं मानता है। तुम इनकार कर दो।" सफिया ने घबराते हुए कहा।

"तुम्हारी जान तो अपने भानजे में अटकी होगी।" सुल्तान अहमद चिढ़ गये।

"मेरी जान किसी में क्यों अटकने लगी जो सच्ची बात थी कह दी, घर देखा-भाला हो तो माँ-बाप को लड़की की तरफ से इतमीनान रहता है। लड़के के बारे में भी अच्छी-बुरी सभी बातों का अन्दाजा रहता है। पैसे का क्या वह तो हाथ का मैल है।"

"मेरे खयाल से यह सब तुम्हारा वहम है—उन मुल्कों में जहाँ कानून इतना सख्त

हो वहाँ पर लड़का क्या बिगड़ेगा ? शराब पी नहीं सकता, जुआ के अड्डे और कोठे पर जा नहीं सकता, आवारा फिर नहीं सकता, तो फिर कौन-सी बुरी संगत करेगा ?''

''बात तो सही हो सकती है। फिर भी...'' सफिया ने धीरे से कहा।

''चलो बेटी से पूछ लेते हैं कि उसे सऊदी जाकर रहना पसन्द भी होगा या नहीं कि हम ही फैसला कर बैठे हैं ?'' सुल्तान अहमद हँस पड़े, सफिया भी मुसकुरा पड़ी।

सादिया को जब पता चला कि लड़का सऊदी में है तो उसने बुरा-सा मुँह बनाया मगर जब यह पता चला कि साल में अमेरिकन फर्म यूरोप घूमने का टिकट देती है। तनख्वाह तीन लाख और घर, मोटर सब मुफ्त तो इनकार करने का कोई सवाल ही न था। तीनों लड़के उसने रद्द कर दिये जिनकी तस्वीरें वह बारबार देख रही थी। बरकत उल्लाह के बारे में फैसला ले लिया गया। लड़केवालों को जल्दी थी। इधर सादिया भी एम.ए. करके घर बैठी सारे दिन पेण्टिंग बनाती या फिर बागबानी करती रहती थी। जहेज तैयार था। चट मँगनी पट ब्याह हो गया। शादी शानदार हुई थी। लड़के की तरफ से सौ तोले सोना चढ़ा था। रिश्तेदारों के चेहरे ईर्ष्या से सुलग उठे। दोस्तों के दिल में बेटी की किस्मत पर आश्चर्य था। मामूली सूरत-शक्ल की लड़की रानी बनकर सऊदी जा बैठी है।

घर में जब सादिया का खुशी से भरा खत पहुँचा तो सबने इतमीनान की साँस ली। सुल्तान और सफिया अपनी जिम्मेदारी रहते हुए भी जोश में आकर हज का मन्सूबा बनाने लगे। अब उनके दिल में तीव्र इच्छा थी अपनी बेटी के सुख-संसार देखने की। चुनाव न होता तो वह कब के निकल गये होते। सियासी बखेड़े से सफिया को चिढ़ थी, सुल्तान अहमद उसमें गदरन तक डूबे थे। गोरखपुर से दिल्ली तक का सफर इतनी आसानी से नहीं कर सकते थे। मगर उनकी इस खूबी से सफिया बेगम कभी प्रभावित। न होती, और हरदम गोरखपुर के उस मकान और बड़े आँगन की याद करती जिसके बाहर गली-कूचों में गन्दगी का साम्राज्य था।

सादिया ने इस बीच कई बार फोन पर बात की और बताया कि अगले माह वह यूरोप घूमने जा रही है। वापसी में वह हिन्दुस्तान आएगी। बरकत उल्लाह को चार महीने के लिए ट्रेनिंग पर अमेरिका जाना है इससिए वह लम्बे समय के लिए मायके आ रही है। ये सारी बातें जब दूसरों को पता चलतीं तो रिश्तेदार कह उठते, ''अरे बरकत से कहो अगर कोई और लड़का हो तो हमारी तहमीना के लिए देखे, शायद लड़की की किस्मत लड़ जाए और वह सुख-चैन से सादिया की तरह रहे।''

फूल की तरह खिली सादिया जब सामान से लदी-फँदी लौटी तो माँ-बाप को नजर उतारनी पड़ी। मिलने-जुलनेवालों की बुरी नजर जाने कब लग जाए इसलिए काला रेशम गले में डाल दिया गया। घूमने-फिरने की शौकीन सादिया को अब दिल्ली शहर देहात लगने लगा था। कार चलाना उसे आता था इसलिए वह इधर से उधर दोस्तों के यहाँ फुदकती रहती थी।

पी-एच.डी. में नाम दर्ज था मगर अब उसे लिखने-पढ़ने की जगह बूतीक घूमना, जेवरों की दुकान के चक्कर लगाना, पंचसितारा होटलों में जाना, पैसेवालों के बीच उठना-बैठना भाने लगा था।

अभी मायके आये दो ही महीने गुजरे थे कि सादिया को वापस जाने का भूत सवार हो गया। माँ-बाप ने मना भी किया कि अकेले घर में जाकर क्या करोगी मगर उसने इतराते हुए कहा कि बस मैं एक चक्कर लगाकर लौटती हूँ। घर बन्द पड़ा है तो क्या फिक्र, वहाँ तो किसी किस्म की चोरी या गैरकानूनी हरकत की गुंजाइश नहीं है। मगर वह बरकत को 'सरप्राइज' देना चाहती है। घर की सारी सजावट बदलकर ताकि बरकत जब दरवाजा खोले तो धक से रह जाए कि कहीं वह गलत घर में तो दाखिल नहीं हो गया। इतना कहकर सादिया बच्चों की तरह खिलखिलाकर हँस पड़ी। माँ-बाप ब्याही लड़की पर क्या जोर दिखाते सो दिल्ली से उड़ा जहाज सादिया को सऊदी ले गया।

जहाज से उतरते हुए सादिया को बरकत बहुत याद आया। दिल किया उल्टे पैर वापस चली जाए। कस्टम से निबटकर टैक्सी में बैठी तो उसे लगा बरकत की गरम साँसें उसकी गरदन पर गुदगुदी कर रही हैं। दिल धीरे-धीरे उदासी की परत में डूबने लगा। टैक्सी जब सत्तर नम्बर के आगे रुकी तो उसे लगा कि वह गलत पते पर तो नहीं आ गयी ? घर का दरवाजा खुला था। दो लड़कियाँ बस्ता उठाये निकलीं और काली गाड़ी में सवार हो गयीं। उसने मुड़कर देखा तो दरवाजे पर एक औरत गोद में बच्चा लिये खड़ी थी।

लगता है बरकत की बहन है—सादिया ने टैक्सी का दरवाजा खोलते हुए सोचा और उतरकर सलाम किया। औरत ने गरदन हिलाकर जवाब दिया।

"मैं सादिया हूँ।" कहती हुई सादिया ने पर्स खोला।

"मैं रुकइया हूँ।" उस औरत ने मुसकरा कर कहा।

"बरकत तो यूरोप में हैं। मैं बिना उन्हें इत्तला दिये चली आयी।" सादिया खिलखिलायी, रुपये दे उसने अटैचियाँ अन्दर सरकायीं।

"मैंने आपको पहचाना नहीं।" रुकइया उसकी बेतकल्लुफी से परेशान हो बोली।

"मैं सादिया···मिसिज बरकत उल्लाह हूँ। आप शादी में शरीक नहीं हो पायी होंगी, इसलिए पहचानेंगी कैसे···? जरा मैं फ्रेश हो लूँ फिर बात करती हूँ।" कहती सादिया ने पर्स से कमरे की चाबी निकाली और बन्द कमरा खोला।

"ओह !" रुकइया के चेहरे पर परेशानी तैरी। उसने बच्चे को सोफे पर लिटाया और फोन की तरफ बढ़ी।

"सुनो, शहाब ! वह आ गयी है।"

"कौन ?"

"जो कमरे में ताला बन्द करके गयी थी।···सादिया···यही नाम बताया है उसने।"

"सादिया ? यहाँ ? कैसे हो सकता है ?"

"मुझे डर लग रहा है। वह इस एतमाद से बात कर रही है जैसे घर उसका हो···मुझे तो वहशत हो रही है, तुम फौरन आओ।"

"परेशान मत हो। वह इतनी खतरनाक नहीं है। उसका इलाज चल रहा है। बस तुम चुप रहो···अपनी तरफ से कोई खबर मत देना !"

"खबर ?" रुकइया फुसफुसायी।

"मेरा मतलब है कुछ न बोलना···वह जो करती है करने दो, मैं सब सँभाल लूँगा।"

रुकइया ने फोन रख बन्द कमरे की तरफ देखा जिससे अँग्रेजी गाने की मद्धिम आवाज आ रही थी। उसने बेटे को उठा कमरे में ले जाकर पलँग पर सुलाया और घड़ी की तरफ देख बड़बड़ायी, "मुझे खाना पकाना है। यहाँ तो पुलिस की मदद का मतलब है आ बैल मुझे मार। पड़ोसी तो जबान नहीं जानते उनसे दुखड़ा क्या रोना, वह तो पहले से रंगे सियार हैं। अब शहाब जाने उसी के दोस्त की बहन है। मैं किसी चक्कर में पड़नेवाली नहीं हूँ। कमरे में ताला लगा किचन में जाती हूँ वरना पागल ने कहीं बच्चे को···उफ मेरे खुदा, बैठे-बिठाये किस मुसीबत में फँस गये हम।" कहती हुई रुकइया किचन की तरफ बढ़ी।

"आप खाना पका रही हैं ?" सादिया ने कन्धे पर झूलते दुपट्टे को ठीक करते हुए पूछा।

"बच्चों का स्कूल से आने का वक्त हो रहा है।" रुकइया ने रुखाई ने कहा।

"कुछ मदद करूँ।" सादिया ने आगे बढ़ बिजली की केतली का बटन दबाया और काफी बनाने की तैयारी करने लगी।

"कहाँ से पागल लगती है ?" रुकइया ने सादिया को गौर से देखते हुए दिल ही दिल में कहा।

"आपा ! आपके शौहर यानी हमारे ननदोई साहब करते क्या हैं ?" सादिया ने प्याला उसकी तरफ बढ़ाया और वहीं स्टूल खींचकर बैठ गयी।

"कौन शहाब ? वह यहीं सऊदी में हैं अमेरिकन फर्म में।"

"आप कब आये यहाँ बरकत ने मुझे नहीं बताया ?" सादिया ने काफी का सिप लिया।

"हम तो पिछले दस सालों से यहाँ हैं।" रुकइया हँस पड़ी।

"अच्छा ? मुझे तो सिर्फ तीन महीने हुए हैं वह भी शादी के बाद रही थी, फिर बरकत को अमेरिका जाना था इसलिए मुझे हिन्दुस्तान लौटना पड़ा। अब दोबारा आयी हूँ···आना तो दो माह बाद था मगर घर सजाने की धुन में जल्दी लौट आयी।" आखिर तक आत-आते सादिया कहकहा मारकर हँस पड़ी।

"कौन-सा घर ?" रुकइया ने कनखियों से उसे इस तरह ताका जैसे कहना चाह रही हो, बहको मत।

"यही घर और कौन-सा···? अब आप मौजूद हैं तो फिर आप मुझे राय भी देंगी

और हाथ भी बँटाएँगी।''

''क्यों नहीं ?'' रुकइया ने गहरी नजरों से घूरा।

दरवाजे की घण्टी बज उठी। रुकइया ने जाकर दरवाजा खोला। नायला, फायजा दोनों लड़कियाँ बस्ता उठाये खड़ी थीं। तभी फोन की घण्टी बजी। सादिया ने फोन उठाया।

''हलो, सादिया···कैसी हो ? सफर में परेशानी तो नहीं हुई ?''

''बरकत ? कहाँ से बोल रहे हो ? तुम्हें कैसे पता चला कि मैं यहाँ हूँ ?'' खुशी में उबलते स्वर में कई सवाल थे।

''दिल्ली फोन किया था···कब तक रुकना है ?''

''सारा मजा किरकिरा हो गया···मैं तुम्हें सरप्राइज देना चाहती थी मगर मिल गया मुझे···यह तुम्हारे मेहमान कब तक जाएँगे ?''

''मैंने तुमसे कहा था कि चार माह अमेरिका में हूँ। उसी बीच मेरे दोस्त ने कहा कि उसका फ्लैट फिर से सज रहा है, मैंने कह दिया कि मेरे घर शिफ्ट हो जाओ, खाली पड़ा है···अच्छा अब क्या प्रोग्राम है ?''

''अब आयी हूँ तो हफ्ता भर रुकूँगी। एकाएक लौटना भी तो ठीक नहीं है, घर में सब परेशान होंगे। वैसे अम्मी, अब्बू मना कर रहे थे मगर मुझे जुनून सवार था।'' सादिया की आवाज में सुस्ती उतर आयी।

''तुम्हें अमेरिका बुला लेता मगर यहाँ ट्रेनिंग में हूँ···सुनो, तुम लौट जाओ वरना मेरे बिना वह घर तुम्हें काटने को दौड़ेगा···मैं भी बेकरार हो रहा हूँ और···ट्रेनिंग गयी जहन्नुम में···कितने प्यारे दिन थे प्यार में भीगे···''

''बरकत, प्लीज ! तुमने तो मुझे उदास कर दिया। इतना सामान साथ लायी थी कि घर सजाऊँगी और···''

''मेरे बगैर अकेले घर सजाओगी ? वह घर मेरा भी तो है डारलिंग···मेरा इन्तजार नहीं करोगी ?''

''बिलकुल···अब मुझे लौटने में ही अपनी बेहतरी लग रही है···देखती हूँ कब की फ्लाइट है।''

''कल जाना चाहो तो कल जा सकती हो वरना आज रात ब्रिटिश एयरवेज की है उसी से निकल जाओ···कहाँ बच्चों की भीड़ में रहोगी। आराम भी नहीं मिलेगा।''

''ठीक है, मैं बुक करवाती हूँ।''

''मैं यहीं से ऑफिस में बात कर सारा इन्तजाम करवाता हूँ, फिर फोन करूँगा।''

''ठीक है।'' बुझे लहजे में सादिया ने कहा और फोन रख दिया। उसको अपने बचपने पर गुस्सा आ रहा था। किसी ने ठीक ही कहा है—शौहर की बात न मानने का नतीजा सिवाय दुःख के और कुछ हाथ नहीं आता।

मेज पर खाना लग गया था। बच्चियाँ हाथ धोकर खाने पर बैठ चुकी थीं। रुकइया

ने सादिया को खाना खाने के लिए बुलाया। बुझी-बुझी-सी सादिया मेज पर आकर बैठ गयी।

"किसका फोन था ?" रुकइया ने अपनापन दिखाया।

"बरकत का···मुझे वापस जाना होगा।" फीकी मुसकान के साथ सादिया ने प्लेट में कौरमा निकाला।

"ऐसी क्या जल्दी है ! एक-दो दिन ठहर कर जातीं। मेरा भी दिल बहल जाता—वैसे सब ठीक-ठाक तो है न ?"

"ऐसी कोई बात नहीं है, सब खैरियत है।" सादिया ने लुकमा तोड़ा।

सब खामोशी से खाना खाते रहे। खाने के बीच में सादिया और रुकइया की आँखें मिलतीं तो दोनों मुसकरा देतीं, मगर दोनों की आँखें अलग-अलग जबान बोल रही थीं। बच्चियाँ दोनों को बारी-बारी से देखकर खाना खा रही थीं। फोन घनघना उठा। सादिया के उठने से पहले रुकइया उठ गयी और सोफे पर बैठ फोन सुनने लगी। सादिया के चेहरे पर हल्की बेचैनी उभरी। फिर वह मुसकराकर बोली, "आप लोग अपने नाम बताएँगी ?"

"नायला, फायजा", लाल रिबनवाली ने अपनी और बहन की तरफ इशारा किया।

"यह सेकेण्ड में और मैं थर्ड स्टैण्डर्ड में हूँ।" पीले रिबन ने बताया।

बच्चे के रोने की आवाज आयी। रुकइया फोन पर हाँ, हूँ, जी के अलावा कुछ बोल नहीं पा रही थी। सादिया मेज पर से उठकर कमरे में गयी और रोते बच्चे को गोद में उठा बहलाने लगी। मेज पर एक बड़ी तस्वीर रखी थी। रुकइया दुल्हन बनी है और साथ में दूल्हा···सादिया उछल पड़ी। इतनी शक्ल मिल सकती है किसी की ? यह बरकत है बिलकुल बरकत है···दीवारों पर लगी तस्वीरों में बरकत और बच्चे···सादिया को चक्कर-सा आ गया। वह बच्चे को गोद में उठाये बिस्तर पर बैठ गयी।

रुकइया कमरे में दाखिल हुई। उसके दिमाग में शहाब के कहे अल्फाज गूँज रहे थे कि यह औरत बीमार है, इस पर कभी भी दौरा पड़ सकता है। उस हालत में वह दूसरों की चीज को अपना बताने लगती है। रोती है, चीखती है अगर ऐसा हो तो परेशान मत होना। मैं उसके टिकट का इन्तजाम कर रहा हूँ, रात तक जहाज पर बिठा दूँगा। बस चन्द घण्टे सब्र से काम लो। उसने सादिया को चकराया बैठा देख बच्चे को गोद में लिया।

"आप ठीक तो हैं ?"

"मुझे···" सादिया की आँखों में उलझन थी। वह चुपचाप उठकर अपने कमरे में चली गयी और अपनी शादी की तस्वीर को ड्रेसिंग टेबिल से उठाकर देखने लगी। वही माथा, वही होठ, वही गाल, वही मुसकुराहट। आँखें कैसे झूठ बोल सकती हैं ? दिल भी तो गवाही दे रहा है कि···सादिया की आँखें बरस पड़ीं। दिमाग ने जाले साफ करने शुरू कर दिये और उसे यकीन हो गया कि बरकत की यह दूसरी शादी है। उसने रुकइया

और उसको अँधेरे में रखा है।

"आइए, चाय तैयार है।" रुकइया की हल्की थपकी दरवाजे पर पड़ी।

"दरवाजा खुला है अन्दर आ जाइए।" सादिया ने आँसू पोंछते हुए कहा।

"क्या बात है ?"

"बस कुछ याद आ गया···यह मेरी शादी की तस्वीर है—मैं और बरकत।"

"यह तो शहाब की कार्बन कॉपी है।" रुकइया के मुँह से निकला।

"मुझे लगता है कि हम दोनों के ख्वाब कीं तल्ख हकीकत एक है।"

"यानी कि···ऐसा कैसे हो सकता है ?"

"हो चुका है, सब कुछ गुजर गया है।"

दोनों औरतें पास-पास बैठ गयीं। रुकइया का चेहरा पीला पड़ गया था। आँखें फटी-फटी-सी हो गयीं। दोनों को बात समझ में आ गयी कि एक आदमी ने दो शादियाँ कीं और दोनों को इसका इल्म नहीं। पहली से कहा दूसरी पागल है और दूसरी से कहा पहली जरूरतमन्द है और दोनों ही उसके दोस्त की बहन या बीवी हैं। एक मायके जाएगी तो दूसरी आएगी, दूसरी जाएगी तो पहली आएगी। दो कश्तियों पर सवार रात-दिन का यह सफर बड़े आराम से गुजर जाएगा।

"इस वक्त कौन आया ?" दरवाजे की घण्टी सुन रुकइया बड़बड़ायी।

"मम्मी, यह आण्टी के टिकट आये हैं।" दरवाजा खोल बड़ी लड़की ने माँ से कहा।

"ठहरो मैं आती हूँ।" सादिया ने टिकट लानेवाले को गौर से देखा, फिर पूछा, "किसने भेजे हैं।"

"पता नहीं साहब, मैं तो···आप ऑफिस में रिंग कर लें।"

"ठीक है जाओ।" सादिया ने लिफाफा खोला। रात की उड़ान से उसे जाना है। उसने रुकइया को देखा जिसके चेहरे पर बेचारगी थी। आँखों में एक बेचैन आक्रोश का भाव। सादिया ने नजरें झुका लीं, "अब क्या करना चाहिए ?"

"आप चली जाएँगी ?" रुकइया के होठ काँपे।

"समझ नहीं पा रही हूँ।" भरी-भरी आँखें सादिया ने उठायीं।

दोनों डबल बेड के दोनों तरफ बैठी थीं। रुकइया ने सादिया का चेहरा देखा फिर शादी की तस्वीर को गौर से देखा। छह माह पहले बेटे की पैदाइश के बाद जब वह सऊदी लौटी थी उस वक्त सामान रखते हुए दूसरे बेडरूम को बन्द पाकर उसने पूछा था जिसके जवाब में शहाब ने कहा था कि उसके किसी दोस्त का कीमती सामान उसमें बन्द है। कुंजी उसी के पास है। चूँकि ट्रांसफर हुआ है इसलिए कनाडा में जब तक मुनासिब घर नहीं मिलता है तब तक वह कमरा उसी के सामान से लदा रहेगा। सुनकर रुकइया चुप रह गयी थी। घर बड़ा था। कमरे चार थे। एक बन्द भी है तो कोई खास तकलीफ उसे नहीं थी। एकाएक उसकी साँस तेजी से चलने लगी। उसने सादिया के

मासूम चेहरे और फूली आँख को देखा।

"मैं इन्हें छोड़ नहीं सकती हूँ।"

"मत छोड़िए, मैं छोड़ दूँगी।" गाल पर बह आये आँसू सादिया ने पोंछे।

"मेरी कोई गलती नहीं है। मेरे तीन बच्चे हैं⋯दो लड़कियाँ⋯मेरी मजबूरी है।"

"समझती हूँ।"

"फिर⋯?"

"मुझे सोचने का मौका दीजिए⋯मुझे आपसे कोई शिकायत नहीं है क्योंकि यह फरेब आपने नहीं, बरकत ने मेरे साथ किया है।"

"शहाब ने ?" रुकइया की बड़ी-बड़ी आँखें पानी से तर हो गयीं।

"शायद कोई और नाम भी हो, सिर्फ शहाब ही क्यों ?"

दोनों चुप हो गयीं। सादिया बरकत के टूटे मुजस्मे से उड़ी धूल से पूरी तरह निकल नहीं पायी थी। बेगाना मुल्क, बेगानी औरत और बेगाने मर्द का असली चेहरा या फिर अपने मर्द का नामर्द चेहरा⋯घर फोन करे डैडी, मम्मी को बुलाये ? उनकी बदनामी, सदमा, उसका सब मजाक उड़ाएँगे⋯फिर वह क्या करे ? उसने कनपटी के पास सर उँगलियों से दबाया। वह रुकइया के सामने रोना नहीं चाहती थी।

"हो सकता है शहाब और बरकत दो अलग इन्सान हों⋯हमशक्ल हम⋯?" रुकइया बुदबदायी।

"यह भी हो सकता है कि एक इन्सान के दो चेहरे हों।"

"मैं फोन करती हूँ शहाब को। आप उनकी आवाज पहचान लें।" रुकइया ने सचाई से भागने के डर से सबूत की तलाश शुरू कर दी।

"उससे तो अच्छा है उसके ऑफिस जाकर मैं खुद उससे मिल आऊँ⋯सारे शक दूर हो सकते हैं वरना⋯दो लोगों की अगर शक्ल एक हो सकती है तो फिर आवाज क्यों फर्क होगी ?"

सादिया का जवाब सुन रुकइया ने लम्बी साँस ली। कुछ देर गुमसुम बैठी रही फिर सादिया को गौर से देखते हुए एकाएक बोली :

"आपके हाथ के यह कड़े मेरे हैं⋯मेरी फुफ्फी ने दिये थे।" रुकइया के मुँह से निकला।

"कड़े ही क्या, मेरा शौहर भी आपका ही मजाजी खुदा है।" फीकी मुसकान सादिया के चेहरे पर उभरी। आँखों में कटाक्षभरी लहरें तड़पीं।

"कितना सोना चढ़ाया था ?"

"सौ तोले।" अपमानित-सी सादिया बोली।

"कराची जाते हुए उन्होंने मेरे सारे जेवर दूसरे सेफ में रखने को निकाले थे⋯सच्चे मोती और रूबीवाला सेट, पन्ने और हीरा जड़े कड़े, सोने का लम्बा पेट तक झूलता सतलड़ा, चूहे दत्ती और⋯"

"सब-कुछ आपका था, शायद यह लाकेट भी।" सादिया ने बदन में दौड़ते आक्रोश का मुँह दबाते हुए कहा।

"बिलकुल" यह मेरी बड़ी बहन ने दिया था जो इस्लामाबाद से आयी थीं। मगर खासतौर से रावलपिण्डी जाकर उन्होंने यह लाकेट खरीदा था।

"सँभालिए अपनी अमानत।" सादिया ने जेवर उतारने शुरू किये।

"मुझे गलत मत समझिए" पहने रहिए प्लीज !"

"मेरा अब रह क्या गया है ?" भारी आवाज से सादिया ने कहा।

"इस तरह तो मेरा भी कुछ नहीं बचा" यह सारे जेवर वापस करने के साथ क्या आप अपना शौहर भी इतनी आसानी से मुझे वापस कर देंगी ?"

"पता नहीं यह जेवर आपके हैं या मेरे" शौहर दरअसल आपके हैं या मेरे ? सच सिर्फ इतना है कि वह तीन बच्चों के बाप हैं" उन्होंने मुझे अँधेरे में रखा, मेरे माँ-बाप की शराफत का नाजायज फायदा उठाया और""

"और मैं क्या कहूँ ? उन्होंने मेरे बच्चों का मुस्तकबिल तारीक बनाया। मेरी मरजी और मुझे बताये बिना उन्होंने शादी की। उन्हें दूसरी शादी की जरूरत क्यों पड़ी जबकि न मैं पागल हूँ न बाँझ हूँ। न जेल गयी न घर से शहर से सालों गायब रही" या मैं बीबी के फरायज नहीं पूरा कर पायी, "उनकी देखरेख में कमी नहीं की फिर भी मुझे यह दिन देखना पड़ा। आखिर अब इस हालत में क्या करूँ मैं ?" रुकइया का सारा बदन काँप रहा था।

"हम दोनों क्या करें ?" खला में घूरती सादिया बोली।

"मैं अभी आयी", बच्चे की रोने की आवाज सुन रुकइया उठी और कमरे से बाहर निकल गयी। भरे पानी के बादलों पर सवार सादिया तकिया पर सर रख सावन भादों की तरह बरस पड़ी। उसे डैडी पर गुस्सा था कि उन्होंने अम्मी की बात मान एम्बेसी के जरिये बरकत के बारे में सारी मालूमात क्यों नहीं की थी।

रुकइया ने रोते बच्चे को उठाकर सीने से लगाया और उसका माथा चूमा। फिर जाने कैसा दर्द कलेजे में उठा और वह फूट-फूटकर रोने लगी। उसको अपना सारा भविष्य अँधेरे में डूबता नजर आया। तलाक" तीन बच्चे और माँ-बाप के सहारे पूरी जिन्दगी गुजारने की जद्दोजहद ने उसे सर से पैर तक लरजा दिया। शौहर की बेवफाई से ज्यादा उसको दूसरे सवाल परेशान कर रहे थे। सादिया जवान है। खूबसूरत है। बेहद पढ़ी-लिखी है। उसे शहाब किसी कीमत पर नहीं छोड़ेगा।

"अम्मी हमें भूख लगी है।" नायला ने कमरे में घुसते हुए कहा।

"अम्मी" अम्मी, आप रो क्यों रही हैं ?" उसी के पीछे फायजा ने आकर पूछा।

"सर में बहुत दर्द है।" रुकइया ने दोनों के गालों को सहलाया।

फोन की घण्टी बज उठी। घर में तीन नम्बर हैं। एक खाने की मेज के पास, दूसरा बेडरूम में। उन दोनों के कनेक्शन किचन में हैं। मगर नया नम्बर सिर्फ सादिया के

कमरे में है। सादिया फोन नहीं उठा रही है। उसे हकीकत झेलने की हिम्मत नहीं है। वह बरकत से क्या कहेगी ? ऑफिस जाकर भी क्या हासिल कर लेगी ? अपना हक ? वह हक जिससे बँधी पहले से एक औरत और उसके तीन बच्चे मौजूद हैं, जिसने पूरे दस साल इस मर्द से मोहब्बत करते हुए गुजार दिये हैं—उसके आगे मेरे यह पाँच महीने ?

रुकइया ने सो गये बेटे को बेबी-काट में लिटाया और किचन की तरफ बढ़ी। बेटियों के लिए दूध के साथ फल काटते हुए सोच रही थी कि यहाँ किससे शहाब का रोना रोया जाये ? यहाँ तो सभी हमाम में नंगे हैं। जंगल का कानून है। किसी की तीन तो किसी की चार बीवियाँ और लाताद बच्चे हैं। उन्हें चार बीवियाँ रखने की एजाजत किन हालात और शर्तों पर दी गयी है, उसका उन्हें इल्म नहीं है। मर्दों को कोई सुधार पाया है जो मैं मर्दों के बनाये रिवाजों के बीच अपना हक माँगने जाऊँगी ? पाकिस्तानी कोर्ट शहाब को कोई सजा नहीं देगा बल्कि मुझे ही कायल किया जाएगा और मैं उनसे बहस नहीं कर पाऊँगी कि जो कुछ शहाब ने किया वह दरअसल शरीयत और सुन्ना के खिलाफ है।

"हलो···" सादिया लगातर बजती घण्टी से तंग आकर उठी।

"कहाँ चली गयी थीं ? टिकट मिल गया न ? कुछ बोल क्यों नहीं रही हो ?" बरकत की आवाज में घबराहट की मद्धिम आहट थी। सादिया ने खामोशी से फोन रख दिया। गुसलखाने में जा उसने मुँह पर छीटें मारे और तौलिया से मुँह पोछा। इन दस सालों में इन दोनों ने अपने को कदम-कदम पर बाँटा होगा—कभी मर्द औरत होकर, कभी पति-पत्नी बनकर तो कभी माँ-बाप बनकर, फिर बरकत के पास मेरे लिए बचा क्या होगा ? जो बच गया है वह सिर्फ तलछट है। शहवत है। ऊब है। नया कुछ पाने की चाह है। एक सादी जिन्दगी के इतमीनान भरे सन्नाटे में हलचल लाने की तमन्ना भर है। वह मर्द को सुख देने का सिर्फ जरिया भर है। नहीं, नहीं, मैं अब इतनी बेइज्जती नहीं बर्दाश्त कर पाऊँगी, कभी नहीं···मैं वापस जाऊँगी फिर कभी न लौटने के लिए···मैंने घर चाहा था, शौहर चाहा था मगर यहाँ तो कुछ भी अपना नहीं है।

"यह क्या ?" रुकइया ने दरवाजा खोल कमरे में दाखिल होते हुए कहा।

"जाना है तो सामान बाँधना होगा।" सादिया का लहजा उखड़ गया था।

"जाकर क्या करोगी ?"

"अपनी किस्मत को रोऊँगी और क्या करूँगी भला ?"

"हम आपस में न लड़ें तो बेहतर है।" रुकइया ने नरमी से कहा।

"क्या मतलब ? मैं···?" सादिया ने हाथ का कपड़ा अटैची पर फेंका और रुँधे गले से पूछा।

"मैं आपसे बड़ी हूँ···शायद पन्द्रह या फिर दस साल, मैं आपसे ज्यादा मर्द की कमजोरी और मजबूती को जानती हूँ। इस वक्त हम दोनों ही नार्मल नहीं हैं। दिमागी

और जज्बाती सदमे से गुजर रहे हैं। सब कुछ इतनी जल्दी-जल्दी करना ठीक नहीं है।''

''आप चाहती क्या हैं ?'' सादिया ने बेबसी से कहा।

''हम एक-दूसरे के खिलाफ न खड़े होकर एक-दूसरे के साथ खड़े हो सकते हैं। तब हम एक अकेले नहीं बल्कि गिनती में ग्यारह होंगे। अपनी जिन्दगी की उलझन को एक-दूसरे की मदद से सुलझा लेंगे वरना··सच मुझे आपसे कतई कोई शिकायत नहीं है, यकीन कीजिए।'' रुकइया ने करीब जाकर सादिया के कन्धे पर हाथ रखा।

''आपका मतलब है कि हम एक ही छत के नीचे साथ-साथ रहें और एक ही मर्द को आपस में बाँट लें···?'' सादिया की साँस तेज हो गयी।

''नहीं, हरगिज नहीं, मोहब्बत तो एक से होती है। घर एक के साथ ही बसता है और जोड़ा भी दो का एक होता है। तर्जुबा चाहे जितनों से कर लिया जाए।''

''तो क्या मैं एक तर्जुबा हूँ ?'' सादिया का पारा चढ़ने लगा था।

''बिलकुल नहीं। आप उनकी शरीक-ए-हयात हैं जैसे मैं···मेरा इशारा···''

''यानी कि आप चूँकि तीन बच्चों की माँ हैं इसलिए आपसे की गयी शादी की मियाद देख मैं चुपचाप आपकी सौत बन आपके शौहर को माफ़ कर दूँ। यही चाहती हैं न आप ?''

''सिर्फ मैं नहीं बल्कि अब तो आप भी उनकी माँ हैं चाहे छोटी माँ या फिर सौतेली माँ। उससे आप इनकार नहीं कर सकती हैं, उसी तरह जैसे आप मेरे शौहर की दूसरी बीवी और मेरी सौत···''

''प्लीज मुझे इतने गलीज रिश्तों में न बाँधें··मैं किसी की सौत नहीं हूँ, मैं किसी की सौतेली माँ नहीं हूँ··मैं मिसिज बरकत हूँ सिर्फ मिसिज बरकत···'' मुँह छुपाकर सादिया फफक पड़ी।

''मगर बरकत का दूसरा नाम शहाब है। आपके शौहर की पहली शादी मेरे साथ हो चुकी है। इस हकीकत से आप भाग नहीं सकती हैं। उससे मुकाबला कीजिए। बस इतना ही मैं आपसे चाहती हूँ।''

''आप मुझसे इतनी हमदर्दी क्यों जता रही हैं ? आपको मेरी बेइज्जती करने का कोई हक नहीं।'' इतना कहती हुई सादिया बेहोश-सी बिस्तर पर बैठ गयी।

रुकइया ने अपने होठ काटे। पानी का गिलास लाकर सादिया को दिया। तभी फोन की घण्टी बज उठी। रुकइया ने सादिया को देखा। उसने आँखें खोलीं फिर बन्द कर लीं। रुकइया ने सादिया के बालों को प्यार से समेटा और फोन उठाकर भर्रायी आवाज में बहुत हल्के से कहा :

''हलो !''

''सादिया, मैं कई बार फोन कर चुका हूँ। सुनो, मैं अगले हफ्ते दिल्ली तुमसे मिलने आ रहा हूँ। सारी शिकायत दूर कर दूँगा। फिलहाल मेरी दोस्ती का मामला है··बुरा न मानना। मेरे दोस्त की बीवी रुकइया तुम्हें ठीक लगी होगी, बहुत सीधे शरीफ लोग

हैं···और हाँ सुनो, शॉपिंग करना चाहो तो मैं डालर्स का इन्तजाम कर देता हूँ···घर से निकलो, खुश-खुश दिल्ली लौटो···कहाँ घर में बोर हो रही हो···तुम कुछ बोलती क्यों नहीं हो···हूँ···हाँ···कर रही हो। हलो···सादिया···नींद में हो क्या ?''

''नहीं मैं पूरे होश में हूँ।'' रुकइया ने कहा।

''सादिया !''

''मैं सादिया नहीं रुकइया बोल रही हूँ। आप शायद शहाब नहीं बरकत बोल रहे हैं···आप दस मिनट बाद फोन करें, तब तक आपकी बेगम नहाकर निकल आएँगी।'' इतना कहकर रुकइया ने फोन रख दिया। उसके चेहरे पर तमतमाहट थी। कुछ कर गुजरने की बिलबिलाहट थी।

''तो आखिर राजफाश हो ही गया।'' हाथ में रिसीवर उठाये बरकत जम-सा गया, उसके दिमाग में घण्टी नहीं सीटी-सी बजने लगी थी। इतने एहतियात के बावजूद वह पकड़ा गया। मगर दूसरे ही लमहे वह अकड़ गया। आखिर वह पकड़ा कैसे गया ? क्या बेकार की बातें सोच रहा है ? कुछ नहीं हुआ तो फिर रुइकया के लहजे में इतनी तुरशी क्यों थी ? बरकत ने अपने बाल मुखतलिफ सवालों के साथ नोचने शुरू कर दिये। उसको दिन में तारे टूटते नजर आ रहे थे।

रुकइया ने किचन में जाकर गरम चाकलेट बनायी और उलटे पैर सादिया के कमरे में लौटी। उसके दिल में अब सादिया के लिए ममता थी जिसने उसके अन्दर का भय सोख लिया था, और उसके गम के दरख्त को अलबत्ता जड़ से हिला डाला था। दर्द की महीन चिनगारियाँ सीने में शाखाओं की तरह फैल चुकी थीं, जिसने दिमाग में तनाव को छाँट दिया था। वहाँ समझदारी से भरी एक चाँदी की सुरंग पगडण्डी बन उसे रास्ता दिखा रही थी।

''उठो···बच्चों की तरह नखरे नहीं करते। नायला, फायजा से तो बड़ी हो न।'' प्यार की झिड़की सुन सादिया इस स्थिति में भी मुसकरा पड़ी और उठकर उसने प्याली पकड़ी और घूँट भरा।

''कितने भाई बहन हैं ?''

''एक बहन और भाई···दोनों मुझसे छोटे हैं।''

''तुम्हारे अब्बू क्या करते हैं ?''

''डेडी एम.पी. हैं···चुनाव में खड़े होनेवाले हैं।''

''मेरी दो बहने हैं। दोनों मुझसे बड़ी हैं। अब्बू अम्मी कराँची में रहते हैं। भाई कोई नहीं है। अब्बू का बिजनेस है। उसी बिजनेस के चलते शहाब से मुलाकात हुई और हमारी शादी तय हो गयी। अब्बू सऊदी से कराँची लौट गये। उन्हें यहाँ तिजारत में नुकसान हुआ था। वैसे हम लोग यू.पी. के हैं। अम्मी-अब्बू का घर बाराबंकी में है। कुछ रिश्तेदारों के खत भी उनके पास कभी-कभी आते हैं। उन्हें शहाब की इस नयी खूबी का इल्म नहीं है। वह शहाब को दुनिया का सबसे नेक इन्सान समझते हैं मगर

फरिश्ते को शैतान बनते देर नहीं लगती, वह कभी भी एबादत से मुकर सकता है।''

''अम्मी हमारी शादी से खुश नहीं थीं। उन्हें शक-सा था। डैडी अलबत्ता मेरे आराम का सोचकर इतनी दूर मुझे भेजने को राजी हो गये थे। मुझे बरकत की शक्ल और तनख्वाह दोनों पसन्द आयी थी। अँग्रेजी अदब पढ़ने के चलते यूरोप घूमने का लालच नहीं छोड़ पायी थी···खुश थी, बहुत खुश···।'' सादिया की आँखों में पुरानी यादों ने चमक ला दी। उसी के साथ चन्द कतरे पानी के भी।

''शहाब बुरा शौहर नहीं है। न मेरे लिए न तुम्हारे लिए···समझ रही हो न, मैं क्या कहना चाह रही हूँ ?''

''नहीं।''

''वह औरत को बुनियादी खुशी दे सकता है—बिस्तर पर राहत, घर में अरामदेह जिन्दगी, पर्स में खर्च के लिए पैसे, बुढ़ापे की लाठी की शक्ल में औलादें, मगर···औरत को अपने को अकेला देने के हक में नहीं है। उसकी वफादारी का पैमाना हमसे अलग है। हमको अब तय करना होगा कि हम आधा शौहर भी लें या वह भी नहीं। मोहब्बत निभाएँ या इन्सानियत। मजहब को मानें या बेईमानी को नकारें ? अब सारे फैसले हमें करने हैं जो मुश्किल तो हैं मगर नामुमकिन नहीं।'' रुइकया ने इतना कहकर सादिया का हाथ अपने हाथों में लिया।

''मैंने न तो कभी अपने खिलौने बाँटे न कभी अपना हिस्सा दूसरे को दिया।'' सादिया ने धीमे से कहा।

''अगर पूरा शौहर लेना भी चाहोगी तो कैसे हासिल करोगी ?''

''पता नहीं।''

''मैं तुम्हें पूरा शौहर लौटाना भी चाहूँ तो लौटा नहीं सकती, मेरे वजूद के यह हिस्से हमेशा शहाब के साथ जुड़े रहेंगे।''

''जानती हूँ आप लोग पूरे पाँच हैं। बँध गयीं पाँचों उँगलियाँ तो मुट्ठी। खुल गयीं तो पंजा। हर उँगली अलग रहकर भी एक है···और मैं न हथेली बन सकती हूँ न कलाई, बल्कि हथेली पर रखी बाहर से लायी कोई चीज जैसी मेरी हैसियत होगी—यह मैं महसूस कर रही हूँ जो मुझे मंजूर न होगा।''

''फिर करोगी क्या ?'' रुकइया ने तड़पकर पूछा।

''अपने साथ हुए धोखे की अदालत से तलाक ले हर्जाना भी पा सकती हूँ···मगर मेरा वह अछूतापन तो कोई नहीं लौटा सकता। न कोर्ट न शरीयत। मैं चाहूँ भी तो पहले की तरह कुँवारी तो नहीं बन सकती···?''

''हम दोनों के बीच लम्बा फासला है। मैं तुम में शहाब का भविष्य देख रही हूँ और तुम मुझमें बरकत का अतीत। न मैं उसे माफ कर सकती हूँ न तुम। मगर इस मौजूदा वक्त का क्या करें जिसमें हम फँसे खड़े हैं जो हमारा वर्तमान है।''

''जिस वर्तमान को आप समय और स्थिति समझ रही हैं वह दरअसल मैं हूँ क्योंकि

भविष्य तो बच्चे हैं। इसलिए मुझे भविष्य और अतीत के बीच में से गैरहाजिर हो जाना चाहिए, उसमें ही हम सबका भला है।''

''फिर तुम्हारा भविष्य एक दिन वर्तमान में खड़ा हो तुम्हारे अतीत की पड़ताल पर उतर आया और तुमको एक सितमजदा औरत की शक्ल में या फिदाकार की मूरत में या फिर बुजदिल और बेहौसला इन्सान की शक्ल में देखने बैठ गया जो न अपनी लड़ाई लड़ सका न दूसरों के लिए कोई राह दुरुस्त कर सका। तब तुम क्या करोगी ?''

''आप मुझसे चाहती क्या हैं ?''

''तुम खुद अपने हालात को जाँचो और फैसला करो। अच्छे काम के लिए लड़ना और खून बहाना बरहक है···वरना माफी की भी गुंजाइश है बशर्ते की गलती करनेवाला गुनाह से तौबा करे। मगर यहाँ यह काम गुनाह नहीं एक सुन्नत है जिसकी इजाजत खुद दीन मजहब ने दे रखी है। इस सवाल पर तुम क्या करोगी ? कैसे अपने साथ किये गये जुल्म के खिलाफ इन्साफ माँगोगी ?''

सादिया चुपचाप रुकइया को देखती रही। इतने ढेर सारे सवालों के जवाब उसके पास नहीं थे। उसने तो अभी पूरी तरह इस हादसे को कुबूल भी नहीं किया था। एक डरावने ख्वाब की तरह उसे सब-कुछ नजर आ रहा था। रुकइया सादिया का हाथ सहलाती रही। फिर पास से उठते हुए बोली, ''दिल चाहे तो सो लो। दिमाग को आराम मिलेगा। इतमीनान रखो मैं तुम्हारे साथ हूँ। तुम्हारी लड़ाई मेरी लड़ाई है। मुझे गैर न समझना। हमारी जात एक है। पहचान और नस्ल एक है।''

''दुःख और परेशानी भी शायद एक है।'' सादिया ने दिल ही दिल में कहा और आँखें बन्द कर लीं।

शाम ढलने लगी थी। शहाब के घर आने का वक्त हो गया था। रुकइया घर समेटते हुए सोच रही थी कि शहाब सादिया के जहाज उड़ने से पहले घर नहीं लौटेगा, फिर भी खाना पकाना है, बच्चे होमवर्क पर बैठ चुके हैं। थोड़ी देर बाद उनको भूख लग आएगी। बाहर अँधेरा था। खिड़की से आसमान पर उड़ता एक जहाज पीली रोशनी का मुरछल अँधेरे में फेंकता हुआ गुजरा। चावल धोते हुए रुकइया ने अपने से पूछा कि क्या सादिया सचमुच आज चली जाएगी ?

सादिया पलँग पर लेटी इसी उलझन में पड़ी थी कि वह क्या करे। सब कुछ दिल्ली जाकर माँ-बाप को बताए या फिर बरकत को जी-भरकर खरी-खोटी सुनाए, जो एक तरफ शहाब बना एक जमी-जमायी गृहस्थी के सारे सुख ले रहा है तो दूसरी तरफ बरकत बन एक प्रेमी का रोल अदा कर रहा है। ऐसी हालत में वह क्या करे ? रुकइया भी जो कहना चाह रही है, उसे सादिया थोड़ा-बहुत समझ रही है। मगर सिर्फ सोचने से या फैसला कर लेने से तो लड़ाई नहीं लड़ी जा सकती है। उसका तरीका, तरकीब, रास्ता भी तो मालूम होना चाहिए। सादिया फोन की घण्टी सुनकर पहले की तरह पड़ी रही फिर कुछ सोचकर उठी और रिसीवर उठाकर बोली, ''हलो !''

"सादिया···" बरकत का स्वर सहज था।

"बरकत तुमने मेरे साथ ऐसा क्यों किया ?" सादिया फट पड़ी।

"क्या ?" बरकत इस बीच तूफान की तैयारी कर चुका था सो भोलेपन से बोला।

"तुम्हारी बीवी मौजूद थी, बच्चे थे और इस तरह मुझे बरबाद कर डाला ?" सादिया का गला रुँध गया।

"बच्चे तुम्हें भी दूँगा···वह सब कुछ दूँगा जो तुम्हें मिलना चाहिए। तुम्हें बर्बाद नहीं आबाद करूँगा। मैं वायदा करता हूँ।" प्यार से सराबोर स्वर में बरकत बोला।

"शटअप ! आई हेट यू···तुमने मुझे धोखा दिया।" सादिया गुस्से में बोली। उसके तन-बदन में जैसे लाल चींटियों ने एक साथ डंक मारे हों। उसने फोन पटक दिया। फोन की घण्टी बज उठी। बजती रही। तंग आकर सादिया ने फोन उठाया।

"तुम्हें क्या धोखा दिया मैंने ? वह पहली बीवी है मेरा माजी। मैंने कभी तुम्हारे पास्ट के बारे में कुछ पूछा ?···तुम भी मेरे पास्ट को लेकर अपनी जिन्दगी खराब मत करो।"

"तुम झूठ बोलते रहे कि वह तुम्हारे दोस्त की बीवी है।"

"इसलिए कि तुम्हें रंज नहीं पहुँचाना चाहता था। कुछ वर्षों बाद तुम्हें पता चलता भी तो तुम उसकी परवाह न करती क्योंकि मैं तुम्हें इतना प्यार और आराम देता कि तुम उसी में डूबी रहतीं। वक्त से पहले कुछ भी करना मुझे पसन्द नहीं है।"

"अगर मैं खुश न रहना चाहूँ और तलाक लूँ तो ?"

"मैं तुम्हें तलाक कभी नहीं दूँगा क्योंकि तुम मेरी जरूरत हो, मैं तुमसे प्यार करता हूँ···मगर इसका मतलब यह हरगिज मत लगाना कि मैं रुकइया को तलाक दूँगा।"

"तुम दो नावों पर सवार हो समर वाइफ, विण्टर बैटर हाफ में ज़िन्दगी बाँटकर जीना चाहते हो। अगर वह जिन्दगी मुझे पसन्द न हो तो ?"

"देखो सादिया, तुम पढ़ी-लिखी हो, बात को गैरजरूरी तरीके से बढ़ाओ मत। हर इन्सान का एक पास्ट होता है उसको कुरेदना बेवकूफी है, मैं भी जीना चाहता हूँ। पेड़ मर नहीं जाते अपनी पुरानी पत्तियाँ गिराकर, बल्कि उनमें हर मौसम में नये फल और पत्तियाँ आती हैं।"

"क्या पेड़, पत्थर, बर्फ, आसमान के पास दिल भी होता है ?" सादिया चटख गयी।

"अब तुम जान ही गयी हो तो बेहतर है हम कहीं मिलते हैं, फोन पर बातें कहाँ तक कर सकते हैं।"

"ठीक है मैं ऑफिस आती हूँ।" कहकर सादिया ने फोन रखना चाहा।

"ऑफिस नहीं, मैं घर के सामने पहुँच रहा हूँ।"

रुकइया खाना पका चुकी थी। अब वह थोड़ी देर टीवी देखना चाहती थी ताकि इस बड़ी गुत्थी को सुलझाने का कोई रास्ता उसे दिख जाए। वतन से दूर यहाँ कोई

मददगार नहीं था जो माँ-बहन की तरह उसके सर पर हाथ रखता। तीनों बच्चे माँ के पास थे। सादिया तैयार होकर जब कमरे से निकलने लगी तो रुकइया ने उस पर सरसरी नजर डाली।

"मैं जा रही हूँ।"

"कहाँ ?"

"शहाब कहूँ या बरकत ? उन्हीं से मिलने जा रही हूँ।"

सादिया चली गयी। खिड़की से रुकइया ने झाँककर देखा वह सड़क पार कर रही है जहाँ पर शहाब अपनी गाड़ी लिये खड़ा था। रुकइया के होठ काँपे और आँखें जलने-सी लगीं। सादिया कार का दरवाजा खोलकर बैठी और कार हल्के से रेंगती आगे बढ़ गयी। रुकइया बिलकुल तन्हा रह गयी। अजीब तरह की बेबसी उसके सारे बदन में फैलने लगी। दिल चाहा दहाड़ मारकर रोये। उसे शहाब के बारे में पहले भी कुछ खबरें मिली थीं कि वह अमेरिकन लड़कियों के साथ घूमता फिरता है। मगर यह तो शादी है। एक हिन्दुस्तानी लड़की से सारे रस्म व रिवाज के साथ निकाह किया है। उसे वह यह कहकर रद्द नहीं कर सकती है कि यह सब बेकार की बातें हैं। लोगों की तंग नजरी है जो औरत-मरद के रिश्तों में हमेशा गन्दगी ढूँढ़ते हैं।

बरकत और सादिया काफी दूर तक खामोश रहे। सादिया बरकत को देखकर कमजोर पड़ने लगी, सारा गुस्सा काफूर होने लगा और दिल चाहा कि सब-कुछ भूलकर वह बरकत के कन्धे पर सर रख दे। आखिर वह उसकी बीवी है। किसी दूसरे के लिए वह अपना शौहर क्यों खोये ? शौहर बना रहेगा तो घर बना रहेगा। घर बना रहेगा तो माँ-बाप की इज्जत बची रहेगी। उसका भविष्य सुरक्षित रहेगा। तलाक लेगी तो उसे दूसरी शादी करनी पड़ेगी। पता नहीं वह बरकत को भूल पाए या नहीं ? बरकत ने उसकी पसन्द की खुशबू लगा रखी थी। उसके दिमाग पर नशा छाने लगा। थोड़ी देर के लिए वह सब-कुछ भूलकर पुरानी यादों में भटक गयी।

"तुमने क्या सोचा ?" बरकत ने पूछा।

"आई लव यू।" सादिया ने उसके हाथ पर बेअख्तियार अपना हाथ रख दिया।

"पहले तय कर लो कि मुझसे नफरत करती हो या प्यार।" बरकत हँस पड़ा। उसकी आँखों में यकीन की चमक थी जैसे उसे अपनी जीत का यकीन हो।

"दोनों।" सादिया वर्तमान में वापस आ गयी थी।

"फिर ?"

"फैसला नहीं कर पा रही हूँ। मुझे थोड़ा वक्त चाहिए !"

"इसीलिए मेरी राय है, तुम दिल्ली जाओ। मैं वहाँ पहुँच रहा हूँ...चाहो तो अलग घर ले सकता हूँ। मगर जिन्दगी का हिसाब यही रहेगा, मैं किसी को नहीं छोड़ूँगा। जो मुझे मिला वह मेरा हिस्सा है। मेरी बातें समझने की कोशिश करो। यह सऊदी अरब है यहाँ बिना शौहर की एजाजत के न तुम यहाँ से जा सकती हो न ही दुबारा लौट

सकती हो…। जज्बात पर काबू पाओ। न मैंने कुछ नया किया है न तुमने कुछ अनहोनी देखी है। यही हमारा समाज है, रिवाज है, जरूरत है।"

"यानी औरत के अहसास, जज्बात, सोच, ख्वाब कोई अहमियत नहीं रखते ?"

"रखते हैं। उसको पूरा करने की जिम्मेदारी मुझ पर है। मैंने किसी तरह की कमी की है तुम्हारी देखभाल में ?"

"मैं ऐसी साँझी ख्वाहिश और ख्वाब की चाहत नहीं रखती हूँ।"

"पूरी दुनिया अपने को दूसरों के साथ साँझा करती है : बाप अपनी शिफ्कत दो बेटियों में, बेटियाँ अपना एहतराम माँ-बाप में, भाई-बहन भाइयों-बहनों में, एक खानदान अनेक रिश्तेदारों में…अकेला यहाँ किसी का कुछ नहीं है। एक इन्सान कई रिश्तों में बँटा हुआ है।"

"रुकइया आपको मेरे साथ बाँटेगी ?"

"बाँटेगी नहीं तो जाएगी कहाँ ?"

दोनों के बीच फिर खामोशी छा गयी। रोशनी से भरी सड़कें कार नापती रही। उसी के साथ सादिया को भी यह बात समझ में आने लगी थी कि पुराने कानून की सारी खानापूरी बरकत ने कर रखी है। नये कानून की कोई किताब छपी नहीं है जिसमें सोच और जज्बात का बयान हो, नयी औरत की ख्वाहिश और ख्याल की कदर हो। कल हो सकता है कि मैं रुकइया की जगह हूँ और सादिया की जगह कोई और नजमा…शहला…कोई भी हो सकती है।

"इतना सोचा मत करो सादिया, हम बिस्तर पर एक-दूसरे के लिए मुकम्मल थे। तुमने मेरी तस्वीर देखी। मुझे पसन्द किया, दो माह हम साथ रहे। तुमने मुझमें कोई कमी देखी ? तुम भी मुझे प्यार करती हो फिर यह खूबसूरत रिश्ता बरबाद मत करो। इसी में हम दोनों की भलाई है। रुकइया दो माह बाद बच्चों के स्कूल बन्द होने पर मायके चली जाएगी। फिर तुम आना, अपनी जन्नत में मेरे साथ रहना।"

"यह सब जिस आसानी से तुम कह रहे हो, उस आसानी से मैं अंजाम नहीं दे पाऊँगी। पता नहीं क्यों मेरे पैर पीछे की तरफ मुझे ले जा रहे हैं।"

"क्यों भला ? एक औरत होकर दूसरी औरत के साथ एक अपनापे का रिश्ता नहीं निभा सकती, फिर यह ह्यूमन राइट्स के…"

"तुम क्या मेरे ब्वाय फ्रेंड के साथ एक कमरे में रहना पसन्द कर पाओगे…क्या मैं दो शादियाँ कर सकती हूँ ?"

"तुम पढ़ी-लिखी लड़कियों में सारी खूबियों के बावजूद यही बहुत बड़ी कमी होती है कि एक तरफ जितनी खुली होती हैं दूसरी तरफ उतनी ही तंगनजर। नहीं जानती कि मरद औरत अपनी जरूरत, मिजाज और सोच में कितने अलग-अलग होते हैं। औरत एक से मुतमईन हो सकती है मगर मर्द नहीं।"

"कुछ मर्द आदतों में औरत और कुछ औरतें खसलत में मर्द होती हैं। समझ लो

मैं मर्द हूँ। गैरतदार, हाकिमाना तेवर और खुदगर्ज जो अपने शौहर को किसी और के साथ देखना बर्दाश्त नहीं कर सकती है और तीन बार तलाक तलाक तलाक कह सकती है।''

''न यह शरीयत है न ही इण्डियन पेनल कोड और न ही किसी मुल्क में रायज कानून। यह सब फितूर है लिबरेटेड औरतों के एबनार्मल बरताव का। तुम उनकी नकल मत करो। जानती हो मुझे कुछ चीजें पसन्द नहीं हैं।''

''मुझे घर छोड़ दो। रिपोर्टिंग टाइम में बस दो घण्टे बचे हैं, अभी सामान भी बाँधना है।''

''फिर मैं आता हूँ।'' बड़े प्यार से बरकत ने कहा और कार मोड़ दी।

''तुम्हारा असली नाम क्या है बरकत या शहाब ?''

''शहाब प्रोफेशनल नाम है जिसमें डिग्रियाँ हैं। बरकत मेरा घर का नाम है जो मेरी माँ ने मुझे दिया था क्योंकि मेरे पैदा होने के बाद अब्बा की तरक्की हुई थी।''

सादिया जब घर में घुसी तो रुकइया की जान में जान आयी। उसने टटोलती नजर से उसका चेहरा पढ़ना चाहा मगर नाकाम रही। बच्चे सो चुके थे। घर में सन्नाटा था। रुकइया ने काफी बनायी और ट्रे लेकर कमरे में दाखिल हुई। सादिया अटैची बन्द कर चुकी थी। कपड़ा बदलने जा रही थी। रुकइया को देख पलटी और बिस्तर पर आन बैठी।

''जाने की तैयारी कर ली ?''

''चारा भी क्या है ?''

''हम आमने-सामने बैठकर बात कर सकते हैं, उसी से कोई हल निकलेगा।''

''बरकत हम दोनों को तलाक नहीं देगा। कह चुका है।''

''हम दोनों तो उसे तलाक दे सकते हैं।

''क्या ?'' चौंक पड़ी सादिया।

''हाँ···वह अधिकार हम औरतों को भी मिला हुआ है, यह बात अलग है कि उसका फायदा सिर्फ मर्द उठाते हैं।''

''यह आप कर पाएँगी ?'' सादिया ने ताज्जुब से पूछा।

''जब तक नहीं जानती थी सब-कुछ अपना लगता था। अब टूटा है तो सब-कुछ बेगाना लग रहा है।''

''शायद यही एक राह मेरे पास भी बची है।'' हैरत भरी नजरों से सादिया ने रुकइया को देखते हुए मन-ही-मन कहा।

''तलाक देकर शहाब की आधी-आधी जायदाद हम बाँटकर अपनी बेइज्जती का सबक उसे सिखा सकते हैं। दौलत है उसी पर तो सारी इतराहट है। फिर तो बचेगी सिर्फ तनख्वाह और जमा होगी बूँद-बूँदकर जमापूँजी···भूल जाएँगे मियाँ तीसरा इश्क

और शादी।"

रुकइया के चेहरे पर पहली बार नफरत देखी सादिया ने, उसे कुछ राहत महसूस हुई।

हवाई अड्डे के लिए जब सादिया घर से बाहर निकली तो उसका दिल डूब रहा था। जितनी खुश वह आयी उतनी ही उदास वह लौट रही थी। जिस घर को वह सँवारने आयी थी वही उजड़ चुका था। जाते-जाते उसने रुकइया को लिपटाया और धीरे से बच्चों के गालों को चूमा। अन्दर कुछ उबल रहा था। बाहर आने को बेचैन था। उसने एक बड़ा घूँट भरा।

सुल्तान और सफिया ने जो बेटी का उदास चेहरा देखा तो समझे कि तन्हाई से घबराकर लौट आयी है। दोस्तों को इत्तला मिल गयी थी। उनके फोन आने पर वह नौकर से कहला देती कि वह बाहर गयी हुई है। रोज-ब-रोज गाढ़ी होती उदासी देख सफिया का माथा ठनका। ऐसी चंचल सैर तफरीह को पसन्द करनेवाली लड़की सारे-सारे दिन मुँह लपेट लेटी रहे, यह भी तो नहीं हो सकता है। आखिर एक दिन बेटी के सिरहाने जा बैठी और तरकीबों से दिल की बात उगलवाने में कामयाब हुई।

"अम्मी ! बरकत की एक बीवी और है और तीन बच्चे…"

"यानी कि…" जमकर रह गयी सफिया। बेटी को दिलासा देना तो दूर सर पर हाथ रखना भूल गयी।

सुल्तान साहब ने सुना तो चिराग पा हो गये। दूसरे दिन सीधे बाराबंकी जाने की तैयारी कर ली। वहाँ पहुँचकर पता चला कि यह तो बरकत उल्लाह का घर नहीं है बल्कि उसके दोस्त माजिद का घर है जो शारजा में हैं। सभी बातें सुल्तान को समझ में आ गयीं। सफिया की बातें उन्हें सारे रास्ते याद आती रहीं।

"डैडी, मैं वापस नहीं जाऊँगी…मुझे मजबूर मत करिए।"

"ठीक है, रो मत ! मैंने सऊदी अरब के राजदूत से बात की है। वकील ने कहा है तलाक के कागजात कल तक तैयार हो जाएँगे…"

"मुझे मेहर भी नहीं चाहिए। जायदाद, रुपया कुछ भी नहीं…"

"ठीक है।" टूटे से सुल्तान अहमद बोले।

आधी रात के बाद शहाब जब घर लौटा तो उसने रुकइया को जागता पाया। उसके तेवर खिंचे हुए थे। शहाब ने आराम से कपड़े बदले। रोज की तरह टीवी खोला और हल्की-सी ड्रिंक लेकर सोफे में धँस गया। रोज की तरह रुकइया उसके पहलू में जाकर नहीं बैठी। शहाब ने उसकी तरफ कोई ध्यान नहीं दिया। सादिया के बारे में कुछ कहा न पूछा। अन्दर घुमड़ते तूफान ने रुकइया के सब्र का पैमाना लबरेज कर दिया। एकाएक बोल उठी :

"मुझे तलाक चाहिए।"

"क्यों ?"

"वजह आप जानते हैं।"

"वह तलाक की वजह नहीं बन सकती है और मैं तलाक नहीं दूँगा।"

"फिर तलाक मुझे देना होगा आपको।"

"मैं तुम्हारे अहसास की कद्र करता हूँ। शरमिन्दा भी हूँ। गुस्सा थूक दो और मेरे पहलू में आकर बैठो⋯कल जो भी सोने का सेट पसन्द करोगी खरीद दूँगा।" शहाब ने प्यार से रुकइया को देखा।

"फिर तीसरी को वह सेट दे आइएगा।"

"अपनी कमाई से खरीदता हूँ।"

टका-सा जवाब सुन रुकइया पसीना-पसीना हो गयी। समझ गयी कि मियाँ पिघलने वाला नहीं है। तभी सादिया भी घुटी-घुटी दिल मसोसकर वापस लौट गयी। उसका दिल चाहा कि शहाब का शराब का गिलास उसी के सर पर दे मारे और घर का दरवाजा खोल सहरा सहरा भागती फिरे।

"जिन्दगी को जहन्नुम बनाने में औरतें काफी अहम किरदार निभाती हैं। मगर मैं इसकी एजाजत तुम्हें नहीं दूँगा। अगर तलाक चाहती हो तो अभी सामान उठाओ और कराँची चली जाओ। मगर मुझसे उम्मीद न करना कि मैं दोबारा बच्चों को देखने दूँगा यह फैसला मेरा अटल है।"

शहाब दरवाजा खोलकर बाहर निकल आया। खाने के कमरे में जाकर उसने दूसरी ड्रिंक बनायी और आराम से सिप भरने लगा। इन औरतों का कोई जवाब नहीं। सारी जिन्दगी इनके लिए कमाओ, घर बनाओ, जेवर खरीदो, अच्छा खाना फल दो, सारे-सारे दिन मेहनत करो⋯उस पर से अपनी थकान उतारने की भी इजाजत इनसे लो यानी ताश खेलने अहमद के घर क्यों गये ?⋯ जुबैर के साथ रात का खाना बाहर क्यों खाया ? आदमी जरा-सी आजादी का हकदार नहीं है। गुलाम से बदतर है शौहर की हैसियत उसके खुद के घर में। बात-बात पर एतराज। हर कदम पर रोक-टोक⋯आखिर क्यों ? इन्सान बगावत तो करेगा ही⋯कैदखाना या तो तोड़ेगा या फिर उसे अपने रहने के काबिल बनाएगा।

दूसरे दिन रुकइया ने दिल्ली फोन मिलाया। सादिया से बात करके महसूस हुआ कि वह लौटेगी नहीं। कायदे से इस खबर से रुकइया को खुश होना चाहिए था मगर हो गयी उदास। कराँची फोन मिलाया मगर सादिया के बारे में जबान न खोल सकी। शाम को शहाब का फोन आया कि वह जरा देर से घर आएगा क्योंकि भारतीय राजदूत ने उसे बुलाया है। पता नहीं क्यों रुकइया को लगा कि सिलसिला सादिया का हो सकता है।

राजदूत दीक्षित ने इधर-उधर की बात करने के बाद सुल्तान साहब का जिक्र किया

और सादिया के साथ हुए हादसे की तरफ इशारा किया और एक बड़ा लिफाफा शहाब को दिया जो दरअसल तलाकनामा था। सुल्तान साहब की इस जुर्रत पर शहाब को गुस्सा तो बहुत आया मगर ऊपर से हँसते हुए उसने कहा, "सर, मैं ब्रिटिश सिटिजिन हूँ। मेरा पास ब्रिटिश पासपोर्ट है। चूँकि मेरा ननिहाल हिन्दुस्तान में है इसलिए आना-जाना लगा रहता है।"

सुल्तान साहब ने जब रात को दीक्षितजी को फोन किया तो उन्होंने राज फाश किया, जिसे सुनकर सुल्तान साहब बौखला-से गये। कुछ ही देर बाद बरकत का फोन आया। उसने सुल्तान साहब से जिस अन्दाज में बात की वह इतनी कानूनी शब्दों में थी जिसमें रिश्तेदारी की कोई लचक शेष नहीं थी। सुल्तान साहब के लिए यह बहुत बड़ा धक्का था कि जिस आदमी से उनकी बेटी का निकाह हुआ था उसको हर बात से इनकार है। उसका कहना है कि यहाँ बरकत नाम का कोई आदमी इस पते पर मौजूद नहीं है। शहाब किसी सादिया को नहीं जानता है, वह शादी-शुदा आदमी है। उसकी बीवी का नाम रुकइया है।

यह सारी बातें जानकर सादिया को बड़ा गहरा धक्का लगा। उसने बरकत को फोन मिलाया, शिकवा करते हुए कहा कि आखिर बरकत रिश्तों को इतना उलझा क्यों रहा है। उस पर बरकत का जवाब बहुत सीधा-सादा था : मैंने शादी घर बसाने के लिए की थी। मुझे अपने बढ़ते कारोबार में एक ऐसा साथी चाहिए था जो मेरे तनाव को समझ सके, उसे बाँट सके, मगर तुमने मेरे आने का इन्तजार भी नहीं किया और सारी बातें उगल दीं। अभी भी कुछ बिगड़ा नहीं है, मैं तुम्हारी इस गलती को माफ कर सकता हूँ चाहो तो फौरन आ सकती हो।···अगर आने से इनकार है और तलाक देने की ही जिद है तो फिर मुझे पाँच करोड़ रुपये तुम्हारे वालिद हरजाने की शक्ल में दें वरना बैठी रहो मेरे नाम को लेकर···

सादिया ने खामोशी अख्तियार कर ली। रिश्तेदारों के पूछने पर उसने बड़ा नन्हा-सा जवाब देना सीख लिया था कि बरकत की कार-दुर्घटना में मौत हो गयी है। सब उसके चढ़ते सूरज जैसे दिन को याद करते और रात की स्याह चादर से निकलने की सलाह देते। घर में जो भी हो रहा था वह सफिया को पसन्द नहीं आ रहा था। वह सर पीटती फिर नमाज पढ़ती और सिजदे में गिर बिलख-बिलख कर रोती कि कैसा अन्धेर है सुहागिन बेवा बनकर जी रही है और बाप चुनाव में डूबा हुआ है। सुल्तान अहमद का सोचना था कि चुनाव जीतने के बाद वह बरकत को किसी-न-किसी रूप में मजा चखा सकते हैं। अभी खामोश रहना ही बेहतर है। बस उनकी पार्टी के पावर में आने भर की देर है, सब कुछ सुधर जाएगा।

रुकइया के सर पर जो भूत सवार हुआ तो 'खूलाह' या तलाक देकर ही उतरा। कराँची बच्चों के साथ गयी तो सादिया और बरकत की तस्वीर साथ ले गयी। माँ-बाप के सामने

चुपचाप रखकर उनके चेहरे को देखने लगी। करोड़पति ताजिर के लिए इतना बड़ा अपमान सहना कठिन था। खासकर उस इन्सान के लिए जिसको उन्होंने गरीब से अमीर बनाया था। शहाब बहुत रोया गिड़गिड़ाया, रुकइया से माफी माँगी मगर हासिल कुछ न हुआ। नायला, फायजा का नाम कराँची में लिखा दिया गया। शहाब को महीने में एक बार बच्चों को देखने की इजाजत कोर्ट ने दे दी।

यह सही है कि रुकइया ने अपना अधिकार लेने की हठ में अपना घर खो दिया था। इसका उसे रंज था मगर उस घर में उसका साँस लेना कितना कठिन हो रहा था। पत्नी बने रहने और एक झूठी जिन्दगी जीकर वह क्या करती ? सादिया ने जाते हुए उसके सारे जेवर कमरे की दराज में रख दिये थे। उसकी छोड़ी जन्नत में रुकइया रह नहीं सकती थी जो उसके लिए जहन्नुम से बदतर थी। उसने सादिया को तलाक के बाद फोन किया था कि मैं आजाद हुई मगर माली तौर से उसका दिवालिया नहीं निकाल सकी। क्योंकि तलाक चूँकि मैंने दिया इसलिए मेहर की रकम माफ करनी पड़ी। सब कुछ सुनकर सादिया ने कहा था कि अपनी लड़ाई में आपने बच्चों को क्यों शामिल कर लिया ? आखिर उन्हें बाप चाहिए। उस पर रुकइया ने कहकहा लगाकर कहा था कि जो काम वह बड़े होकर करते वह मैंने अभी करा दिया। अब तुम बताओ, तुम क्या करनेवाली हो ?

सादिया अकेली कमरे में पड़े-पड़े सोचती कि उसकी लड़ाई जरा पेचीदा है। वह बरकत को इस आसानी से सजा नहीं सुना सकती है जैसे रुकइया ने उसे कालापानी दे दिया है। उसे तो बरकत को उस जगह ले जाकर छोड़ना है जहाँ उसे इस बात का अहसास हो कि रिश्ते में ईमानदारी पहली शर्त होती है।

शहाब रुकइया और बच्चों के बिना उस घर में घुटने लगा था। इस बीच उसने सादिया को मनाने की बहुत कोशिश की मगर हर बार उसे यही जवाब मिलता कि वह घर पर नहीं है। लाइब्रेरी गयी हुई है। वह दिल्ली जाकर सुल्तान अहमद की खरी-खोटी नहीं सुनना चाहता था। और आज एकाएक डाक से उसे सादिया की शादी का कार्ड मिला। बरकत को लगा कि उसके गाल पर दूसरा झन्नाटेदार चाँटा पड़ा है और उसके हाथों में दबा कबूतर खुले आसमान में पहले कबूतर के पीछे उड़ गया है।

□

बचाव

बक्सवाली गली में टीन की खटपट से कान-पड़ी आवाज सुनाई नहीं पड़ रही थी। सड़क की बुरी हालत थी। रिक्शा उछलता-कूदता आगे बढ़ रहा था। बदली ने बच्चों को दोनों हाथों से सँभाल रखा था। पैरों के नीचे बक्स था जो हर पल फिसलने को तैयार था। बड़ा लड़का सो रहा था और छोटा गोद में बैठा मजे से चुसनी चूस रहा था। आगे गली तंग थी। बदली को वहीं नाबदान के पास उतरना पड़ा।

'छोटी फूफी आ गयी' का शोर गली से घर तक मच गया था। भाई के लड़के फरीद और हमीद वहीं पासवाली दुकान पर बैठे थे। भावज रेहाना ने उठकर किवाड़ खोला और ननद को प्यार से लिपटा अन्दर लायी। मुरगियाँ चारपाई पर उछलकूद मचा रही थीं। जल्दी से अनीसा ने उन्हें हका दरी झटककर बिछायी और फूफी की गोद से बच्चे को ले खिलाने लगीं। आलिया ने बड़े लड़के के गाल को प्यार से थपथपाया।

''न खत न पतरी, एकाएक आना कैसे हो गया ?'' भावज ने बक्स और दो बड़ी गठरियों को देखकर पूछा।

''और जाती भी कहाँ भाभी ?''

''क्यों, क्या हुआ ?'' बूढ़ी माँ ने बेटी को गले लगाते हुए पूछा।

''क्या बताएँ अम्माँ ! तकदीर ही फूट गयी तो…'' बदली की आवाज गहरा गयी।

''आओ, मुँह-हाथ धो लो फिर चैन से बैठकर बात करना।'' रेहाना ने बाल्टी में पानी डाल साबुन तौलिया रखा।

चाय और नमकीन खाते हुए बदली का दिल सँभल चुका था। जिस परेशानी से वह ससुराल के घर से निकली थी उसे सारी दुनिया परायी नजर आ रही थी। मायका आखिर मायका होता है। बचपन जहाँ गुजरता है उसका सुकून कारून का खजाना भी खरीद नहीं सकता है।

''हाँ, अब बताओ क्या गुजरी तुम पर ?'' रेहाना ने छोटे बेटे को गोद में लिटा थपकते हुए पूछा।

''इनका हिस्सा छीन लिया। कहते हैं भाई मरा तो तू भी हमारे लिए मर गयी ! गल्ला पानी देना ही बन्द कर दिया तो किस के सहारे बैठती ?''

''यूँ छोड़कर आना भी क्या ठीक था ? वहाँ जो तुम्हारे दो कमरे थे वह भी उनके

कब्जे में आ गये होंगे अब तो।" रेहाना कुढ़कर बोली।

"हफ्ते भर पहले दोनों जेठों ने कमरे खाली करवा लिये। सामान बाहर फिंकवा उसमें किरायेदार रख लिये हैं। बीच में पड़ोसी पड़े तो उनसे भी तू-तू मैं-मैं हो गयी। बेकार की हाथापाई में कोई क्यों पड़ता सो एक-दो दिन पड़ोसियों ने जैसे-तैसे अपने घर रखा। फिर सलाह दी कि भाई से कहकर इन पर केस करवा दो, तभी तुम्हारा हिस्सा मिलेगा।" इतना कह बदली सिसक पड़ी। बेटी को रोता देख बूढ़ी माँ ने अपनी गीली आँखें पोंछीं।

"दिल छोटा न करो, अब आ गयी हो तो फिर काहे की परेशानी ? भाई तुम्हारे आएँगे, कर लेना रात को बातें। अब दो घड़ी लेट जातीं।" कहती हुई रेहाना उठी और चूल्हे के पास जा बर्तन समेटने लगी।

बदली की शादी को दस साल हो गये। चार बच्चों में से यही दो बच्चे बचे, वरना बड़ी दो औलादें चार-पाँच साल की होकर मर गयीं। बदली के ससुर की बड़ी भारी गल्ले की दुकान बड़े बाजार में है। ससुर ने मरते हुए वह दुकान और मकान तीनों बेटों में बराबर-बराबर बाँट दिया था। दुकान खूब अच्छी चलती थी। जिन्दगी सुख से गुजर रही थी। एकाएक अशरफ को दिमागी बुखर हुआ और वह कच्ची गृहस्थी छोड़कर चल बसा। साल भर सब ठीक-ठाक चला। फिर मँझले के दिल में खोट आया और उसने बड़े को भी यह कहकर दबा लिया कि यदि भाई उसके कहे पर न चला तो वह दुकान को आधी बाँट लेगा। साख गयी बात गयी से डरकर बड़ा भाई चुप रह गया।

रात के खाने पर काजिम बहन को आया देखकर बड़ा खुश हुआ। दोनों भानजों से खेलता रहा। फिर बहन के हालचाल पूछने लगा। सारी बात जानकर उसका माथा गरम हो गया। सदरी की जेब में हाथ डाले सर झुकाये चुपचाप बैठा रहा, फिर गरदन उठाकर बहन के उदास चेहरे को देखा।

"दिल छोटा न कर बदली, बात अगर मुकदमा ठोंकने की है तो वकील कर लेंगे। मगर एक बार बरेली जाकर मुझे तेरे दोनों जेठों से बात करना बहुत जरूरी है। जरा समझूँ तो आखिर वह चाहते क्या हैं ?"

"तुम्हारा जब तक जी चाहे रहो, भाई की कमाई में बड़ी बरकत है।" बूढ़ी माँ ने बेटी की पीठ पर हाथ धरा।

बदली ने दूसरे दिन सारे घर की जिम्मेदारी पहले की तरह अपने ऊपर ले ली। भावज को आराम मिल गया। वह सास के साथ धूप में दरी बिछा बदली के छोटे बच्चे चीकू की मालिश करती। बड़े बेटे गोली को नहलाती और फिर खुद आराम से लेट खर्राटे भरती। उसकी दोनों लड़कियाँ अनीसा और आलिया जवान हो रही थीं। पढ़ाई छोड़ घर बैठी थीं। दोनों छोटे बेटे फरीद, हमीद स्कूल जाते थे। बक्स की बनवाई-रँगाई में इतनी आमदनी होने लगी थी कि काजिम ने दो नौकर रख लिये थे। अपनी पट्टी की सारी दुकानों में उसके बक्स अलग से दिखते थे। मोलभाव में वह दाम इस तरह लगाता कि ग्राहक खुश

हो जाता और दस-पाँच की छूट के चलते वह बक्स खरीदकर उठता।

बदली के ससुराल पहुँचकर काजिम ने बहन के हक की बात शुरू की। दोनों भाई सुनते रहे। फिर मँझले ने बड़ी मक्कारी से आँखें झपकायीं और कहा, "बेवा औरत वह भी जवान, हमसे नहीं सँभलनेवाली थी सो आपकी जिम्मेदारी आपके घर लौटा दी। आखिर भाई का भी तो कोई फर्ज है।"

"उसी फर्ज के नाते आया हूँ। बेवा और यतीम का हक आप इस तरह छीन नहीं सकते हैं। रहा लड़की को वापस घर भेजने की बात तो आपको बता देना चाहता हूँ कि लड़की माँ-बाप की जायदाद की हकदार बनती है। मगर वह आपकी बहू है···आपके भाई अशरफ से उसके दो बेटे हैं। उन बेटों का हक तो उन्हें मिलना चाहिए कि नहीं ?"

"हमें कब इनकार है···मगर अशरफ मरने से पहले अपना हिस्सा मेरे नाम कर गया तो मैं क्या करूँ ?" मँझला अब अपने असली रंग पर आ चुका था।

"यह कैसे मुमकिन है ! अपनी बीवी-बच्चों के रहते वह अपना हिस्सा आपको देगा ? अपने खानदान को बेदखल करने की बात समझ में नहीं आती।"

"यह तो अशरफ ही जानते होंगे। जिन्दा होते तो समझाते। कागजात सब मेरे पास हैं, मौके पर दिखा दूँगा।"

"बात अदालत कचहरी तक मुझे ले नहीं जानी है। मैं तो समझौता चाहता हूँ। आपके घर के बच्चे आपके घर पलें। सब राजी-खुशी से रहें, बस यही मेरी कोशिश है।"

"कोशिश तो हमारी भी रही। मगर हम उसकी जिम्मेदारी नहीं ले सकते हैं। दुकान नौकर पर छोड़कर आया हूँ···अब चलता हूँ आप आराम करें।" मँझला उठा।

"आप बड़े हैं फिर चुप क्यों हैं ?" काजिम ने बड़े की तरफ देखा जो भाई के संग उठ गया था।

काजिम ने नाश्ते चाय को हाथ नहीं लगाया। साथ लायी मिठाई मेज पर रख खड़ा हो गया। उसको अन्दाजा लग गया था कि अब ज्यादा बैठना अपनी बेइज्जती कराना है। सारे रास्ते उसके दिल में अफसोस, गुस्सा, तरस, नफरत, रहम के अहसास एक-दूसरे में गडमड हो बार-बार उसे अहसास दिलाते कि बदली को अपने दो बेटे जवान करने हैं, उसे खुद पहाड़ जैसी जिन्दगी तय करनी है।

भाई का उतरा चेहरा देख बदली सब-कुछ समझ गयी। उसे रत्ती भर उम्मीद न थी कि दोनों जेठ उसके भाई से कायदे से बात भी करेंगे। वह सर झुकाये आटा गूँदती रही। माँ से रुका न गया तो वह पूछ बैठी, "क्या कहते रहे बदली के जेठ ?"

"कुछ नहीं अम्माँ ! हमको हमारी जिम्मेदारी बता रहे थे।"

"शादी के बाद लड़की उनकी जिम्मेदारी है या हमारी ? पोते तो उनके कहलाएँगे, कहा नहीं तुमने ?"

"बता रहे थे, अशरफ ने अपना हिसससा भाई के नाम लिख दिया था इसलिए बदली का कुछ नहीं बनता।"

"झूठ ! झूठ बोलते हैं मँझले भाई !" बदली की आँखें बरस पड़ीं।

काजिम को महसूस होने लगा था कि बदली की परेशानी तनाव बनकर घर को अपने पंजे में जकड़ रही है। खर्च बढ़ रहा था। घर छोटा पड़ रहा था। एक घर में दूसरा घर बस रहा था। ऐसी हालत में उसे मुकदमा लड़ना कोई समझदारी की बात नहीं लग रही थी। वकील की फीस, पेशी और ऊपर से वक्त की बरबादी। उससे तो कहीं अच्छा है कि यह पैसे वह बदली के बच्चों पर खर्च करे और भूल जाए दुकान और दो कमरों को। वैसे भी उनके तेवर जो थे वह लड़ाई बढ़ानेवाले थे। गयी रात तक वह इसी उधेड़-बुन में पड़ा रहा कि क्या करे, क्या न करे। आखिर दोनों बेटियों के हाथ भी तो पीले करने हैं।

"भाई, मैं आप पर ज्यादा दिन बोझ बने नहीं रहना चाहती, आप वकील से पूछें अगर कुछ हो सकता है तो खर्चे के लिए यह हार गिरवी रख दें।" सुबह दुकान के लिए निकलते काजिम से बदली बोली।

"कैसी बात करती है पगली। जरूरत पड़ी तो ले लूँगा, अभी रख।" कहने को काजिम कह गया मगर दिल पर मन भर बोझ से दब गया कि अब चाहने न चाहने के बावजूद उसे मुकदमे की लानत को गले लगाना पड़ेगा। भारी मन से कदम उठाता वह गली पार सड़क पर आया और बिजली के खम्भे के नीचे खड़े होकर उसने नीम के पेड़ पर टँगी तख्ती देखी। कुछ देर सोचने के बाद वह जफर एडवोकेट के घर की तरफ बढ़ गया। वकील साहब ने केस सुनकर कागज माँगा तो काजिम लाजवाब हो गया। उसका मुँह लटका देख वकील ने दूसरी फाइल खोल ली।

"पहले यह बताएँ, केस तो बनता है न ?"

"क्यों नहीं, दोनों कानूनों से केस मजबूत है मगर सब्र जरूरी है।"

"समझ नहीं पाया···"

"मुसलमानों का जो पर्सनल ला है उसके मुताबिक तुम्हारी बहन के दोनों बेटों का हक बाप-दादा की जायदाद पर बनता है। शरीयत ला के हिसाब से उनको उनका हिस्सा मिलेगा। दूसरी तरफ जैसा कि तुमने बताया कि बाप ने हिबा यानी जबानी तौर पर दुकान और मकान के तीन हिस्से कर एक मामूली कागज पर 'विल' तैयार करवायी थी। उस नजर से भी तुम्हारा केस मजबूत है। बस एक चक्कर बरेली का मुझे लगाना पड़ेगा···और हाँ, जरा अपनी बहन का, उसके शौहर और बच्चों का नाम सारी तफसील लिखवा दो, मुकदमा दायर कर देता हूँ। इंशाल्लाह जीत तुम्हारी बहन की होगी।"

"फीस और खर्चे के नाम पर फिलहाल मामूली-सी रकम रखें फिर···"

"यह लो वकालतनामा, इस पर अपनी बहन के दस्तखत या अँगूठे के निशान लगवा लेना ताकि मैं इसको कचहरी में जमा कर दूँ।"

"बड़ी मेहरबानी होगी वकील साहब ! मेरी बहन बड़ी दुखियारी है। बच्चे अभी बहुत छोटे हैं, एक चार साल का, दूसरा सिर्फ सात महीने का···ऊपर अल्लाह का नीचे आप का सहारा है।" कहता काजिम बाहर निकला।

दो माह गुजर गये। जफर वकील का बनाया मुकदमा दायर हो गया। तारीख बढ़ती रही। जब काजिम पूछता तो जवाब मिलता, यह सिविल केस है साल दो साल तो लग जाएँगे। तारीख पड़ती तो जज हाजिर न होते या फिर कचहरी किसी वकील के मरने या दूसरे हादसों के कारण बन्द हो जाती। मुंशीजी के हाथ गरम न किये जाते तो तारीख जल्दी न लगती, जबकि काजिम दो फूलदार बक्स वकील साहब को और एक बड़ी सन्दूकची मुंशीजी को भेंट कर चुका था।

''भाई ! गरमी से सरदी और अब तो बरसात का महीना भी बीतने को है वकील साहब ने जैसी उम्मीद दिलायी थी वैसा तो कुछ नहीं हुआ ?'' बदली ने भाई को अकेला बैठा देखकर पूछा।

''कोर्ट-कचहरी में उम्र गुजर जाती है बहन !'' काजिम ने सुनी-सुनायी बात गम्भीरता से कही।

''फिर छोड़ो ! जो है उसी को बचाकर रखती हूँ वरना...''

''इसीलिए हकदार अपना हक नहीं ले पाता। कहने को कानून, अदालत गरीबों और मजलूमों के लिए बनायी गयी हैं मगर उसका खर्चा तो बस अमीरों की बस की बात है।''

''जीत भी तभी उन्हीं की होती है।'' इतना कहकर बदली चली गयी।

वकील के घर खासी भीड़ थी। काजिम चुपचाप एक कुरसी पर जाकर बैठ गया। सोचकर आया था कि आज वकील साहब को खरी-खोटी सुनाएगा। ढेरों रुपये लूट लिये मगर बात कहीं नहीं पहुँची। लोग एक-एक करके जाने लगे। जब काजिम तन्हा रह गया तो वकील के चेहरे पर राहत उभरी। हँसकर मजाक में बोले—''कस हो काजिम आज चुप का रोजा रखे हो का ?''

''नहीं ऐसी बात तो नहीं है, बस उम्मीद अब...''

''मुकदमे की बात बाद में करेंगे, पहले मेरी सुनो, हमेशा जब तुम आते थे जल्दी में रहते थे। मैं भी मुअक्किलों से घिरा रहता था।''

''जैसा हुक्म !''

''हमारे बड़े भाई हैं। उम्र ज्यादा नहीं बस यही चालीस के लगभग है। कच्ची गृहस्थी छोड़ भाभी अल्लाह को प्यारी हो गयी। उनको मरे हुए पाँच साल गुजर गये, इस बीच भाई साहब दूसरी शादी का ख्याल भी दिल में नहीं लाये मगर अब हम सब सोचते हैं उनको निकाह कर लेना चाहिए। दो छोटी लड़कियाँ जवान हो रही हैं, वह भी रोज के रोज बीमार...'' वकील साहब इतना कहकर चुप हो गये।

''औरत के बिना घर बरबाद होता है।'' उलझन दबाते हुए काजिम बोला।

''तुम्हारा क्या इरादा है दूसरी शादी कर लेनी चाहिए न ?'' जफर ने टटोलती नजरें गाड़ दीं।

''मेरी राय पूछ रहे हैं साहब तो मैं कहूँगा कि कोई बेवा, दुखियारी मिले या फिर

तलाकशुदा उससे शादी कर दीजिए, बच्चे पल जाएँगे, घर सँभल जाएगा, उस औरत को सर छुपाने को जगह मिल जाएगी।" काजिम ने लापरवाही से जवाब दिया। उसके दिल में दबा गुस्सा उबलनेवाला था कि देखो तो वकील कैसा दूसरों को दुःख में उलझाकर मुकदमे की बात गोल कर रहा है !

"जब तुम्हारे ख्यालात हमसे अलग नहीं हैं तो फिर परेशानी कैसी ? जात के हम दोनों 'गद्‌दी' हैं।" जफर वकील बड़ी बेतकल्लुफी से बोले।

"मैं समझा नहीं ?" काजिम को वकील का बरताव कुछ अजीब-सा लगा।

"तुम्हारी बहन बेवा है, इसमें समझने की क्या बात है ?" जफर तपाक से बोला।

"क्या मतलब ?" काजिम के सीने का उतार-चढ़ाव साँस की तेजी से बढ़ गया।

"दूसरी शादी।" जफर बोला।

"साहब, वह मानेगी भी या नहीं।"

"क्यों ?"

"हमारे घर किसी औरत का दूसरा ब्याह नहीं हुआ है···अनहोनी घट जाएगी···नहीं वकील साहब, नहीं। मेहरबानी करके आप हमारा मुकदमा देखें।" काजिम कुरसी से उठकर चलने लगा। गुस्से के मारे उसका बुरा हाल था।

"सोच लो, बहन को घर-गृहस्थी का सुख मिलेगा। मुकदमा भी मुफ्त लड़ दूँगा। दूसरे, तुम भी अपनी जिम्मेदारी से निबट जाओगे। सोचने का वक्त जितना चाहो, लो।" वकील साहब ने काजिम को जाते हुए देखकर कहा और कागज समेट फाइल में रखे।

काजिम ने मुड़कर कोई जवाब नहीं दिया। झुके सीने में मुँह छुपाये घर की तरफ चल पड़ा। ऐसी शर्मनाक बात कहना, वह भी अपनी हमशीर बहन से क्या मुमकिन है ? पढ़-लिखकर लोग कैसा बदल जाते हैं। औरत की इज्जत करना भूल जाते हैं। अरे भाई, हमारी बहन हम पर बोझ नहीं है जो गरदन पकड़कर घर से निकाल दें। अन्दर के गुस्से ने चाल तेज कर दी। जब फूली साँस के साथ काजिम घर में दाखिल हुआ तो देखा, बदली आँगन में दरी बिछाये नये लिहाफ में तागे डाल रही थी।

"अब्बा, हम भी नया लिहाफ ओढ़ेंगे।" बड़ी बेटी आलिया ने बाप को पानी का गिलास देते हुए कहा।

"हाँ, बनवा देंगे।" काजिम ने इतना कह पानी पिया और अँगोछे से चेहरे का पसीना पोंछ पलँग पर लेट गया।

बदली खाली हाथ आयी थी। उसकी जरूरतें थीं। पिछला जाड़ा किसी तरह कट गया था। इस बार तो नये लिहाफ, बिस्तर बनने थे। वह जाड़े का उतार था जब बदली आयी थी। अब जाड़े का चढ़ाव, यह बात बच्चे नहीं समझ पाएँगे, वह तो बस···

"वकील क्या बोला ?" रेहाना पट्‌टी से लगकर आन खड़ी हुई।

"बड़ा हरामजादा है।" बीड़ी बुझाते हुए काजिम ने पत्नी से कहा।

"क्यों और पैसा माँग रहा था क्या ?" परेशान-सी रेहाना बोली।

"नहीं।"

"फिर !"

"क्या बताऊँ ? कह रहा था बदली की शादी मेरे भाई से कर दो।" तैश में दाँत कटकटाते हुए काजिम ने धीमी आवाज में अल्फाज चबाये।

"अच्छा !" ताज्जुब से उसने मियाँ को देखा। फिर बदली के जवान चेहरे को ताका जिस पर नमक अभी भी बाकी था।

रात को बावर्चीखाने के काम से निपट रेहाना सास के पास पहुँची। पैर दबाने लगी। सास समझ गयी कि बहू कुछ कहना चाहती है। दोनों चुप रहीं। रेहाना के मन में डर था। लाख ननद की खैरख्वाही करें मगर रिश्ता नाजुक है, कहीं कोई यह न समझ ले कि उसे निकालने की सोच रही है। खर्चे-पानी से परेशान हो गयी है। उधर काजिम की माँ सोच रही थी कि दुल्हन की खिदमत में बदली एक टाँग से खड़ी रहती है फिर इसको कौन-सी बात अखर गयी जो यूँ रात के अँधेरे में कहने आयी है ?

"अम्माँ, जमाना बदल रहा है।" बात आखिर रेहाना ने शुरू कर दी।

"हाँ, यह तो जग की रीत है।"

"औरतों की दूसरी शादी भी होने लगी है अम्माँ।"

"तौबा। कौन बेशरम हैं यह लोग ?"

"बेशरमी काहे को कहती हो अम्माँ ? बेवा औरत दूसरों के सहारे जिये उससे तो अच्छा है कि···।"

"वह तो ठीक है मगर जहाँ कुवारियाँ बैठी हों वहाँ बेवा को कौन पूछेगा ?"

"जो पूछने लगे तो ?"

"दुनिया क्या कहेगी ?"

"दुनिया तो बदलती रहती है अम्माँ। इन्सान को अपनी चादर देखनी चाहिए।"

काजिम की बीवी समझ गयी कि सास पिघल सकती है, सो कोई जवाब न देकर वह कुछ देर खामोशी से पैर दबाती रही और बदली के नये घर के बारे में सोचती रही। डर तो उसको सिर्फ एक बात से लग रहा था कि मालूम नहीं वह मर्द कैसा है ? कहीं ऐसा न हो कि गये थे नमाज बख्शवाने और गले पड़ जाए रोजा···

रात भर तरह-तरह के ख्यालात से परेशान वह मुँहअँधेरे ही बिस्तर छोड़कर उठ बैठी। चाय-नाश्ता देने के बाद रेहाना बाजार के बहाने घर से निकली और जफर अहमद वकील का घर देख आयी। इत्तफाक देखो कि जब वह घर पूछती-पूछती वहाँ पहुँची तो ठीक उसी वक्त एक आदमी कोट-पैण्ट पहने घर से बाहर निकला। तभी किसी ने आगे बढ़कर पूछा कि आप जफर वकील हैं। उस कोटवाले ने जवाब दिया कि वह कचहरी गये हैं। मैं उनका बड़ा भाई आरिफ हूँ। सुनकर देखकर रेहाना ने तय कर लिया कि यह शादी होकर रहेगी चाहे दुनिया बगावत पर उतर आए। चादर से मुँह लपेटे वह घर

लौट आयी। घबराहट में सामान खरीदना याद नहीं रहा। वह तो घर पहुँचने पर जब बदली ने पूछा तो झट झूठ बोल बैठी, ''पैसा ले जाना भूल गयी थी।''

पिछले दो दिन की बारिश ने जाड़ा बढ़ा दिया था। आज जो धूप निकली तो बिस्तर कपड़े सब बाहर निकल आये। धूप के बावजूद हवा में बर्फीली फरफराहट थी। ननद-भावज खाना-पीना खत्म कर धूप सेंक रही थीं। काजिम की बीवी के दिल में कई दिनों से हलचल मची थी कि वह अपने दिल की बात, बिना बदली के दिल को टटोले, कह नहीं सकती थी। फिर बात बने कैसे ? कल से उसके दिमाग में एक कहनी चक्कर लगा रही थी कि जिसे वह बदली को सुनाना चाहती थी। यही मौका था जब अकेले में वह बदली का चेहरा भाँप सकती थी। सो मनगढ़न्त कहानी कली फुन्ने लगा रेहाना बदली को सुनाने लगी।

''दूसरी शादी में ऐसी बुराई क्या है भाभी जो बिचारी औरत की इतनी फजीहत हुई ?'' पूरी कहानी सुनकर बदली के दिल में गुस्सा उबलने लगा।

''वही तो···देखो समीना ने दूसरी शादी न कर अपना बिगाड़ा और सूफिया ने दूसरी शादी कर घर बसाया। दुनिया को क्या पड़ी थी किसी का दुःख-सुख देखकर उसके लिए कुछ करने की सो आज सूफिया खुश है।''

''भाभी ! दुनिया तो बस···'' इतना कहकर बदली ने ठण्डी साँस भरी। उसे अपने मँझले जेठ का बदला बरताव याद आया और उसकी आँखें भर आयीं।

रात को काजिम जब दुकान से लौटा तो वह कुछ बुझा-बुझा-सा था। खाना भी ठीक से नहीं खाया। किसी से ज्यादा बोला-चाला भी नहीं, बस चारपाई पर जाकर लेट गया। छत को ताकता धीरे-धीरे बीड़ी का कश खींचता रहा। काम से निबटकर जब रेहाना मियाँ के पास पहुँची तो उसे गुमसुम देखकर खुद भी चुपचाप जाकर लेट गयी। बातें तो उसे भी करनी थीं मगर कैसे शुरू करे ?

''सुनती हो···वह वकील फिर आज अपनी बात कह रहा था। साथ में एक शोशा और छोड़ा कि हमारे मजहब में बेवा की शादी कराना और बेवा से शादी करना बड़ा सवाब का काम है। बड़ी बेहयाई से हँसकर बोला, क्यों न हम कुछ नेकी कमाएँ ताकि कब्र में साँप-बिच्छू न डसें। आखिर तुम भी एक का चार बनाते हो और मैं भी सच का झूठ और झूठ का सच···''

''मुझे तो यह वकील बड़ा तेज लगता है, दुनिया की बड़ी समझ है।'' रेहाना ने गुस्से में भी दोधारी तलवार चलायी।

''मैं मुकदमा वापस लेकर किसी और वकील को दे दूँगा। कौन उसकी बकवास सुने।'' काजिम ने फैसला सुनाया।

''बात तो मुनासिब कहता है। फिर भाई भी उसका देखने-सुनने में बुरा नहीं है।'' रेहाना ने बेचैनी में साफ बात कह डाली।

"तुम्हें कैसे पता ?" काजिम उठ बैठा।

"हफ्ते भर पहले देख आयी। घर भी और वर भी···आज बहाने से लड़कियाँ भी देख लीं···बस बदली को राजी करना है वरना अम्माँ का दिल भी टटोल लिया है।"

"बिरादरी ?" अपने दिल का चोर काजिम छुपा न सका।

"उसे ठेंगा दिखाओ। बहन गरीब के घर तो जाएगी नहीं, जो लोगों की हिम्मत पड़ेगी। यहाँ तो लोग जबान खोलते डरेंगे।"

"बिल्ली की गरदन में घण्टी कौन बाँधेगा ?"

"तुम मुझ पर छोड़ दो और वकील साहब से हाँ कह दो।"

"हाँ कह दूँ ? बिना बदली से पूछे ?" काजिम के बदन में झुरझुरी दौड़ी और बदन पसीने में नहा गया।

दूसरे दिन घर में कोहराम मच गया। बदली ने अपने को पीट डाला। जी-भरकर सर दीवार में मारा और भावज को कड़वी-कसैली सुनायी फिर फफककर रोयी और सामान समेटने लगी। माँ-भावज चुप। आलिया और अनीसा बिना कुछ जाने फूफी की इस बेचैनी को देख रोने बैठ गयीं। माँ को रोता देख बच्चे भी सिसक पड़े, वैसे भी उनका कलेजा बाप के मरने के बाद कबूतर जैसा हो गया था। बात-बे बात सहम जाते थे।

शाम तक तूफान ठहरा तो रेहाना ने दो प्याली चाय बनायी और प्लेट में बिस्कुट रख ननद के पैतियाने रखा और प्यार से बाल सहलाये। शर्मिन्दा-सी बदली उठ बैठी और उदास आँखों से भावज को ताका। रेहाना की आँखें भर आयीं। औरत की जात को वह जानती है, कमबख्त को अपने पुराने से बड़ा मोह होता है चाहे वह गला-सड़ा ही क्यों न हो। मगर हर नयी चमकीली चीज को पकड़ते भयभीत हो उठती है।

"सर दर्द कर रहा होगा, दो घूँट चाय पियो तो जी सँभले।" दुलार भर लहजे से रेहाना बोली।

बदली ने उठकर चाय पी। बच्चे भी माँ को सहज देख आँगन में धमाचौकड़ी मचाने लगे। अनीसा ने बदली की चोटी खोल सरसों का तेल गरम कर सर दबाया और कंघी-चोटी कर बुआ के गालों का चुम्बन लिया। आलिया बँधे सामान को खोलने लगी। बिस्तरबन्द से निकालकर उसने चारपाई पर तोशक बिछायी और जूते चप्पल करीने से कमरे के कोने में लगाये। बूढ़ी माँ बेटी के पास आकर बैठ गयी। उसके पल्ले कुछ पड़ा नहीं था तो भी इतना समझ गयी थी कि जो तूफान उठा था अब शान्त हो चुका है। वह बेटी की पीठ सहला थोड़ी देर वहीं बैठी रही, फिर उठकर जाते-जाते बोली :

"तुम दोनों भाई-बहन जीते रहो, आबाद रहो अब यही दुआ है।"

शाम और रात अभी गले मिल रहे थे कि काजिम लाल कागज में बँधी मिठाई की टोकरी हाथ में लिये घर में दाखिल हुआ और मुसकराते हुए उसने रेहाना को देखा। आँखों-आँखों में दोनों ने बात की और अपने-अपने कामों में लग गये। मुँह-हाथ धो, घर के कपड़े पहन जब काजिम लौटा तो छोटी चौकी पर गरम समोसे के साथ

लाल-काले गुलाब जामुन रखे थे, जिन्हें देखकर बदली की आँखों में पानी भर आया और मन-ही-मन बोली, "जब रखवाला ही जल्लाद बन गया हो तो अब जान बचाने की कोशिश बेकार है।"

दो रजब निकाह की तारीख तय हुई। दोनों तरफ से खामोशी और सादगी पर जोर था। नेक काम था सवाब का जो सुन्नत की शक्ल में अदा होना था। घर की सफाई-पुताई, नये कपड़ों की सिलाई अलबत्ता शुरू हो गयी थी। बच्चों में एकदम अलग तरह की हलचल थी। हल्की बौखलाहट भरी खुशी, जो वह खुद समझ नहीं पा रहे थे। माँझेवाले दिन उबटन की लगवाई भी चार-पाँच रिश्तेदारों के बीच निपट गयी, जो बहुत करीब के थे। रात को मेहँदी जब नाइन लगाने बैठी तो बदली के दिल में हूक उठी जैसे मियाँ सामने खड़ा कह रहा हो, "क्या मेरे मरने का इन्तजार था तुम्हें, जो मुझे भूल यूँ हाथों में सुहाग की मेहँदी रचाने लगीं ?"

"आपकी कसम ! बच्चों का ख्याल न होता तो कब का जहर खा लेती।" इतना कह बदली भरे बादलों की तरह बरस पड़ी।

यह पहली रात थी जब वह बच्चों से अलग थी। निकाह, रुखस्ती और अब नया घर। एक नयी जिन्दगी नये मर्द के साथ गुजारनी थी। उसने हालात से हार मान ली थी क्योंकि उसके सरपरस्तों ने फैसला लिया था। और इस नये घर और जिन्दगी की अपनी परेशानियाँ थीं जिसे सोच-सोचकर उसका दिल उलट रहा था कि अब दो जवान होती लड़कियाँ क्या उसे माँ की शक्ल में दिल से कुबूल कर पाएँगी ? उसके बच्चे एक अजनबी को अपने बाप की जगह देख पाएँगे ? वह खुद अपना बिस्तर दूसरे शौहर के साथ बाँट सकेगी ? उसका रोयाँ-रोयाँ काँप रहा थ। अफशाँ से भरी माँग, फूलों से सजी सेज और लाल जोड़ा पहने बदली जैसे खुद अपने से सवाल कर रही थी कि अल्लाह यह कैसा इम्तहान है ?

काजिम बहन की डोली दोबारा घर से उठाकर बहुत खुश था। माँ भी बेटी को बिदा कर चैन से बैठी थी, रेहाना भी उसके बच्चों के संग बिस्तर में लेटी-लेटी सोच रही थी कि बदली सारी उम्र रोती कलपती शौहर को याद करती गुजार देती। चलो अच्छा हुआ कि अब अपनी नयी गृहस्थी में मरे-खपेगी, कुछ रोएगी कुछ हँसेगी, बहरहाल औरत की तरह जिएगी। इन बच्चों को न भी ले गयी तो इस घर पर यह बोझ न बनेंगे। आराम से दो रोटी इनके हिस्से की निकल आएगी, आगे बच्चों की किस्मत।

चौथी पर जब बदली आयी तो चेहरे पर घिरी घटा काफी छट गयी थी। चेहरे पर झेंपी मुसकान थी, खासकर आलिया अनीसा से आँखें चुरा रही थी। उसके दोनों बेटे उसका गुलाबी दुपट्टा पकड़े एक ही बात बार-बार दोहरा रहे थे।

"तुम हमें फिर छोड़कर चली जाओगी अम्माँ ?"

"तुम्हें साथ ले जाएँगे। इसीलिए तो तुम्हारी अम्माँ आयी थी। वहाँ तुम्हारी दो

बहने हैं शाजी और रानी। तुम्हें देखकर बहुत खुश होंगी।'' आरिफ ने छोटे बेटे चीकू को गोद में उठाकर कहा।

''आप हमें छोटे चचा की तरह घर से तो नहीं निकालेंगे न ?'' चार साल के गोली ने पूछा। उसके इस सवाल से सबकी आँखें नम हो गयीं। आरिफ ने उसे सीने से लिपटाया।

''हजारों साल जियो बेटा। यतीमों की सरपरस्ती नेक काम है।'' नये दामाद की मोहब्बत और नवासे की बातें सुन बदली की माँ जज्बाती हो बोली।

''यतीम अब यह कहाँ हैं ? यह मेरे बेटे हैं, जैसे शाजी और रानी हैं।'' आरिफ ने मुसकराकर बदली को देखा। बदली ने घबराकर दुपट्टे से मुँह छुपाया। इस उम्र में शरमाना भी उसे पसीने से नहला देता था।

कितनी अजीब बात है जो काम इन्सान के अपने नुकसान में तमाम होता है वह उसे बुरा लगता है और बात-बात पर समाज, मान-मर्यादा, ऊँच-नीच, शरम-हया की दोहाई देता है। मगर सब-कुछ जब अपने फायदे में जाता है तो वह हर बात को आँख बन्द करके न फक्त स्वीकार करता है बल्कि उसके हर पहलू में अच्छाइयाँ तलाश करता है। यही हाल काजिम के परिवार का हुआ। आरिफ मियाँ ने जो कहा उस पर निहाल हो उठे और जफर वकील ने जो कहा वह बिना किसी चूँ चरा के मान लिया। नतीजा चूँकि अच्छा निकला सो नाती रिश्तेदारों ने भी मुबारक सलामतें दीं।

आरिफ का घर सँभल गया था। दोनों लड़कियाँ स्कूल जाने से पहले झाड़ू रोटी कपड़ा करती थीं। अब चैन से नाखून पर नेलपालिश लगातीं, कपड़ों के मैच मिलातीं और नयी-नयी मजेदार पकवान खाती थीं। उनको लगता जैसे नयी माँ क्या आयी, बिल्ली के भागों छींका टूटा है। दोनों छोटे भाई उन्हें खिलौने लगते। उनके गाल नोचती उन्हें प्यार करती थीं। गोली का नाम बालवाड़ी में लिखवा दिया गया था। आरिफ मियाँ का कहना ही क्या था। दिन ईद और रात शब-बरात थी। बीमारी जाने कहाँ उड़नछू हो गयी। साफ-सुथरा गरम बिस्तर, दस्तरखान पर मजेदार खाना और ऑफिस जाते हुए कलफ इस्त्रीवाले कपड़े। ऊपर से ऑफिस में चैन से बिना किसी चिन्ता के दिन गुजारना कि जवान होती लड़कियाँ घर में अकेली हैं।

बदली की जिन्दगी को पुराना ढर्रा मिल गया था। वह कंघी-चोटी कर रेशमी कपड़े तन किये, भर-भर हाथ चूड़ी पहने, गोश्त बघारती, चवल फटकती, कपड़े काटती-सिलती गृहस्थी में डूब चुकी थी। कभी-कभी जब तन्हा होती तो घर का सन्नाटा जैसे खरगोशी करने लगता। उसकी पिछली जिन्दगी उसे पुकारने लगती। रात को आँखें जब नींद में डूबने लगतीं तो अशरफ और आरिफ का चेहरा गडमड होने लगता। आरिफ बाँहों में जकड़ता तो उसे अशरफ का सीना नजर आता। दोनों कभी इतने गुडमुड़ हो जाते कि वह पस्त-सी हो जाती—किसे देखे और किसे याद रखे ?

कभी-कभी आरिफ से इस तरह मुखातिब होती है जैसे अशरफ से होती थी कि घबराकर कहनेवाली बात भूल बैठती। अकसर वह अपने को अकेले में समझाने बैठ जाती थी। तब उसकी हमज़ाद उसके वजूद से बाहर निकल सामने आकर बड़ी तीखी नजरों से उसे घूरती और कटाक्ष भरे बाण चलाती :

'जिन्दगी अगर रेलगाड़ी की तरह पटरी बदल लेती है तो इसका मतलब यह हरगिज नहीं है कि वह मंजिल पर मुसाफिरों को छोड़ती नहीं है जो तुम इस घर में अपने पुराने घर की याद लेकर बैठी रहती हो ?'

'यह बात नहीं है ?'

'फिर बेवा बने रहने और दर-दर भटकने में ज्यादा सुख मिलता था क्या ?'

'तुम्हें कैसे समझाऊँ अपनी बात ?'

'जो दिल में है उसे बड़ी ईमानदारी से उगल दे तभी तुझे चैन मिलेगा।'

'मेरी गैरत जाने क्यों गवारा नहीं करती कि अशरफ की औलादें आरिफ पर बोझ बनें। वह शौहर मेरा है मगर मेरे जिगर के टुकड़ों का बाप नहीं···'

'तेरे सोचने का अन्दाज गलत है। आरिफ अब इन बच्चों का बाप है। वह खुद उन्हें लेने गया था। इस घर में इन दोनों को क्या कमी है ?'

'कुछ भी नहीं मगर···'

'तौबा। बात का बतंगड़ बनाना कोई तुमसे सीखे। क्यों नहीं कहती कि तुम्हें यह सुख जहर लग रहा है वरना जब दुनिया वजूद में आयी थी तो क्या सब एक बड़े कुनबे की तरह नहीं रहते थे। तब तेरा-मेरा कुछ न था। बच्चे किसी एक के न होकर सबके होते थे। इसलिए इस बदलती दुनिया में बेकार बैठ इस कोठी का धान उस कोठी मत कर। जो मिला है उसे पाकर खुश रह।'

'हाँ, कहती तो तू सच है मगर बेटों को उनके बाप का हक न मिले, उसकी गलन को कैसे भूल जाऊँ ?' बदली अन्दर की हूक दबा न पाती और उसका दर्द सुन सामने बैठी हमजाद बेचैन हो उठती और दोबारा बदली में जा समाती।

बदली कभी खुलकर यह बात आरिफ से न कह पायी। कुछ झिझक थी कुछ यह अहसास कि आरिफ बच्चों का ख्याल सगे बाप की तरह ही कर रहा था। लेकिन बदली क्या करे जो अन्दर एक खौफ बार-बार खिड़की दरवाजे खोलकर बाहर निकलने को बेचैन हो उठता कि अगर कल कुछ हो गया, फिर जिन्दगी बिखर गयी तो···तो इन दोनों लड़कों का क्या होगा ? क्या फिर एक और शादी ? क्या फिर एक और नया समझौता ? आरिफ के दिये रुपयों से कुछ छुपाकर रखना चाहती आड़े वक्त के लिए तो हिम्मत न पड़ती कि उस आदमी से बेईमानी करे जिसने उसे दूसरी जिन्दगी दी है। कभी-कभी बदली को लगता कि भाई के घर से ज्यादा इस घर में वह असुरक्षित है।

शादी के तीन साल बाद एकाएक पत्नी के देहान्त हो जाने से आरिफ की जिन्दगी ने उसे वीराने में ला पटका था। दो छोटी बच्चियों को सँभालने में उसने जिन्दगी की

चहल-पहल भरी रंगीनी के खत्म होने का अहसास बड़ा गहराई से महसूस किया था। इसलिए वह बदली के अन्दर का दर्द समझता था। उसकी टूटी जिन्दगी को जिस तरह बदली ने जोड़ा था, उसका अहसास उसे था। वह बदली का हक दिलवाने की कोशिश में लगा था। खुद वह क्रिमनल केसों का लायर था सो बदली और दो मासूम बच्चों के घर से इस तरह निकाले जाने पर उसने एक फौजदारी का मुकदमा दायर कर दिया और जफर वकील ने सिविल केस कर ही रखा था। दौ-दो केस अपने ऊपर देख बदली के जेठ घबरा उठे थे। उन्हें अखरता था दुकान छोड़ पेशी के लिए बरेली से सल्तानपुर जाना। मगर करते भी क्या, हक मारा था सो हर्जाना भरना ही था।

हफ्ते भर पहले बदली के बड़े जेठ का खत आया कि बदली के दोनों कमरे खाली पड़े हैं, वह लौट आए। यहाँ उसे सब याद करते हैं। उसका सारा सामान पहले की तरह उसके घर में जमा दिया गया है। पोस्टकार्ड लिये जब काजिम आरिफ के पास पहुँचा तो वह खत का मजमून पढ़कर हँस पड़ा। दूसरे वकील की समझदारी दाँव-पेंच बन इस खत में झलक रही थी। बदली के तेवर खिंच गये थे। उसे उनका गैर-इन्सानी बरताव याद आया और उसने पहली बार मियाँ के सामने मुँह खोला : "मुझे उन लोगों से किसी तरह का ताल्लुक नहीं रखना है।"

"वैसे भी अब आपका ताल्लुक उस घर से नहीं रह जाता है मगर बेटों का हक तो उन्हें मिलना चाहिए। जरूरत पड़ी तो आपको पेशी में जाना भी पड़ सकता है।" आरिफ ने सधे हुए लहजे से कहा।

दिन गुजर रहे थे। देखते-देखते शादी को साल से ऊपर हो गया था। बदली घर गृहस्थी में धँस चुकी थी। इधर कुछ दिनों से उसकी तबीयत खराब चल रही थी। उसके पैर भारी थे। यह बात उसने सबसे छुपाये रखी मगर भावज की निगाह से बचकर कहाँ जाती। लड़कियों के सामने उभरे पेट के संग चलने में उसे बड़ी शरम महसूस होती मगर अन्दर एक ठहराव-सा महसूस होता लगता कि इस खानदान में अपने को जमाने का यही एक रास्ता था वरना इन दोनों बेटियों के ब्याह के बाद कहीं वह गैरजरूरी चीज न समझ ली जाए और फिर भटकन का एक नया दौर शुरू हो जाए ?

"बदली, तुझे औकात से ज्यादा मिल रहा है तभी बातें बनाती है। कहाँ पाँचवाँ पास अशरफ और कहाँ एल.एल.बी. पास आरिफ। एक गल्ला बेचता था दूसरा मोटी-मोटी किताबों से सर मार कोर्ट-कचहरी में किस शान से कोट-पतलून पहनता है। अभी जो तू लुकमे-लुकमे को मोहताज होती तो उल्टा-सीधा काम करने के बाद अल्लाह का शुक्र अदा करती कि बच्चों के पेट में कुछ डालने के काबिल तो हुई। मगर···मसल मशहूर है न 'बन्दर क्या जाने अदरक का मजा ?' बदली कपड़े धोती, खाना पकाती, अकेले घर में अपने से बातें करती थी। उसकी आरामदेह जिन्दगी देख रेहाना खुदा का शुक्र अदा करती कि उसने समझदारी निभायी वरना बदली भरी जवानी में आरजू और

अहसास के सारे फल-फूल गिरा खाली पेड़ की तरह मौसमों की मार खा दिन गुजारती।

बदली के यहाँ लड़का पैदा हुआ था। शाजी, रानी, चीकू, गोली के अलावा आलिया अनीसा, हमीद, फरीद खुशी से फूले नहीं समा रहे थे। बदली भी जैसे माँ बन एक अलग तरह के सुख में झूल रही थी। बेटे का नाम ताहिर रखा गया। उसकी आमद की खुशी में बहुत बड़ी दावत का इन्तजाम हुआ था। आखिर आरिफ का नामलेवा पैदा हुआ था। बेटा तो खानदान को आगे बढ़ानेवाला होता है सो खुशी में घर पुतवाया गया। नया पालना बना और अब घर मेहमानों से भरा था। बड़ी कढ़ाई से कुरकुरे बरे उतरकर दही की परात में डूब रहे थे। तुख्में बालंगा के शरबत में डालने के लिए बर्फ की सिलें तोड़ी जा रही थीं। बड़े-बड़े काब में फीरनियों की परइयाँ सज रही थीं। फुलकियों और गुलगुलों से सेनी अटी थी। आज के दिन के लिए काजिम ने सबके लिए कपड़े बनवाये थे। मिठाई, फल, सूखे मेवे से भरे थालों से सजा बधावा पुलिस बैण्ड के साथ आरिफ के दरवाजे पहुँचा तो मोहल्लेवाले दरवाजा, खिड़की खोल आन खड़े हुए।

रात को मेहमानों के जाने के बाद जब घरवाले बच गये, उस वक्त आरिफ ने एक बड़ा लिफाफा बदली की तरफ बढ़ाया और जफर ने हँसते हुए काजिम से कहा, ''आज तक मैंने इतने कम वक्त में कोई मुकदमा जीता नहीं क्योंकि तुम हमारे मुवक्किल नहीं समधी बन गये थे। भाभी जान के मरहूम शौहर का हिस्सा, मकान और दुकान में, बेटों के नाम हो गया है। जब तक नाबालिग हैं तब तक आपको वली बनाया है।''

''अब इसकी क्या जरूरत है। खुदा ने बदली को छप्पर फाड़ कर दिया है।'' बूढ़ी माँ ने धीरे से कहा।

''खाला, आपका सोचना गलत है। खुदा ने जितना भी दिया हो मगर इसका मतलब यह तो नहीं कि इन्सान अपना हक छोड़ दे, जुल्म के खिलाफ आवाज उठाने में अपनी बेइज्जती महसूस करे। अब आपका हक आपके पास है। चाहे खैरात करें या किसी जरूरतमन्द को दें, यह आपकी मरजी है।''

''क्यों, खैरात क्यों करें ? लड़कों को बाप का हक मिला है। ऊपर से वली मामू हैं, फिर तो वह अपने ननिहाल में बिना किसी पर बोझ बने रह सकते हैं।'' आरिफ की बड़ी बहन को छोटे भाई जफर की बात बुरी लगी।

''हमारे घर के दरवाजे हमेशा चीकू गोली के लिए खुले हैं। सच पूछें तो इनके चले जाने से आँगन सूना हो गया है।'' रेहाना ने चहककर कहा।

बड़ी ननद की बात सुनकर बदली धक से रह गयी। नये बेटे की पैदाइश की खुशी बड़े बेटों की जुदाई की आशंका ने जैसे सोख ली, ऊपर से भावज की चहकदार आवाज ने उसे तोड़कर रख दिया। मन-ही-मन बोली, ''क्या अब मेरी कोख का बँटवारा होगा ?''

दूसरे दिन दोपहर से पहले बदली छोटे बेटे को गोद में ले और चीकू की उँगली पकड़ भाई के घर की तरफ पैदल ही चल पड़ी। उसके दिल में कल रात से एक बात कटे परिन्दे की तरह तड़प रही थी कि कहीं मेरी किस्मत का फैसला करनेवाले मेरे बच्चों

को मुझसे जुदा न कर दें। माँ के लिए अपना-पराया कुछ नहीं होता है, उसकी कोख से जन्मी हर औलाद उसकी अपनी होती है चाहे बाप अपने नुत्फे की बात कर वंशवृक्ष की शाखें गिनता रहे।

आगे गली में मुड़ते ही टीन पर पड़ती हथौड़ियों की खटपट शुरू हो गयी। सोता बच्चा कुनमुनाया और चीकू दौड़ता हुआ मामू की दुकान की तरफ भागा। बदली नाबदान पार कर खुले दरवाजे में दाखिल हुई। रेहाना धूप में गेहूँ फैला रही थी। आलिया और अनीसा पलँग पर बिछी चादर पर घुले गेहूँ की परात उलट रही थीं।

"अम्माँ आदाब !" बदली ने तोते के पिंजड़े के पास बैठी माँ को मुखातिब किया जो सुगा को हरे मिर्चे खिला रही थीं।

"बदली···कैसे आना हुआ ?" माँ ने ताज्जुब से पूछा।

"आप लोगों की याद आयी और चली आयी।" बदली ने हँसते हुए कहा।

आलिया, अनीसा काम छोड़ ताहिर की तरफ लपकीं। रेहाना ने गीले हाथ दुपट्टे में पोंछे और मुसकराती हुई ननद के पास आकर बैठ गयी। कल की दावत की बातें होती रहीं। फिर चाय-पानी पर इधर-उधर की गप्पें चलीं। जब घड़ी ने एक बजाया तो बदली अपने को रोक न पायी। गोली के आने का वक्त हो रहा था। अभी तक उसने अपनी जबान नहीं खोली थी।

"यह क्या···चल पड़ीं ?" रेहाना ने उसे सामान समेटते देख पूछा।

"भाभी ! यह सही है कि जीने के लिए मुझे बच्चों का हक चाहिए था। मेरे लिए अच्छा समझकर तुमने मुझे ब्याह दिया। कल तक मैं अशरफ की ब्याहता और बेवा थी, आज आरिफ के नाम का सुहाग मेरे माँग में अफशाँ और सन्दल बन चमक रहा है। उसकी औलाद से गोद भी भर गयी है। मुझे तुम्हारा और भैया का शुक्रगुजार होना चाहिए कि आज मेरे पास इज्जतदार जिन्दगी है मगर···"

"चल पगली, यह तो हमारा फर्ज था।" रेहाना ने ननद को गले लगाया।

"जानती हूँ तुम मुझे और गोली, चीकू को बहुत प्यार करती हो···मगर भाभी, अब तुम इन दोनों के लिए अपने दरवाजे बन्द रखोगी, यही कहने मैं आयी थी।" बदली ने इतना कह होठ भींचे।

"यानी ?" रेहाना सकपका गयी।

"मैं नहीं चाहती कि हक-हिस्से की तलवार मेरी ममता को दो फाँक कर दे।"

रेहाना के चेहरे का रंग फक हो गया। दिल में खिंचाव-सा महसूस हुआ। दरवाजे तक जब बदली को छोड़ने आयी तो उसकी आँखें नम थीं। बदली के चेहरे पर अलबत्ता खिली धूप चमचमा रही थी। उसने ताहिर को एक हाथ से सीने से चिपकाया और दूसरे हाथ की उँगली चीकू की मुट्ठी में फँसायी और चौखट से बाहर निकली। बदली को रेहाना तब तक जाता देखती रही जब तक वह अपनी गली में न मुड़ गयी।

□

मेरा घर कहाँ ?

लाली धोबिन की मिट्टी तभी से पलीद थी जब से उसका मरद मरा था। तीन बच्चों के संग अड्डे पर जाना और घर-घर से जाकर कपड़े समेटना अब उसके बस की बात नहीं रह गयी थी। छोटा लड़का साल भर का था। कभी गरम इस्त्री पकड़ लेता तो कभी धुले कपड़े पर अपना लकड़ी का चटुवा फेंक धब्बा लगा देता। तंग आकर लाली ने घरों में काम करने की ठानी। बरतन, झाड़ू और आटा गूँधने से उसके पास इतने पैसे आने लगे कि वह चैन से रोटी के साथ लहसुन की चटनी खा सकती थी।

बड़ी लड़की सोना दस-ग्यारह साल की हो रही थी। मोहल्ले के लड़कों के लिए आकर्षण का केन्द्र थी। गन्दे नाले के पास बसी यह झुग्गियाँ बिना पानी के बजबजाती रहती थीं। हर तरह की गाली और धन्धे यहाँ के लोगों की दिनचर्या थी। फैशनेबिल कॉलोनी के सामने बसी यह बस्ती अपने में एक हकीकत थी। लाली के पति राजा ने इस खाली मैदान में औरों की तरह कब्जा पाने की नीयत से झुग्गी डाली थी। गाँव में बेरोजगारी से तंग आकर दोनों शहर की तरफ निकले थे। कुछ दिन चैन से गुजरे। फिर उसे लत लग गयी पन्नी पीने की और उसी के चलते वह एक दिन नशे की हालत में चल बसा।

जवान होती लड़की को बचाने के चक्कर में लाली ने हालात के सामने हथियार डाल दिये और रोज-रोज राह रोकनेवाले अधेड़ बदमाश दिगम्बर दादा के घर बैठ गयी। अब उसके तेवर दूसरे थे। दिगम्बर का बस्ती पर दबदबा था। चाकू, कट्टा, लाठी, जंजीर उसके खिलौने थे। दिगम्बर की घरवाली को मरे चार-पाँच साल गुजर गये थे। इस बीच दिगम्बर भी औरतों को पटाते हुए और जोर-जबर्दस्ती करते-करते थक चुका था। उसे घर में रोटी के साथ पैर दबानेवाली एक औरत की जरूरत थी। कई महीनों तक नीम के नीचे बैठी लूली फकीरन के बारे में सोचता रहता कि जवान है, सुन्दर है मगर दोनों हाथ···? यहीं पर वह आकर रुक जाता जबकि फकीरन राजी थी। उन्हीं दिनों लाली जब किसी लौण्डे की शिकायत लेकर आयी तो उसने फैसला कर लिया कि इस धोबिन को अपने घर के घाट से कहीं जाने नहीं दूँगा।

लाली की लड़की सोना को जो तीन वक्त खाने को मिलने लगा तो उसकी आँखों

में तरावट और बदन पर गदबदापन आने लगा। उम्र भी रस्सी कूदती तेरह पार कर चौदहवें में लग रही थी। लाली को उसकी शादी की फिक्र थी। सोना भूख का मजा चख चुकी थी सो दिगम्बर दादा के पैर दबाने, भाँग पीसने और सर में तेल दबाने पर उसे कोई एतराज न होता। मगर शादी से उसकी जान निकलती कि जाने कहाँ माँ भेजे और सारे दिन खटने के बाद फिर वही रोटी और चटनी के लिए खिटखिट। मगर लाली अब उठते-बैठते उसके दिमाग में इन जुमलों की सुइयाँ चुभोती कि लड़की का असली घर शौहर का होता है, माँ-बाप तो बस लड़की के पालनेवाले होते हैं। यही दुनिया का कायदा कानून है।

सोना का ब्याह बिरादरी को खाना खिला, बाजे गाजे, जहेज के संग नन्कू के साथ हो गया। निकाह के बाद नन्कू सोना को बिदाकर अपने घर मंगोलपुरी ले गया। उसका परिवार बड़ा था। फूफी, ताई और उसकी माँ विधवा होकर एक साथ रहती थीं और प्लास्टिक की चप्पलों के तले के तीन छेदों में पट्टा डालने का काम करती थीं। वही उनकी रोजी रोटी थी। नन्कू सुबह जाकर आठ-दस गट्ठर तले और पट्टे के ले आता था। नन्कू के पास एक कमरा था। उसी में खाना-पीना, सोना-बिछौना था।

सोना नयी दुल्हन थी। तीन विधवाओं के बीच खाना पकाना, सजना-सँवरना और पति के संग कुछ घण्टे अकेले कमरे में रहना उसकी जिम्मेदारी थी। बाहर धूप या छाँव में बैठ तीनों काम करतीं और दोपहर में पाँचों साथ खाना खाकर कुछ देर सुस्ताते थे। यह जिन्दगी सोना ने कभी जी नहीं थी। उधर झुग्गियों में खेलकर बड़ी हुई फिर पाँच छह साल की थी जब से घर-घर इस्त्री के कपड़े माँ-बाप के साथ माँगने जाती और जब दिगम्बर दादा की रखैल की बेटी कहलायी तो अकड़कर चलना सीख गयी। परेशान करनेवाले लड़कों की उसने ऐसी खबर ली थी कि वह सोना को देख रास्ता बदल लेते थे। यह शादी भी दिगम्बर दादा के दबदबे के चलते हुई थी। नन्कू पहले नशे की पुड़िया बेचता था। एक दिन पुलिस पकड़कर ले गयी थी। उस समय दिगम्बर जाकर छुड़ा लाया था। वहाँ की मार से डरकर उसने स्मैक के धन्धे से तौबा कर ली थी। अब जो शरीफ बना तो उसे सोना का चटपट हर एक से बात करना, हँसना-बोलना बहुत अखरता था। खासकर तब जब सब जानते थे कि सोना की माँ लाली धोबिन दिगम्बर दादा की रखैल है।

सभी जानते थे कि दंगे-फसाद में लूट का माल दिगम्बर के घर भरा था। इस बार जो बम फटा तो दिगम्बर उसमें उड़ गया। लाली की दुनिया उजड़ गयी। उसको डर ने घेर लिया कि कहीं उसको बस्तीवाले लूट न लें या फिर दिगम्बर का दाहिना हाथ कहलाने वाला रग्घू उसको अपनी रखैल न बना ले। अब हालात ऐसे थे नहीं जो उसे किसी मर्द की जरूरत पड़ती। इसलिए वह झटपट सीमापुरी में मकान ले पहलवान की ट्रक पर सारा सामान लदवा रातों-रात झुग्गी छोड़कर भाग ली। हफ्तों उसने अपनी खैरखबर सोना को न दी। सच पूछा जाए तो वह अब अपनी जिन्दगी को अपनी तरह

जीना चाहती थी। उसके पास माल काफी था। दोनों लड़कों का नाम वह स्कूल में लिखवा चुकी थी। रोज के खरचे के लिए उसने कपड़े इस्त्री करने फिर शुरू कर दिये थे। इससे मोहल्ले में जान-पहचान जल्दी बन गयी और यह बताने में भी आसानी हुई कि उसका पति राजा पुलिस लाइन में धोबी था। मरने के बाद नौकरी गयी सो इस मोहल्ले में आन बसी।

सोना को नन्कू ने जब मोहल्ले के जवान लड़कों के संग कई बार हँसते-बोलते देखा और मना करने पर भी कहा न माना तो उसने सोना की जमकर पिटाई कर दी, बदले में सोना ने भी नन्कू के सर पर बेलन दे मारा। तीनों विधवाओं ने ऐसी लड़की कहाँ देखी थी जो मियाँ को पीट कर रख दे ? सो उठते-बैठते बुरा-भला कहतीं। दिगम्बर के मरने से वह डर भी खत्म हो गया कि सोना मायके जाकर उसकी शिकायत करेगी। और अब तो उसकी माँ भी लापता है। ऐसी हालत में जो होता है वही हुआ। बढ़ती लड़ाई से तंग आकर नन्कू ने सोना को घर से निकाल दिया। उसने जब अपने कपड़े और बिस्तर माँगा तो जवाब में सबने मिलकर उसके गहने भी उतरवा लिये और उसे धमकाया कि यह उसका घर नहीं है। जो फिर यहाँ कदम रखा तो पैर काट दिये जाएँगे।

सोना एक बार फिर सड़क पर बेसहारा खड़ी थी। बाप और पति का घर का जादू झूठा साबित हुआ। माँ का पता नहीं था। उसका दूर का चचा नीतिबाग में इस्त्री का काम करता था। पिता के मरने के बाद एक-दो बार आया था। वही एक सहारा बचा था। रोती-धोती वह मंगोलपुरी से नीतिबाग, बिना बस का किराया भरे, पहुँच गयी। बड़ी-बड़ी कोठियों के बीच वह चाचा को कहाँ ढूँढ़े ? एक-दो फल के ठेलेवालों से उसने पूछा कि रमजान धोबी को जानते हो ? जवाब न में मिला। आखिर में थककर वह पेड़ के नीचे बैठ गयी जिसके पास किसी घनश्याम धोबी का अड्डा था। कुछ देर बाद घनश्याम कपड़े देकर लौटा तो सोना ने उससे रमजान के बारे में पूछा।

"तू कैसे जानती है उसे ?"

"वह मेरा चाचा है, मेरे अब्बा राजा का दूर का रिश्तेदार। उसके मरने पर आया था।"

"तू...?"

"मैं सोना हूँ। मेरा ब्याह मंगोलपुरी के नन्कू के साथ माँ ने किया था। उसने मुझे मारपीट कर निकाल दिया। माँ जाने कहाँ चली गयी है दिगम्बर दादा के मरने के बाद। अब मेरा सहारा कोई नहीं है, कहाँ जाऊँ ?"

"मेरे झोंपड़े चल...वहीं रह। आखिर मेरी भी कोई जिम्मेदारी बनती है न।"

"मतलब तू...." अकड़कर खड़ी हो गयी सोना।

"मैं रमजान हूँ। नाम बदल लिया है। सुख से रहता हूँ। घरवाली गाँव गयी है। झोंपड़ी में रह ले कुछ दिन। काम ढूँढ़ दूँगा किसी कोठी में...." रमजान ने हँसकर कहा। उसकी बात सुन सोना की चढ़ी साँस की गति मद्धिम पड़ी और गुस्सा काफूर हुआ।

रमजान चाचा उर्फ घनश्याम प्रेसवाले की झोंपड़ी जो कुछ दूर पर थी, वहाँ जाकर सोना ने चैन की साँस ली और भर गिलास चाय बना पी और बिखरे बरतन, कपड़े को समेटने में लग गयी। उसका माथा अभी घूमा हुआ था। जिन्दगी के इस बदलाव से अभी वह समझौता नहीं कर पा रही थी। दुःख-सुख तो लगा ही रहता है मगर इतनी उठा-पटक भी कैसी कि सर से छत ही छिन जाए और कहने को कोई घर न बचे।

कुछ दिन इस इन्तजार में गुजर गये कि शायद नन्कू उसे लेने आ जाए और बात रफा-दफा हो जाए। इस बीच रमजान नन्कू के घर दो बार हो भी आया मगर वे सोना को वापस बुलाने पर किसी तरह राजी न हुए। रमजान की परेशानी यह थी कि चार हफ्ते बाद घरवाली मय तीन बच्चों के टपकने वाली थी। सोना को देखकर उसका माथा फिर जाएगा। सोना को कहीं काम मिल नहीं रहा था। तंग आकर एक दिन सोना खुद मंगोलपुरी गयी ताकि लड़लड़ाकर अपना हक जमाए और फिर से रहना शुरू कर दे। मगर वहाँ पहुँचकर उसके हाथों के तोते उड़ गये।

घर के सामने झिलमिल पन्नियों का नन्हा-सा छत्तुर बना था। औरतें गाना गा रही थीं। सामने बड़े पतीलों पर कुछ चढ़ा था। सोना जो और आगे बढ़ी तो देखा नन्कू दूल्हा बना बैठा है और पास में गठरी बनी लाल कपड़ों में दुल्हन। अन्दर से उठा उसका गुस्सा उसके सर पर चढ़ गया। पैरों की चप्पल उतार उसने पीछे से जाकर नन्कू के सर-पीठ पर जी-भर कर जमायी। खुशी का माहौल थम गया। कई पल तक किसी के समझ में नहीं आया कि यह हुआ क्या, दूल्हे का सेहरा, हार नोचकर किसने फेंका। दुल्हन भी घूँघट उठाकर हैरत से शौहर को पिटता देख रही थी।

पल-भर बाद दृश्य दूसरा था। तीनों विधवाएँ सोना का झोंटा पकड़ बकरी की तरह उसे इधर-उधर घसीट रही थीं। दूल्हा जब जरा होश में आया। किराये पर ली चमचमाती शेरवानी का कालर उधड़ा देखा और पगड़ी को कीचड़ में लोटता तो उसका पारा सातवें आसमान पर जा चढ़ा। लातों की बारिश उसने सोना के कूल्हे-पीठ पर इस तरह करनी शुरू कर दी जैसे धोबी-घाट पर कपड़े पछाड़ता हो। यह हाल देख लड़कीवाले परेशान हो उठे। दुल्हन जाकर माँ से लिपट गयी और बाकी लोग दुम दबाकर भागने लगे। तभी अधमरी सोना को नाली के पास छोड़कर नन्कू तैश में पलटा और चूल्हे के पास से चाकू उठाकर उसने ससुरालवालों को दिखाकर उसी जुनूनी कैफियत में चिल्लाकर सबसे कहा, "कोई जाने न पाये वरना सर धड़ से अलग कर दिया जाएगा।"

कौन से हजारों मेहमान थे। कुल पन्द्रह बीस की भीड़ थी। जान किसे प्यारी नहीं होती सो सब दम साधकर बैठ गये। तीनों विधवाओं ने टीन की कुरसी पर दुल्हन को बिठाया और लाल दुपट्टे का साफा नन्कू के सर पर बाँध उसे दूसरी कुरसी पर बिठा पहले की तरह ढोलक लेकर बैठ गयीं। सोहाग के गाने की तान में लोगों की खुसुर-पुसुर गुम हो गयी। सोना ने कराह कर सर उठाया तो देखा वहाँ कुछ भी नहीं बदला था। फिर अपने को ताका जहाँ बहुत कुछ बदल चुका था। किसी तरह उठकर लड़खड़ाती

खड़ी हुई और बस स्टाप की तरफ बढ़ने लगी।

सोना जख्मी कबूतरी की तरह टूटे डैनों के संग जब रमजान के पास पहुँची तब तक वह एक बोतल सन्तरा चढ़ा नशे में धुत्त औंधा पड़ा था। सोना ने हल्दी का लेप खुद ही चोटों पर लगाया और चुपचाप लेटकर सोचने लगी कि वह कई दिनों तक चलने-फिरने के काबिल नहीं रह पाएगी, वरना कल से वह भी एक मेज डाल इस्त्री का अड्डा बना लेती। मगर अब तो···सुबह जब रमजान की आँख खुली तो सोना को बुखार में तपते देखा। डॉक्टर ने इंजेक्शन लगा कुछ दवाएँ दीं, जिससे सोना रात तक सँभल गयी और बुखार भी उतर गया। रमजान का दिल लड़की के लिए दुःख रहा था। उसकी माँ को कहाँ ढूँढ़े जो सोना को जाकर उसके सुपुर्द कर दे। सारे दिन अड्डे पर इसी उधेड़बुन में रहा।

पीली कोठी में सोना को झाड़ू-पोंछे की नौकरी मिल गयी थी। उससे पहले उसने इस्त्री करना चाहा तो कपड़ा जला डाला। जिन्दगी में अपना खानदानी पेशा कभी किया हो तो जानती। वह तो बस कपड़ा जमा करने का काम जानती थी, जो रमजान को पसन्द न था। वह कोठीवालों को जानता था। साहब लोगों-से शाही आदतों के उनके नौकर और ड्राइवर होते हैं तो भी वह सोना को रोक नहीं सकता था। आखिर उसकी घरवाली के लौटने में दो दिन बाकी थे। इस बीच सोना ने मालकिन को खुश कर गैरज में सोने की इजाजत ले ही ली। यह जानकर रमजान ने राहत की साँस भरी।

सोना अब पूरे अठारह साल की हो रही थी। इस बीच उसने छह-सात ठिकाने बदले थे। जहाँ जमने लगती वहीं से उखाड़ दी जाती। इस कोठी में भी हजारों काम मुफ्त करती कि रात को बन्द जगह सोने को मिल जाए। झाड़ू-पोंछा कर जब गरम प्याला चाय पीती तो भूखी अतड़ियाँ ऐंठने लगतीं। बँधा-बँधाया खाने का हिसाब तो था नहीं, कभी कोठी से मिल गया तो कभी रमजान ने अपनी रोटी उसे थमा दी। मगर उधर जब उसके हाथ में दो सौ के नोट आये तो उसने दोपहर को पिछवाड़ेवाले ढाबे पर दो रोटी और साथ में मिली दाल खानी शुरू कर दी। कपड़ा, चप्पल, शाल मेम साहब की उतरन मिल गयी थी। चादर भी बिछाने को उन्हीं ने दे दी थी। जिन्दगी में ठहराव-सा आ गया था।

एक रात जब सोना गहरी नींद सो रही थी तो उसे सपने में लगा कि उसकी माँ उसे सीने से लिपटा प्यार कर रही है। फिर उसे लगा कि दो मजबूत बाँहें उसे अपने कसाव में पकड़ रही हैं। इतने दिनों बाद पति का स्पर्श उसे सोते में भी सुख दे रहा था। तभी ठण्ड की झुरझुरी से वह जाग उठी। अँधेरे में उस पर कोई झुका था। उसकी गरम साँसें उसके चेहरे को छू रही थीं। खुशबू का एक झोंका बहा। सपनों और नींद ने सब कुछ धुँधला-सा दिया मगर यह खुशबू ? नन्कू के पास से तो पसीने की गन्ध आती थी···?

"कौन··कौन ?" सहमी-सी सोना बोली।

"चुप...किसी को पता भी नहीं चलेगा...उठ चल मेरे कमरे में, वहाँ नरम बिस्तर है आराम से लेटना...उठ।"

"छोटे साहब !" चौंक पड़ी सोना।

पीठ सहलाते हाथों को उसने झटका और उछलकर खड़ी हो गयी। मरदाने हाथों की जकड़न बढ़ी तो उसने बाजुओं पर अपने नुकीले दाँत गाड़ दिये। दर्द की शिद्दत से गिरफ्त ढीली पड़ी। मगर उसी के साथ एक जोरदार चाँटा सोना के गाल पर पड़ा। उसकी आँखों के सामने तारे टूटे। वह लड़खड़ा कर दीवार से टकरायी। तभी उसे महसूस हुआ कि हाथों की वहशत फिर साँप बन उसे जकड़न में ले रही है। कुछ देर वह साँस रोके बेजान-सी खड़ी रही। उसे बेहोश जानकर छोटे साहब ने उसे जमीन पर लिटाया और...तभी उसने पूरी ताकत से लात सीने पर मारी और कार और साइकिल के औजारों के बीच से कुछ उठाया और भरपूर हाथ से छोटे साहब के सर पर दे मारा।

गुलाबी ठण्ड में सड़क के किनारे बैठी सोना जाड़े से काँप रही थी। उसे अपने कपड़ों की गठरी और चादर याद आ रही थीं। उसने बहते आँसुओं को पोछा और थका बदन घसीटा। पौ फटने से पहले उसे यह इलाका छोड़ना पड़ेगा। पता नहीं छोटे साहब का सर फटा या...पुलिस में रपट लिखवायी गयी तो वह बच नहीं पाएगी। कहाँ जाए ? सड़क के किनारे चलते-चलते उसके बदन में गरमी आयी। पैर में कुछ चुभने से उसे रुकना पड़ा। काँटा निकालते हुए उसे अपने बाप की झुग्गी का ख्याल आया। बाप की याद से वह वहीं बैठे-बैठे फफक पड़ी। न वह मरता न उन सबकी गत लगती।

वह बस्ती बदली नहीं थी। बिना पानी के गन्दगी से बजबजाती हुई उसकी झुग्गी का कहीं कोई पता नहीं था। आबादी बढ़ने से झोंपड़ियों की तादाद बढ़ गयी थी। आधे से ज्यादा लोग नये थे। पुराने अपना कब्जा बेच कहीं चले गये थे। वहाँ से जब निराश लौटने लगी तो उसे ध्यान आया कि रग्घू दादा से मिलती जाऊँ। शायद कोई काम बन जाए। रग्घू ने उसे ठहरने की एक जगह दे दी। दिगम्बर के रिश्ते से उसे थोड़ा-बहुत नकद भी दिया ताकि अपनी जिन्दगी बसा सके। कोठियों से उसका अनुभव कड़वा था मगर काम माँगने कहाँ जाती ? हार कर वहीं पहुँची और काम कर अपने ठिकाने लौट आती। पन्द्रह-बीस दिनों में वह पुरानी कड़वाहट भूलकर फिर से अपने को खुश रखने लगी और उसने तय किया कि बाकी जिन्दगी अब वह इसी बस्ती में गुजार देगी।

सोना की दूसरी शादी की बात रमजान ने एक-दो लोगों से चलायी थी जिन्होंने सोना को रमजान के घर देख पसन्द किया था। मगर जैसे ही उन्हें पता चला कि यह छोड़ी हुई औरत है, उनका नजरिया ही सोना की तरफ से बदल गया। बिना तलाक वाली औरत को कौन घर में रखकर मुसीबत मोल लेगा।

"चाचा, तुम काहे इन सबके चक्कर में पड़े हो, मुझे नौकरी दिलवा दो अभी। ठिकाना मिल जाए तो दिमाग सही बात सोचेगा।" सोना रमजान की परेशानी देख खीझ उठती।

धोबियों में लाली की बात किसी से छुपी न थी। कहनेवालों ने तो यहाँ तक भी कह दिया कि माँ को देखना हो तो बेटी को देखो और जो बेटी को देखना हो तो माँ को देख लो। सोना आखिर उसी लाली धोबिन की बेटी है न, जो दिगम्बर के साथ बैठ गयी। तो फिर सोना कैसे अपना घर बसाये रखती। उसे भी तो कोई-न-कोई पैसेवाला मर्द चाहिए होगा। तभी शौहर के घर से भागकर चाचा के घर पड़ी है। इन सारी बातों से रमजान का दिमाग भनभनाने लगता था। अपने दोस्त राजा की याद उसे आती कि दोनों एक साथ गाँव से निकले थे। इस बड़े शहर की भीड़ में दोनों अलग हुए तो फिर मौत के दिन ही वह राजा का चेहरा देख पाया था। अब जो सोना की उसी बस्ती में जमने की खबर रमजान को मिली तो वह बड़ा खुश हुआ।

वह दोपहर भी बड़ी मनहूस थी जब बुलडोजर ने उसकी झुग्गी के संग सारी बस्ती उजाड़ दी। वह जमीन किसी ठेकेदार ने खरीद ली थी। वहाँ पर वह एक सिनेमाहाल बनाना चाहता था। रग्घू दादा की भी कुछ न चली और लुटा-पिटा गरीबों का काफिला अपने ही घर के मलबे पर रात गुजारने पर मजबूर हुआ। सोना का दिल उस रात से चहारदीवारी की चाहत से मुक्त हो गया। उसके अन्दर एक नफरत का उबाल हर दीवार को गिरा गया। उसने मिट्टी के ढेर पर बैठे-बैठे सामने कतार से खड़े पक्के ऊँचे मकानों कोठियों को देखा। फिर वहीं ढेर पर लेट गयी। ऊपर आसमान पर तारे छिटक रहे थे। उन्हें देख सोना का दिल हल्का हुआ और अन्दर से एक हँसी फूटी। उसकी चौकन्नी आँखें पहले से ज्यादा चमकदार हो उठीं।

इस बस्ती के मलबे के ढेर के सामने सोना ने चलता फिरता ढाबा खोल लिया। सुबह से चाय भट्ठी पर चढ़ जाती और दोपहर को आलू-गोभी की सब्जी के साथ रोटी बनने लगती। मजदूरों को खिलाकर जब वह परात में बचे आटे की दो लोई को अपने लिए बेलती तो सुख का एक असीमित सागर सीने में मचलता। उसका मस्त चेहरा देखकर अकसर मजदूर उसके संग ब्याह रचाने की बात कहते तो वह खिलखिलाकर हँस पड़ती। फिर गम्भीर हो पूछती एक रोटी और ले ले ताकि फजूल बातों की जगह न तेरे पेट में बचे न दिमाग में...मजदूर खिसियाकर उठ जाता और सोना जमीन पर थूक देती जैसे कह रही हो कि इस दुनिया के हर कोने पर मर्द खड़ा मिलेगा, कभी प्रेमी के रूप में तो कभी बलात्कारी के रूप में। मगर जो पति ढूँढ़ने निकलो तो एक भी कायदे का आदमी नजर नहीं आएगा, जिसके साथ उम्र एक छत के नीचे गुजार दी जाए। मैं तो यूँ ही भली। न कोई मेरा ठौर-ठिकाना न मैं किसी घर की मालकिन। दुनिया की आबादी हूँ और हालात की शहजादी हूँ। इन मर्दों को अब कौन समझाए ?

□

नयी हुकूमत

हाजरा अधेड़ उम्र की दहलीज पारकर लुटी-पिटी तन व तन्हा शौहर के घर से जब माँ की चौखट पर पहुँची तो जवानी की दौलत लुटा चुकी थी। खिचड़ी होते बाल, रूखा चेहरा, वीरान आँखें और साथ में थे चन्द रंग-उड़े टीन के बक्से जो रिक्शेवाले ने दरवाजे के अन्दर धकेल दिये थे।

आँगन में कबूतरों को दाना डालती हाजरा की माँ ने फीकी आँखों से बेटी को ताका फिर जज्बात से बिलबिला घुटनों पर हाथ रख बड़ी मुश्किलों से उठी और बेटी की बलाएँ ले, उसे छाती से लिपटा सुबक पड़ी। माँ-बेटी जब गले मिल चुकीं तो एकाएक हाजरा की माँ ने टूटे दरवाजे की तरफ नजरें घुमाकर पूछा—"नौशाद दूल्हा कहाँ रह गये ?"

"मैं अकेली आयी हूँ अम्माँ !" हाजरा ने दरवाजे की चौखट पर रखे बक्स दालान की तरफ घसीटे।

"अकेले ?" बूढ़ी माँ ने उलझे जटा बालों पर दुपट्टा जमाया।

"अकेले और दुकेले क्या ?" कहती हुई हाजरा ने घर पर उचटती नजर डाली। शहतूत और अंजीर की सूखी पत्तियाँ पूरे घर-आँगन में हवा में मचल रही थीं।

"ठहरो ! मैं चाय बनती हूँ, सफर में थकन हो गयी होगी।"

"तुम बैठो अम्माँ, मैं बनाती हूँ।" कहती हुई हाजरा बावर्चीखाने की तरफ बढ़ी। ठण्डे चूल्हे पर धुएँ से काली पतीली चढ़ी थी। खोला तो देखा अन्दर जली खिचड़ी पड़ी थी।

"परसों खिचड़ी बनायी थी। थोड़ा-थोड़ा खाती हूँ। अब खाना कहाँ हजम होता है।"

हाजरा ने माँ का थका चेहरा देखा और कोने में खड़ी झाड़ू उठा दालान आँगन बटोरने लगी। कूड़ा समेट उसने टोकरी में डाला और चूल्हे की राख निकाल पतीली को खँगाल चाय का पानी रखा। ताक पर न दियासलाई थी न डिब्बे में चाय की पत्ती थी। हाजरा ने सारे डिब्बे खोल डाले। माँ की जिन्दगी की तरह सब खाली थे। एक पुड़िया में मूँग की दाल अलबत्ता पड़ी थी और कुछ नमक के ढेले··तभी उसने देखा माँ कूड़े की टोकरी से सूखी पत्तियाँ निकाल रही है।

"यह क्या अम्माँ ?"

"चूल्हा नहीं जलाओगी क्या ?"

रात का खाना खाकर दोनों माँ-बेटी सोने लेटीं। सारे दिन की थकान ने हाजरा को बिस्तर पर लेटते ही थपकियाँ देनी शुरू कर दीं। हाजरा नींद में डूब ही रही थी कि उसे महसूस हुआ कोई दरवाजा खोलकर अन्दर दाखिल हुआ है। हड़बड़ाकर उठी तो सामने महजबीन को खड़ा पाया। अँधेरे में जेवर उसके बदन पर दीवाली के दीयों की तरह झिलमिला रहे थे। उसके चेहरे पर हल्की मुसकान की छाया-सी थी। हाजरा झुँझला पड़ी।

"अब यहाँ तो मेरा पीछा छोड़ दो।"

"यहाँ और वहाँ क्या ? मैं तो बरछी बन तुम्हारे जिगर में गहरी उतर गयी हूँ। तुम्हें छोड़कर अब जाना मुश्किल है।" महजबीन ने लचके-गोटे लगे दुपट्टे को उँगली में लपेटते हुए बड़ी अदा से कहा।

"या अल्लाह यह कैसा जुल्म है ?..."

हाजरा बेहाल-सी बिस्तर पर लेट गयी। बार-बार करवटें बदलने के बाद जरा-सी झपकी लगी तो उसके नथुनों में उबटन की तेज महक आयी और चेहरे पर ठण्डा गीला-सा स्पर्श महसूस हुआ। ढोलक और सुहाग गीत उसके कानों में मचलने लगे। हाजरा हड़बड़ाकर उठ बैठी। उसे याद आया, सत्ताईस साल पहले इस घर में वह लाल जोड़ा पहनकर अलताफ के साथ बिदा हुई थी। आँचल में गुड़-चावल डालते हुए दादी ने कुरान के साये से निकालते हुए उससे कहा था कि बेटी, लड़की का असली घर शौहर का होता है जहाँ से उसका जनाजा ही उठता है। हाजरा को लगा वह एक जिन्दा लाश है जो शौहर के घर से कब्र की तलाश में लौटायी गयी है। वह बेकरार-सी उठी और आँगन में आकर खड़ी हो गयी। आसमान पर दूज का चाँद बड़ी मक्कारी से मुसकरा रहा था। उसे एकाएक अलताफ का चेहरा याद आ गया।

"तलाक तो मुझे अलताफ को देनी चाहिए थी। मगर गुजार दी सारी जवानी उस आदमी के साथ, जिसका चेहरा मुझे कभी न भाया और आज उसने किस तरह दूध की मक्खी की तरह मुझे निकाल फेंका ?"

"क्या बात है हाजरा ?"

"कुछ नहीं अम्माँ !"

"जब से आयी है, बिन पानी की मछली की तरह बेकरार है। मियाँ-बीवी में तो मनमुटाव होता रहता है। देखना नौशाद दूल्हा दो दिन बाद तुम्हें लेने आ पहुँचेंगे।"

"अब वह कभी नहीं आएँगे मुझे लेने।"

"आखिर क्यों भला ?" हँस पड़ी बूढ़ी माँ।

हाजरा ने माँ के क्यों का कोई जवाब नहीं दिया, क्योंकि उसको खुद अलताफ की इस चाल का पता नहीं था। वजह ढूँढ़ती है तो कुछ समझ में नहीं आता है। तीन बच्चे उसने पाल-पोसकर बड़े किये। खर्च की तंगी में उसने सिलाई कर बच्चों को हर तरह

का सुख दिया। अब दोनों लड़कियाँ ससुराल में खुश हैं और बेटा दुबई कमाने गया है।

अब जरा सुख की साँस ली थी। दिल पहनने-ओढ़ने, घूमने-फिरने को चाहा था। जब सब तरफ से इतमीनान हुआ तो महजबीन ने बिजली की तरह गिरकर आशियाना जला डाला।

"यह तुम्हारी छोटी बहन की तरह है।" अलताफ ने एकाएक नयी-नवेली दुल्हन के साथ कमरे में दाखिल होकर कहा और वह अकबकायी-सी उन दोनों को देखती रह गयी। जब उसे होश आया तो जाने कैसे मुँह से निकल गया, "बहन ? बहनें सौत नहीं बनतीं।"

"मगर सौत को बहन तो समझा जा सकता है।" अलताफ का लहजा बेहद नरम था।

"तुम क्यों नहीं निभाते यह रिश्ता ?" हाजरा का खून खौल उठा।

"यह तुम्हरारी बाँदी बनकर रहेगी। मैं भी तुम्हारे सुख में कोई खलल नहीं डालूँगा। सब-कुछ वैसा ही चलेगा जैसा पिछले सत्ताईस सालों से चलता आया है।"

"सच ?"

"मेरा यकीन करो, हाजरा।" अलताफ मुसीबत में हमेशा हथियार डालने का आदी था।

"तो फिर हमेशा की तरह हर रात तुम मेरे पहलू में गुजारोगे और सुबह उठकर मैं गरम-गरम नाश्ता तुम्हें पलँग पर खिलाऊँगी ?"

"यह कैसे मुमकिन है ? आखिर नयी दुल्हन के अरमान··मेरा फर्ज···"

"फर्ज ? पुरानी दुल्हन के लिए तुम्हारे फर्ज और मेरे अरमान ?"

"देखो हाजरा, अब तुम ज्यादती कर रही हो। तुम इस घर की मालकिन हो, कुंजी तुम्हारे हाथ होगी···"

"यह घर, जिसकी आधी गृहस्थी मेरी मेहनत से बनी है, उसकी मालिक तो मैं हूँ, उसमें नयी बात क्या है ? मगर··इतना बड़ा कदम तुमने उठाया और मुझे भनक भी नहीं लगने दी ? जवान बच्चों के रहते तुमने यह क्या कर डाला ?"

हाजरा ने अपने दोनों हाथ सिर पर मारे।

"जो करना था कर डाला। निकाह करके लाया हूँ, भगाकर नहीं।" अलताफ के तेवर बदल गये। लहजा नरम से गरम हो उठा और वह तेज-तेज कदमों से बाहर निकला। उसके पीछे दुल्हन भी पाँयजेब बजाती उसको तलवार से काटती निकल गयी। दर्द की ताब न रही तो चीख पड़ी।

"इसके साथ मेरा गुजर नहीं होगा। यह मेरा घर है मेरा··इसका बँटवारा नहीं होने दूँगी। ईंट-से-ईंट बजाकर रख दूँगी। कल ही तार देती हूँ अनवर को···आओ, देखो बाप की करतूत, बूढ़े मुँह मुँहासे··मुँह पर कालिख पुतेगी तब पता चलेगा आटे-दाल का भाव···" हाजरा बड़बड़ाती रही। रोती-चीखती, चीजें पटकती रही मगर अलताफ मियाँ

के कान पर जूँ न रेंगी। जो पिछवाड़े नया कमरा बनवाया था उसमें वह नयी बीवी के साथ दाखिल हो गये। उनकी रात शब-बरात थी। उनको इससे क्या कि कोई कुढ़ रहा है या जल रहा है।

सूखे पेड़ के नीचे बैठे-बैठे हाजरा ने बची रात गुजार दी। पौ फटते ही चिड़ियों की चहकार गूँज उठी। उसने घुटनों से सिर उठाया और बेदिली से उठ चूल्हे के पास जा लकड़ियों को जोड़ मिट्टी का तेल डाला। आग जला वह मुँह धोने गयी। इस वक्त उसे अपना घर याद आ रहा था, जहाँ आराम की सारी चीजें थीं। गैस पर खाना पकाते हुए रेडियो सुनती। मेज पर खाना खाते हुए टीवी देखती और कूलर की ठण्डी हवा में सोती। सिंक पर खड़ी ब्रश करती मगर यहाँ तो सब उलट गया था। आराम का आदी बदन बुरी तरह टूट चुका था। माँ की गरीबी, बीमारी दूर रहकर सह ली जाती थी मगर यहाँ आँखों के सामने सब घट रहा था। उससे आँखें कैसे बन्द कर लेती। एक-दो गहने बदन पर पड़े थे। पर्स के रुपये थे ही कितने, वह भी राशन-पानी में खत्म हो गये। उसे अपनी जिन्दगी बोझ-सी लगने लगी। दिल में घर छोड़ने का मलाल टीस बनकर उभरा।

"आज हफ्ता गुजर गया तुम्हें आये, मगर नौशाद दूल्हा नहीं आये ?"

"मैं तुम पर बोझ हूँ क्या अम्माँ ? हाजरा चिड़चिड़ा उठी।

"कैसी बातें करती हो बेटी, तुम्हारे आने से पेट भर रहा है''मगर तेरे घर की फिक्र भी तो है। बेटियाँ अपने घर अच्छी लगती हैं।"

हाजरा चुप रही। कैसे कहती कि वह रात अंगारे के बिस्तर पर गुजर गयी थी। सुबह आँगन, दालान, गुसलखाने में गूँजती पाँयजेब की छुन-छुन उसके दिमाग में सुई चुभो रही थी। वह चुपचाप लेटी थी। धूप छत से गुजरती आँगन में उतर आयी। उसे अपना वजूद उस घर में बेकार लगा। सारी चीजें परायी लगीं। जब मर्द ही पराया बन गया तो इस घर-गृहस्थी को लेकर वह क्या करती ? उसने कबाड़ी को देने के लिए अपने जहेज के बक्स निकाले थे। चमड़े, प्लास्टिक के खूबसूरत सूटकेसों के आगे टीन के छापेदार बक्स रखकर वह क्या करती, मगर आज वही बक्स उसे अपने लगे। उठकर उसने उन्हें खोला। फिर कागज बिछाकर अपने कुछ कपड़े, जो उसे अब छोटे पड़ते थे, निकाल-निकालकर रखने लगी। अपने जहेज की चीजों को याद करती, उन्हें ढूँढ़ती बौरायी-सी कमरे में यादों के गोले को बेतहाशा खोले जा रही थी। जब वह अपने में पूरी तरह उलझी हुई थी, उस वक्त अलताफ आया और बेहद सपाट लहजे में बोला, "महजबीन कह रही थी तुमने नाश्ता नहीं किया ?"

"वह कौन होती है कहनेवाली कि मैंने नाश्ता किया है या नहीं, मैं उसकी पैर की जूती नहीं हूँ, अपनी मर्जी की मालिक हूँ।"

"मानता हूँ, देखो आज चौथी है। महजबीन के भाई आनेवाले हैं। हालात को समझो।"

"मुझे तलाक दे दो, फिर खातिर करना अपने नये ससुरालवालों की। मुझसे उम्मीद

मत रखो कि उनके आगे खासा लगाऊँगी।" हाजरा की जबान इतनी कड़वी भी हो सकती है इसका अन्दाजा खुद उसे भी नहीं था। अलताफ के अन्दर बैठा जानवर भी अब हुमकने लगा था। आखिर जिस बात की उन्हें इजाजत मिली है, उसी पर वार करना बेकार था। वह हाजरा से छीन क्या रहा था, बस अपने लिए कुछ खुशियाँ ही तो लाया था ? सारे फर्ज निभा दिये। अब जो जिन्दगी बच गयी है उसे अपनी तरह जीने का भी उसे कोई अधिकार नहीं है फिर तो मौत ही भली। थोड़ी देर टकटकी बाँधे हाजरा को घूरता रहा फिर नहले पर दहला जड़ दिया, "तलाक चाहती हो तो ले लो तलाक···तलाक, तलाक, तलाक,···" इतना कहकर गुस्से में अलताफ नये कमरे की तरफ लौट गया।

हाजरा पर दूसरा दिमागी सदमा बम के गोले की तरह फूटा। बौखलायी-सी वह नयी स्थिति को समझ पाती इससे पहले उसके अन्दर से एक तूफान उसके सारे वजूद को झिंझोड़ता बाहर निकला। गुस्से और गम ने समझ की सारी दीवारें गिरा दीं। घर में समझाने और रोकनेवाला कौन बैठा था जो तूफान पर रोक लगाता। यहाँ तो उल्टे पाँयजेब की छुन-छुन आग पर तेल का काम कर रही थी।

"वह मुझे तलाक देगा···मैं खुद उसे छोड़कर जा रही हूँ। मैं खुद उसे तीन बार नहीं छह बार तलाक देती हूँ—तलाक, तलाक, तलाक, तलाक, तलाक, तलाक···" बच्चों की गिनती की तरह बोल गयी हाजरा। उसका दिल चाहा कि नये कमरे में जाकर अलताफ के बदसूरत चेहरे को नाखूनों से नोच डाले जिससे वह जिन्दगी भर नफरत करती आयी थी। आज समझौते का पुराना बाँध टूट चुका था। अन्दर का दबा ज्वालामुखी आँख और मुँह के रास्ते फूटकर बाहर निकलने लगा था।

"मैं तलाक से डरकर ऐरे-गैरों की जूतियाँ सीधी करनेवाली नहीं हूँ। लो सँभालो अपना घर···" इतना कहते-कहते बौरायी हाजरा की आवाज भर्रा गयी। फूटकर रो पड़ती अगर सामने से महजबीन शरबत का जग उठाये गुजर न जाती। अन्दर की नरमी फिर धधकते लावे की तरह उबल पड़ी।

"इस घर का सारा तामझाम उठा ले जाऊँ तो मियाँ को पता चलेगा कि इनकी कमाई में कितना दम था।" कहती हुई हाजरा ने तीनों छोटे-बड़े टीन के बक्स घसीटे और दालान तक लाकर छोड़ दिये। तभी नये कमरे के खिड़की-दरवाजा बन्द होने की आवाज उसके कानों से टकरायी जैसे अलताफ कह रहा हो, "जाओ मेरी बला से और जो जा रही हो तो फिर लौटना नहीं।"

स्टेशन तक पहुँचने और रेलगाड़ी में बैठने तक उसका जोश बदस्तूर कायम था मगर जैसे ही गाड़ी हिली, उसके अन्दर कुछ काँपा था। दो घण्टे के छोटे-से सफर में गुस्सा काफूर बन उड़ता गया और उसकी जगह गम का चेहरा निखरता गया। भागते पेड़ों, खेतों, पुल और बस्ती को देखकर भी उसकी नजरें अपनी जिन्दगी की राह में उलझी हुई थीं। कच्चे मकान की लिपाई से लेकर पक्की दीवारों तक का सफर याद आ रहा था। उस घर को घर बनाने में अपना दाँत से पकड़कर पैसा खर्च करना याद आ

रहा था। गाड़ी जब स्टेशन पर रुकी तो आँखों से गरम सोते उबल पड़े। भीड़ में कुली के पीछे चलती हुई वह अपने को बीमार महसूस कर रही थी, जैसे गिरते आँसू उसके बदन की सारी ताकत निचोड़ रहे हों। रिक्शे पर बैठ उसने अपने को सँभाला। ठण्डी हवा ने गीली आँखों पर पंखा झला। जब घर की ड्योढ़ी पर पहुँची तो उसे सिर्फ अपना अपमान याद रहा। दिल व दिमाग में नफरत ही नफरत थी, महजबीन के लिए कम अलताफ के लिए ज्यादा।

पन्द्रह दिन में साथ लाये रुपये चिड़ियों की तरह फुर्र हो गये तो हाजरा नींद से जागी। अनवर ने दो माह पहले पाँच हजार उसे भेजे थे जो पर्स में पड़े थे, जिससे उसने टूटा दरवाजा और दालान की टपकती छत ठीक करवायी थी। बावर्चीखाने के खाली डिब्बे भरे थे। अब किसके भरोसे आगे के दिन गुजारेगी ? अनवर का पता वह जल्दबाजी में वहीं छोड़ आयी थी। उसका मनीऑर्डर आएगा वह अलताफ रख लेगा। वह बेटे को अपने साथ घटे हादसे की इत्तला भी नहीं दे सकती है। लड़कियों को उसने खत डाल दिया था मगर उसे यकीन नहीं था कि बेटे का पता उनके पास होगा। उनको जो कुछ लिखवाना मँगवाना होता था वह माँ को लिख देती थीं और हाजरा बहनों की फरमाईश उसके भाई को लिख भेजती थी। अब तो एक ही रास्ता था कि बदन पर पड़े जेवर को उतारकर बेचे और सिलाई की मशीन खरीदकर अपनी रोजी-रोटी खुद कमाये। आँखों में पहली जैसी रोशनी न सही तो भी चश्मे से काम तो चलाना पड़ेगा।

"हाजरा, तुम्हारा इरादा क्या अपने घर लौटने का नहीं है जो यह सारा खडराग पाल रही है ?" मशीन जिस दिन आयी माँ का माथा ठनका।

"वहाँ जाकर क्या करूँगी ?"

"मतलब…?"

"अलताफ ने दूसरी शादी कर ली है।"

"यानी कि…" माँ को साँप सूँघ गया।

"मुझे तलाक देना पड़ा पूरे छह बार…"

"बौरा गयी है क्या जो औलफौल बक रही है तू ?"

"उन तिलों से अब तेल नहीं निकलनेवाला है", कहती हुई हाजरा ने कटे कपड़ों को उठाया।

"जमाने को आग लग गयी है। जबसे आयी थी तभी से मेरा दिल धड़क रहा था कि कुछ अनहोनी घटनेवाली है।" माँ बड़बड़ा रही थी।

हाजरा की सिलाई मशीन खट-खट करती, कटे कपड़ों को जोड़ती, तूफानी रफ्तार से बढ़ रही थी। हाजरा ने जहाँ से जिन्दगी शुरू की थी वहीं पहुँच गयी। माँ-बेटी ने बड़ी तकलीफें उठायी थीं। जिन्दगी कभी खुशियों से भरी थी। हाजरा का बचपन भी बड़ा सुखी गुजरा था मगर बाप की अचानक मौत ने सब-कुछ बदल डाला था। फाके तक करने पड़े थे। जब फण्ड का रुपया मिला तो दादी ने हाजरा के हाथ पीले कर दिये

थे। घर में कुँवारी लड़की बैठी हो तो नींद यूँ ही उड़ी रहती है, फिर वह भी यतीम और बेसहारा। हाईस्कूल-पास हाजरा अलताफ के साथ ब्याह दी गयी थी, जो शीशे काटने का काम करता था। आज वे दोनों माँ-बेटी उसी तरह बेसहारा हो गयी थीं। उनकी समझ और दूर-अन्देशी काम न आयी और समय के घूमते पहिये ने बता दिया कि दुनिया गोल है, जो जहाँ से चला है वहीं लौट आता है।

रात को खा-पीकर जब माँ-बेटी बिस्तर पर लेटीं तो उस फैले अँधेरे में उनकी खुली आँखों के जुगनू काफी देर तक चमकते रहे। सारे दिन घर में आना-जाना लगा रहने से माँ हाजरा से कुछ पूछ नहीं पाती थी। अब जो मौका मिला है तो एक-साथ ढेरों सवाल दिमाग में कुलबुला रहे हैं, कौन-सा पूछें ? किस सवाल से बात शुरू करें ? हाजरा ने जो करवट बदली तो एकाएक माँ कह उठी—"खाक पड़े इन मर्दों की अक्ल पर···देखना नाकों चने चबवाएगी। बूढ़े और जवान का कभी जोड़ा बैठा है कहीं ?"

"पता नहीं कौन किस को चने चबवाएगा।"

"तलाक के साथ कुछ दिया भी या नहीं ?" माँ ने दिल पर पत्थर रखकर पूछ लिया।

"नहीं।"

"तलाक दी थी मर्द की तरह तो 'मताह' भी देता। आखिर औरत खाती-पीती भी है, वह भी इन्सान है, उसे भी सरदी-गरमी लगती है। सच है आज जमाना बदला तो मर्द भी बदल गये, अब पहली वाली बातें कहाँ उनमें ?"

"अलताफ-जैसे मर्द हर दौर में थे।" नफरत से हाजरा बोली।

"माना कि मर्द तोताचश्म होते हैं। उनके प्यार-मोहब्बत की मियाद बहुत छोटी होती है। मगर इन्सानियत भी एक चीज होती है। शादियाँ करो, मगर इस तरह तलाक देकर पहली को बेसहारा तो मत बनाओ। सच कहती हूँ, पहले तलाक देकर खाली हाथ औरत को वापस भेजना उनकी मर्दाना गैरत के खिलाफ था मगर अब···"

"छोड़ो अम्माँ कुछ लाती भी तो कितने दिन चलता ?"

"बात चलने की नहीं है बल्कि कायदे की है। तुमने अपना हक क्यों न लिया ? जब तलाक ली थी तो फिर छाती पर चढ़कर गुजारा भी तो लेती।"

"नहीं अम्माँ, जिस घर में इतनी बेइज्जती हुई हो वहाँ से कुछ लेना मुझे कुबूल न था।"

"खुला मैदान छोड़ आयी ? तुम लड़कियाँ भी अजीब हो ! जहाँ हक बनता है वह लेती नहीं हो, जहाँ लड़ना होता है वहाँ खामोश रह जाती हो और जहाँ कुछ भी नहीं करना होता है वहाँ तूफान उठा देती हो···? कभी-कभी तो लगता है कि जैसे तुमने ही मर्दों को बिगाड़कर रख दिया है अपनी हेकड़ी में···"

"अब इन सब बातों से क्या फायदा ! जो गुजर गया सो गुजर गया। अब सो जाओ अम्माँ।"

हाजरा ने रूखा-सा जवाब देकर माँ को चुप करा दिया, मगर वह खुद जानती है कि उसने बहुत जल्दबाजी से काम लिया है। कुछ दिन सब्र से बैठती, तेल देखती तेल की धार देखती, फिर तिरिया चरित्र दिखा नयी-नवेली को एक किनारे बिठा उसका पत्ता काट देती। मियाँ का दिल ऐसा फेरती कि महजबीन की जवानी उसके बुढ़ापे के आगे गिड़गिड़ाती नजर आती। उसे खर्चे-पानी की कमी क्या थी, बेटा कमाकर भेज रहा था। ठाठ से रहती, पहनती-ओढ़ती, दोनों को जलाकर खाक कर देती। आखिर उसकी तीन-तीन औलादें थीं, जिनकी वह माँ थी। उसने तो लड़कियों से उनका मायका ही छीन लिया है, अब वह पहले की तरह किसके भरोसे आएँगी ? बेटा भी दोराहे पर खड़ा हो गया है कि लौटे तो किसके पास, जहाँ पैदा हुआ उस घर में बाप के पास या वहाँ जहाँ माँ रूठकर बैठी है ?

"सब्बो और शम्मो का कोई खत आया ?"

"नहीं।"

"नानी को देखने के बहाने ही चली आती। दोनों को ब्याह के बाद देखा कहाँ है ? आँखें तरस गयी हैं। अब तो मेरे चल-चलाव के दिन पास हैं, जाने कब आँखें बन्द हो जाएँ ?"

"अम्माँ, तुम बेकार परेशान मत हो, सब ठीक हो जाएगा।"

"अल्लाह पर भरोसा है।"

अँधेरे में चमकते जुगनू बन्द हो गये। रात आधे से ज्यादा ढल चुकी थी। अँधेरे में देखी जानेवाली यह फिल्म भी कुछ देर बाद दिल व दिमाग को थका देती है। सोच का परिन्दा अन्त में बेदम-सा आँखों के बन्द घोंसले में समा जाता है।

उस रात माँ सचमुच गहरी नींद सो गयीं। सुबह चाय के वक्त माँ का साकित बदन देख हाजरा धक से रह गयी। दोपहर तक कफन दफन हो गया। पुरसा देनेवाली औरतें भी हाजरा को दिलासा देकर चली गयीं। शाम धीरे-धीरे करके रात की तरफ बढ़ रही थी। माँ की लहद पर चिराग जला हाजरा चुपचाप दालान में बिछी दरी पर जाकर बैठ गयी। घर का सन्नाटा उसे काटने दौड़ रहा था। खौफ का अनकहा हाला उसको चारों तरफ से घेर रहा था। उसने उठकर दरवाजा बन्द किया और बिना खाये-पिये बिस्तर पर जाकर लेट गयी। पास का पलँग खाली देख उसकी आँखें भर आयीं।

जिन्दगी एक-दो दिन बाद पहले की तरह गुजरने लगी। वही औरतों की भीड़, मशीन की खटखट और कपड़ों के रंगों के तागे, बटन खरीदती हाजरा—सब-कुछ भुला देनेवाली हाजरा—पहले की तरह कुछ भी न भुला पायी। अब तो हरदम उसे एक ही बात परेशान करती रहती थी कि कहीं वह माँ की तरह लम्बी उम्र पा गयी तो कब तक इस अकेले घर में भटकेगी। उसकी भरी-पूरी जिन्दगी ने उसे क्यों तन्हा छोड़ दिया, आखिर उससे खता कहाँ हुई ? वह तो अलताफ से नाराज थी, "फिर उसको घर से निकालने की जगह वह खुद क्यों निकल आयी ? गलती उसने नहीं अलताफ ने की थी,

फिर सजा उसने पूरे खानदान को दे डाली। मर्द रिश्ता बनाता है मगर औरत उसे निभाती है, क्योंकि सृष्टि के इस खेल की सूत्रधार तो औरत है वह रचती है, बनाती है, जिन्दगी का क्रम पूरा करती है।

"नहीं-नहीं, मेरी गैरत कभी वहाँ मुझे नहीं रहने देती। यह कमजोरी-भरी सोच शायद मेरे अकेलेपन की देन है। मैं भला कैसे उस आदमी के साथ रह सकती हूँ जिसने शीशे की तरह दिल पर भी एक महीन लकीर खींच हलकी-सी ठेस से उसे तोड़ दिया।" दिन में मशीन चलाती हुई हाजरा बदल जाती। सूरज की तेजी और चमक उसे जोश से भर देती थी।

कई माह गुजर गये। हाजरा ने ऊपरी तौर से हालात से समझौता कर लिया। चन्द उठने-बैठनेवालियाँ मिल गयीं, जिनके साथ सिनेमा देख आती, हँसी-मजाक, खाना-पीना कर अपने को खुश रखने लगी थी। यह घर भी धीरे-धीरे सजने लगा था। जरूरत का सामान आने लगा था। पेड़ की जड़ों में पानी जाने से उसमें पत्तियाँ निकल आयी थीं और उसी की एक शाख पर उसने तीतर का पिंजड़ा यह सोचकर टाँग दिया था कि एक से भले दो। खुद खाना खाती तो तीतर को भी दाना डाल देती थी। उससे इस तरह बातें करती जैसे वह सब-कुछ समझ रहा हो।

सालभर बाद एक सुबह जब वह आँगन में झाडू दे रंगीन कपड़ों की कतरनें बटोर रही थी, उस वक्त दरवाजे की कुण्डी खड़क उठी। झाडू छोड़ जो दरवाजा खोला तो धक से रह गयी, सामने अनवर खड़ा था। बेटे को छाती से लगाने की जगह वह खुद उसकी छाती से लग बिलख उठी। माँ के सिर पर हाथ फेरता अनवर कुछ पल वहीं खड़ा रहा, फिर माँ को कन्धे से पकड़ अन्दर आया और पलँग पर बिठाकर खुद गिलास में पानी उड़ेलने लगा। पानी पीकर हाजरा सँभल गयी। हमदर्दी पाकर उसकी जबान अलताफ के खिलाफ बोलने के लिए कुलबुलाने लगी, मगर बेटे के चेहरे पर छायी संजीदगी को देखकर वह दम साध गयी। दोनों कुछ देर खामोश बैठे रहे। अनवर ने उचटती नजर से घर को देखा।

"अम्माँ को मरे छह माह गुजर गये।"

अनवर कुछ बोला नहीं। चुपचाप उठा और साथ लाया बैग खोलने लगा। हाजरा ने उठकर चाय का पानी चढ़ा आटा गूँधना शुरू कर दिया। उसके दिल में पंखे लगे थे। वह सब-कुछ बताना चाहती थी कि क्या कुछ घटा, परायी औरत की खातिर वह बेघर-बार हुई। इस बुढ़ापे में रोटी कमाने के लिए कपड़े सिलने बैठी। अनवर जब मुँह-हाथ धोकर आया तो नाश्ता तिपाई पर लग चुका था।

"अम्माँ, जल्दी से सामान समेटो। गाड़ी ठीक बारह बजे छूट जाएगी।" कहता हुआ अनवर अपनी पसन्द का नाश्ता रौगनी टिकियाँ और अण्डा खाने लगा। बरसों बाद जैसे उसकी भूख शान्त हुई हो, ऐसा हाजरा को लगा हो या नहीं, मगर अनवर को जरूर महसूस हुआ। पूरे पाँच साल का काण्ट्रैक्ट खत्म कर वह लौटा है। रेगिस्तान से अपने

साथ कमाया धन ही नहीं बल्कि कुछ सपने भी साथ लाया है। उस सपने में माँ भी है। बचपन का वह घर भी है जहाँ नये समीकरण की कोई गुंजाइश नहीं है। यह सारी बातें वह बाप से कहकर आया है। घर माँ को नहीं, बाप को अपनी नयी दुल्हन के संग छोड़ना होगा, क्योंकि वह कटे हैं परिवार की इकाई से। यह सब वह माँ को नहीं बताना चाहता है, न यह कहना चाहता है कि उसने माँ की खातिर बाप से लड़ाई कर ली है।

बेटे के हुक्म को हाजरा ने बिना किसी हील-हुज्जत के मान लिया और सामान बाँधा। आखिर उसका दूसरा वारिस आया था उसे लेने, जिसको उसने खुद पैदा किया था। इस नयी हुकूमत की बागडोर अब वह छोड़ना नहीं चाहती थी।

□

परिशिष्ट

आज की हिन्दी कहानी

***प्रश्न** : हिन्दी कहानी की वर्तमान स्थिति पर आपकी राय ?*

उत्तर : आज बम-संस्कृति पर टिके समाज, विकास के भागते जेट पर सवार, टूटते इन्सानी सम्बन्धों की सलीब को उठाये कहानी खुद चकरायी हुई है कि वह ठहरे कहाँ ? यात्रा है कि रुक नहीं रही है, घटनाएँ हैं कि ओले की तरह बरस रही हैं। अनुभव दिल व दिमाग की दहिया छूकर एक तेज रील की तरह भाग रहा है, ऊपर से सितम यह कि हर कोई खाली समय में दिल का बोझ हलका करने के लिए कहानी लिखना चाहता है; अपनी तरह कम, दूसरों की तरह ज्यादा। ऐसी हालत में 'कहानी' स्वयं अपने व्यक्तित्व की तलाश में भटक रही है।

आपको अपनी पीढ़ी की कहानी में और अपनी वरिष्ठ पीढ़ी की कहानी में वस्तु और शिल्प के स्तर पर क्या भेद लगता है ? आपको अपनी पीढ़ी और युवा पीढ़ी की कहानी में क्या भेद लगता है ?

कुछ कहानियाँ शताब्दियाँ गुजर जाने के बाद भी सदाबहार लगती हैं। उनका सच, उसमें निहित पीड़ा 'युनिवर्सल' होने के साथ-साथ समय और सरहदों को निगल जाती हैं और वे आज भी हमारे नये दौर की तर्जुमान लगती हैं। मगर हर कृति को यह सौभाग्य प्राप्त नहीं होता है। इसलिए तकनीकी दृष्टि से यदि हम कथावस्तु और शिल्प को समय के बदलते परिदृश्य में देखें तो पता चलेगा कि स्वतन्त्रता-आन्दोलन पर, रूढ़िवादिता और बन्धन पर कलम उठाना रचनाकारों का परम धर्म था। फिर आयी बँटवारे की त्रासदी, सामन्ती व्यवस्था की टूटन, बोसीदा सम्बन्धों से मुक्त होने की छटपटाहट और विद्रोह के रूप में त्रिकोण प्रेम की बिसात। फिर समय ने करवट बदली, समाज के सारे आयाम लेखकीय अनुभव के लिए पुराने पड़ गये। अब परिदृश्य दूसरा है, जहाँ टूटते परिवार और मानवीय रिश्तों को बनाये रखने की तड़प है। अब शत्रु विदेशी नहीं बल्कि अपने देश, अपने वर्ग का है। सियासी बदलते दृश्यों से समाज में उपजा उलझाव, पुराने मूल्यों का टूटना, नये मूल्यों की खोज और स्थापना, बाजार और

इश्तहारबाजी का फूलना-फलना, इस सारे भँवर में से कहानी को उठाना एक जोखिम-भरा काम है। इसीलिए यह पीढ़ी नं. 2 सामाजिक जागरूकता में पुरानी पीढ़ी के देखते अधिक तराशी हुई है। नये विषय, नये परिवेश, नयी सम्भावनाएँ, मानवीय सम्बन्धों का नये धरातलों पर बनना और उनकी पेचीदगियों के साथ मनुष्य का निरन्तर अकेले होते जाना तथा संवेदनाओं का शुष्क पड़ते जाना आज की कहानी के दायरे हैं, जिसमें शिल्प और भाषा की शिथिलता के आवश्यक विस्तार का कोई अर्थ नहीं; बिखराव की जगह कसाव की माँग है। आज कहानी में किरदार अधिक मुखर, अपने प्रति सजग और समाज के प्रति जवाबदेह है।

क्या आप सहमत हैं कि 'आज हिन्दी में कहानियाँ हैं, कहानीकार नहीं ?' यदि हाँ, तो इसके क्या कारण हो सकते हैं (जीवन की आपाधापी, लेखकीय आलस्य, प्रोत्साहन-प्रकाशन की कमी, चन्द लेखकों को महत्त्व देने की प्रवृत्ति, सीमित लेखकीय अनुभव, प्रतिभा की कमी, सृजन में निरन्तर तन्मयता की उपेक्षा, दूसरे जोड़-तोड़ में लगे रहने की प्रवृत्ति या क्या ?)

युवा पीढ़ी के पास अनुभव और दृष्टि की कमी नहीं है परन्तु जो ध्यान उन्हें भाषा-शैली पर देना चाहिए उसके स्थान पर वह छपने, पुरस्कार पाने की जल्दबाजी में कृति की रचना पर समय नहीं लगाते। इसी कारण यह कुछ हद तक सही है कि आज लेखक का जो व्यक्तित्व बनना चाहिए वह नहीं बन पा रहा है। इसमें गलती सिर्फ उनकी नहीं बल्कि उन पीढ़ियों की भी है, जिन्होंने अपनी आनेवाली पीढ़ी को व्यक्तिवाद और स्वयं के उत्थान का मन्त्र सिखाया है।

आज की कहानी की विषय-सीमा या उसके विषय-वैविध्य के बारे में आपकी राय ? (क्या कहानी केवल शहरी निम्न मध्यम वर्ग, ग्राम जीवन की बहु-कथित समस्याएँ, आसपास की चन्द घटनाओं या वर्ग-संघर्ष की विचारधारा तक ही सीमित रह गयी है या वैश्विक समस्याओं, मानव-मूल्यों, संस्कृति, इतिहास, भविष्य, विज्ञान, तकनॉलॉजी आदि अनेकानेक क्षेत्रों में भी उतरी है ? आर्थिक उपनिवेशवाद, मीडिया, शीतयुद्ध, आतंकवाद, संकीर्णता आदि के दबाव क्या कहानियों में महसूस हो रहे हैं ?) क्या विश्व में आये वैचारिक बदलाव यानी उत्तर आधुनिकता/संरचनावाद आदि का समकालीन कहानियों पर प्रभाव देखते हैं ?

आज कहानी समस्याओं को उठाती है, चाहे वह अपने गाँव या शहर की हों या अपने पूरे देश की। ऐतिहासिक घटनाओं पर भी कहानियाँ खूब लिखी गयी हैं; मगर भविष्य, विज्ञान, तकनॉलॉजी को अभी तक नहीं छुआ गया है। आतंकवाद, संकीर्णता पर इधर बहुत लिखा गया है, क्योंकि इन्सानी जीवन ने उसकी उग्रता को सहा है।

आर्थिक उपनिवेशवाद, मीडिया पर लेख अवश्य लिखे गये हैं। मगर इन समस्याओं से पीड़ित समाज उस तरह भुक्तभोगी नहीं बना है, इसलिए ऐसे विषयों पर लिखी कहानियों के लिए हमें कुछ दिन इन्तजार करना होगा।

क्या आज की कहानी में जीवन की कोमलता, सौन्दर्य आदि के लिए कोई जगह है ?

बिलकुल जगह है। जहाँ तेज रफ्तार से सब-कुछ घट रहा हो, वहाँ पर प्रेम की अनुभूतियों और सौन्दर्य की कोमलता की अभिव्यक्ति बदल रही है, उसे पकड़ना है। पुराना पैमाना आज नहीं चल सकता है। उसी अहसास को पूरे हुस्न और वैभव के साथ दिखाना कोई मुश्किल काम नहीं है। कोमलता एवं सौन्दर्य के बिना मनुष्य अपनी पूर्णता तक नहीं पहुँच सकता है।

कहानी पर विचारधारा के दबाव को आप किस तरह लेती हैं ?

जब विचारधारा लेखक की व्यक्तिगत पूँजी न रहकर पार्टी, समुदाय या गिरोह की बन जाती है और उस चौखटे पर लेखक लिखना शुरू कर दे तो कहानी की मौत लाज़मी है। जिन्दगी का सच किसी भी विचारधारा को पीछे छोड़ देने की क्षमता रखता है।

हिन्दी कहानी में विगत दशकों में चलाये आन्दोलनों पर आपकी राय ? इनके हानि-लाभ ?

आन्दोलनों से एक गरमी बनी रहती है। परन्तु कहानी पर इसका कोई सीधा प्रभाव पड़ने से रहा। कहानी अच्छी या बुरी होती है, यह लेखक की सृजनात्मकता पर निर्भर होता है।

हिन्दी कहानी भारतीय भाषाओं से अधिक जुड़ी है या विदेशी प्रभावों से ?

हिन्दी के वरिष्ठ लेखक विदेशी साहित्य से बहुत अधिक प्रभावित दिखते हैं। अपने उदाहरणों में, तुलनात्मक अध्ययन में उनके पास अनेक समकालीनों और अपने पहले के रचनाकारों की कृतियों के उदाहरण नहीं होते हैं। इसलिए भारतीय भाषाओं की बात बाद में आती है। लेकिन कुछ वर्षों से अनुवाद के कारण स्थिति बदली है।

हिन्दी में भारतीय और विदेशी कहानियाँ जिस अनुपात में अनूदित हुई हैं क्या उसी अनुपात में हिन्दी कहानी भारतीय और विदेशी भाषाओं में अनूदित हुई हैं ? अगर नहीं तो क्यों ? (क्या हिन्दी कहानियाँ अनूदित कहानियों से कमतर हैं ? यदि नहीं तो ऐसा क्यों ?)

भारतीयों के पास भाषा सीखने के गुण हैं। वैसे भी भारत में अनेक भाषाएँ हैं जिसके कारण एक खुलापन है। हिन्दी में विशेषकर दूसरी भाषाओं की रचना का स्वागत बड़े खुले मन से होता है। प्रकाशन की कठिनाई नहीं, मगर हिन्दी साहित्य को यह स्वागत नहीं मिला, यह सच है। पिछले एक दशक से एशियाई साहित्य में रुचि बढ़ने के कारण विदेशी प्रकाशक हिन्दी के नये-पुराने लेखकों की रचना का अँग्रेजी में अनुवाद छाप रहे हैं। परन्तु भारतीय भाषाओं में हिन्दी को लेकर स्थिति में कोई विशेष बदलाव नहीं आया है। एक सच और भी है कि उर्दू, बाँग्ला, मराठी, मलयालम के साहित्य ने प्रयोग के अनेक सोपान तय कर रखे थे जब हिन्दी कहानी का विकास होना शुरू हुआ। इसलिए अन्य भाषाओं के बीच हिन्दी की कहानी की एक समान्तर स्थिति नहीं बन पायी। आज भी जिन भारतीय भाषाओं के वरिष्ठ लेखकों को हम चाव से पढ़ते हैं उन्होंने अपने समकालीन वरिष्ठ हिन्दी लेखकों को नहीं पढ़ रखा है।

आप भारतीय कहानियों की दृष्टि से कहानी के स्तर के बारे में तुलनात्मक रूप से कुछ कहना चाहेंगी ?

हिन्दी कहानियों में जीवन की सच्चाइयाँ बड़े सुन्दर ढंग से उभरकर आती हैं मगर वे अनुभव जो जीवन को छीलकर रख दें, उनका अनुपात कम है; शायद इसलिए कि हिन्दी लेखकों में अपने गाँव, आँगन, कुआँ, कस्बा के मुकाबले में नये प्रयोग, नये अनुभव पर लिखी कहानी को लेकर गैर-जरूरी विवाद शुरू हो जाता है।

कहानी में अनुभव, फैशन, विचार, भाषा-सम्प्रेषण आदि के बारे में आपकी क्या सोच है ?

कहानी लिखने के लिए अनुभव की जरूरत सबसे ज्यादा है। जरूरी नहीं कि वह भोगा हुआ हो मगर हाँ, देखने-सुनने के बाद भावनात्मक स्तर पर आपने उसे कैसे महसूस किया और सृजनात्मक रूप से उसका कैसा उपयोग किया, वह महत्त्वपूर्ण है। यही अनुभव भाषा को गढ़ता है, उसमें विचार को पकड़ता है। जो कहानियाँ इन पैमानों, रास्तों पर मुकम्मल होती हैं वही साहित्य पढ़ने का सम्पूर्ण रस प्रदान करती हैं।

क्या आपको लगता है कि हिन्दी की श्रेष्ठ कहानियों के पाठक जन-वृद्धि के अनुपात में काफी कम हुए हैं ? यदि हाँ तो कारण ? (क्या भाषा के अटपटे प्रयोग, वस्तु की एकरसता, कहानीपन की कमी, पाठक की रुचि और वास्तविक जीवन की विश्वसनीय अभिव्यक्ति का अभाव या क्या…?)

जब सिनेमा, टीवी इत्यादि नहीं थे तो भी साहित्य को समझना, पढ़ना और रस

लेना सबके बस की बात नहीं थी। आज कितने प्रकाशक हैं, और कितने अधिक कहानी-संग्रह छप रहे हैं, आखिर उनके पाठक तो होंगे ही वरना वे छपकर समुद्र में फेंक नहीं दिये जाते हैं। अब सवाल है श्रेष्ठ कहानियों का, तो अव्वल तो श्रेष्ठ कहानियों की संख्या ही इतनी कम होती है। दूसरे, श्रेष्ठता का एक मापदण्ड नहीं। हर साहित्यिक मंच, प्रकाशक, आलोचक किसी-न-किसी को श्रेष्ठता की उपाधि देता है। ऐसी हालत में सबसे बड़ा प्रश्न है कि श्रेष्ठ कहानियाँ हैं तो कौन-सी हैं।

साहित्य यानी कविता/कहानी/उपन्यास आदि के मरने की बार-बार घोषणाओं के बारे में आपकी राय ?

कविता, कहानी, उपन्यास के मरने की घोषणा के बावजूद लेखन जारी है। लगता है, कुछ बुजुर्ग लेखक अपने बुढ़ापे को दुनिया का अन्त समझ बैठते हैं और स्वयं के लेखन की गति रुकने को साहित्य की मौत की आंशका से जोड़ लेते हैं।

कहानी में आदर्श और यथार्थ के पुराने झगड़े पर आपकी राय ?

आदर्श और यथार्थ यह दोनों चीजें कहानी में कूट-कूटकर भरी जाएँ तो कहानी अपने-आप मर जाती है और पाठक के लिए उपदेश-ग्रन्थ बन जाती है। फिर भी आदर्श या उपदेश या सन्देश अमूर्त रहें तो सहन हो जाता है। यथार्थ कला, शिल्प, शैली, भाषा को निगल न जाए बल्कि इन सारे माध्यमों द्वारा बयान किया जाए तब कहानी बनती है और असर भी करती है।

वस्तु और शिल्प के साहित्यिक युद्ध पर आपकी सम्मति ?

दोनों का रिश्ता गहरा है जैसे आत्मा और शरीर का, एक-दूसरे के बिना किसी का कोई वजूद बाकी नहीं बचता है।

हिन्दी कथा-आलोचना के बारे में आपके क्या विचार हैं ? यदि आप असन्तुष्ट हैं तो आपकी राय में इसके कारण और समाधान ? क्या आलोचना का समुचित परिमाण और स्तर न होने की उत्तरदायी किसी हद तक 'कहानी' स्वयं नहीं है ?

हिन्दी आलोचना में सन्तुलन की कमी है। हिन्दी में बहुत कम सुधी आलोचक हैं। और उनमें से बहुत कम ऐसे हैं जो पक्षपात की दृष्टि न अपनाते हों। कुछ आलोचक किसी एक पीढ़ी के आलोचक हैं तो कोई किसी विशेष लेखक के। कुछ अपने नजरिये और अपनी सीमा एक क्षेत्र-काल तक ही सीमित रखते हैं। इसका नतीजा यह निकलता है कि कभी पुस्तक से बड़ी समीक्षा होती है, ठीक उसी तरह जैसे कुछ लेखकों के साहित्य

से बड़ा उनका व्यक्तित्व हो जाता है या बना दिया जाता है। इसमें 'कहानी' का क्या दोष, जब किसी कमजोर कहानी की प्रशंसा में जमीन-आसमान के कुलाबे मिला दिये जाते हैं तो किसी महत्त्वपूर्ण रचना को सिरे से नकार कर लेखक को अभिशप्त करार दे दिया जाता है ? इसलिए यह शिद्दत से महसूस होने लगा है कि कई दशक गुजर जाने के बाद आज हिन्दी कथा-साहित्य का फिर से मूल्यांकन करने की जरूरत है; क्योंकि जो कहानियाँ चर्चा में थीं, आज वह कहाँ हैं ? जिन लेखकों को प्रकाशकों ने स्थापित किया अपने बाजार के लिए, आज समय गुजरने के बाद उनकी कहानियों का स्थान वास्तव में हिन्दी कथा-साहित्य में किस दरजे पर होगा, उसको पाठक कहाँ रखेगा और वे कहानियाँ समय के बदलते परिप्रेक्ष्य में कहाँ टिकेंगी—ये सारी बातें हैं जो अगले कुछ दशकों में सन्तुलित दृष्टि रखनेवाले आलोचकों द्वारा तय होनी चाहिए, ताकि आनेवाली पीढ़ियों के लिए परिदृश्य साफ हो।

[साहित्यिक पत्रिका 'वागर्थ' द्वारा एक बातचीत]

□□□